U0950661

有爱的青春陪伴者

迟暮 著

CHI
MU

# 招惹

花山文艺出版社
河北·石家庄

图书在版编目（CIP）数据

招惹 / 迟暮著. -- 石家庄 : 花山文艺出版社,
2022.5
ISBN 978-7-5511-6059-9

Ⅰ. ①招… Ⅱ. ①迟… Ⅲ. ①长篇小说一中国一当代
Ⅳ. ①I247.5

中国版本图书馆CIP数据核字(2022)第015716号

书　　名：招　惹
Zhao Re
著　　者：迟　暮

责任编辑：于怀新　张凤奇
特约编辑：伍　利
责任校对：郝卫国
封面设计：颜小曼
内文设计：孙欣瑞
封面绘制：Mochy
美术责编：胡彤亮
出版发行：花山文艺出版社（邮政编码：050061）
（河北省石家庄市友谊北大街330号）
销售热线：0311-88643221
传　　真：0311-88643225
印　　刷：长沙鸿发印务实业有限公司
经　　销：新华书店
开　　本：880mm×1230mm　1/32
印　　张：8.5
字　　数：213千字
版　　次：2022年5月第1版
2022年5月第1次印刷
书　　号：ISBN 978-7-5511-6059-9
定　　价：39.80元

# 目录

# 目录



/ Z H A O R E /

# 楔子

欧式复古木门发出“嘎吱”一声响，身着藕色高定连衣裙的窈窕身影侧身进门，在看到站定在窗前的老人时，女子咬了咬唇，最终还是叫了一句：“爷爷。”

老人拄着拐杖转过身来，虽已经到满头银丝的迟暮之年，但略显混浊的眼睛里，依旧藏着不容任何人小觑的锐利。

“我听说，你拒绝了上门为你定制婚纱的设计师？”

女子紧紧攥着手，指节已经泛白。她在外人面前有多矜贵骄傲，此时就有多卑微低下，她甚至不敢注视老人的眼睛，因为她知道，纵然他淡淡一句话，语调平平，却是在责难。

良久，女子长吁一口气，说：“还有一年，我还有时间。”

老人紧盯着她站得挺拔的身姿，似要发怒，最终却笑了起来：“苏意，我们加个筹码，你敢不敢？”

乍一听到“苏意”二字，女子猛然抬起了头：“什么……筹码？”

老人徐徐走到近前，缓声道：“我给你一个机会，一年之内，如果在原来的条件上，你能让蒋氏在颍川的子公司瑞希上市，我不仅还你自由，还实现你心中所想。如果不能，看在你叫了我这么多年爷爷的分上，你可以不和宋家继承人结婚，但必须，嫁给魏承。”

实现心中所想吗？苏意不得不承认，这是一个很大的诱惑。可……如果输了，要嫁给蒋魏承？

苏意下意识地抱紧手臂，在心底否决了这个假设。

她紧咬着牙，终是决定奋力一搏：“好。不过我有个条件，我要亲自去颍川的子公司。”

老人点头：“可以，那就先和魏承订婚。”

苏意满脸错愕，她没想到爷爷居然把她逼得这么紧。她想张口为自己争取，嘴唇张合，却发不出丁点声音。

看她这副样子，老人似笑非笑地轻呵一声：“你忘记我最早教会你的是什么了吗？”

“蒋家的人，除了要学会经商，更要懂得趋利避害。在有限的条件下，尽可能为自己争取更多的利益，这是蒋家子孙当有的本能。”

这句话陡然出现在苏意的脑子里，她有些意外自己的记忆力，明明是十多年前的一句话，如今却这样记忆如新。

是啊，这是蒋家的庄园，在蒋家的地盘上，她这个“蒋家子孙”怎么敢不一字一句，记得深刻。

当苏意从房间里出来的时候，精致的大门边，蒋魏承黑着脸站着，目光死死锁定着她。

苏意笑：“看来你都听见了。”

说罢，她便想和他错身而过。

蒋魏承却紧紧捏着她的肩，不顾自己的手被她的肩胛骨硌得生疼，冷冷道：“苏意，你就这么想回颍川？连这种要求你都能答应，你把自己当什么？把我当什么？”

苏意狠狠挣脱开他的桎梏，脸上满是寒冰：“是，为了回颍川我可以不择手段。如果不是你……”

她突然恶意地笑了起来：“哥哥，搬起石头砸自己脚的滋味，好受吗？”

苏意迈着大步同他擦肩而过，走了两步以后却又停了下来。她深吸一口气，说：“蒋家的子孙，其实从来都没有选择的权利，不管是养子，还是私生子。”

蒋魏承浑身一震，却又听见她说：“但为吾所爱，敢与天地相争。”

一字一句，坚定不移。

她要回到那个人身边去，蒋氏、爷爷、蒋魏承或是隔着的这一片海，谁都阻挡不了她。

# 第一章
知更鸟

**这个陌生的城市，她总算回来了。**

在有着整面明亮的玻璃墙的办公室里足够俯瞰颍川市中心商业区的全景，此时半扇窗子开着，徐徐的暖风不断灌进室内。

新布置好的办公室还很简单，显得本就宽敞的屋子更加空旷。苏意咬着个泡面叉子，把烧开的水缓缓倒进泡面桶中，又随手拿过办公桌上的一份新文件压在了上头。

等面泡开的间隙，她翻开一份标红加急的文件，细细看到最后，她颇为头疼地揉了揉太阳穴，还真是连个喘息的机会都不给她啊。

三分钟后，藤椒牛肉面的香味遍布整个房间。苏意心满意足地喝了一口汤，那一脸幸福的模样被推门而入的楚桐看个正着。

楚桐往门外看了看，秘书室的四个秘书正一心做着手头工作，她这才放下心，对苏意说道："我的大小姐，形象管理不要了？想上豪门八卦版吗？"

苏意"呼哧呼哧"吃得起劲儿，头也不抬："除了你，谁敢这样闯进我办公室。"

楚桐点点头，觉得她这话说得很在理。蒋氏继承人亲自空降，整个子公司上下最近的出勤准点率高达 99%，唯一拖了后腿的，还是眼前这个正在吃泡面的继承人本尊。楚桐不禁坏坏地想，门口那些秘书看到这一幕，会是什么反应呢？

最后一口热汤下肚，苏意吸了吸莫名其妙开始隐隐作痛的牙齿，利索地整理好眼前的餐盒，问楚桐：“找我什么事？”

楚桐把抱在怀里的平板电脑摆在苏意面前，点下了视频的播放键。

视频中的娱乐版主持人脸笑成了一朵大花，仿佛大喜的是她自己，她用轻快的语调简明扼要地说完新闻词，紧接着画面就切到了一天前蒋氏庄园主题为“纯白梦境”的订婚典礼。

苏意这才认真地看了看昨天的整个布景，成片的白玫瑰到处都是，奢华系银色丝带点缀其中，还有定制版盖了金色戳印的纸巾，以及临时调过来嵌了一堆碎钻的礼服。

低调又奢侈，是蒋家一贯的作风，换句话来说，这种场合历来是做给商业伙伴和股民大众看的秀，老爷子的套路苏意门儿清，所以昨天也算配合地演完全场。

要说唯一不敬业的地方，就是订婚的男女主角一个隐怒，一个放空，完美诠释了“包办婚姻”的不情不愿，可惜偏偏谁都觉得这是一对金童玉女。

一个两个都是睁眼瞎。

“为了避免你一会儿当场爆炸，我先和你预告一下，国内媒体买了昨天的新闻资源，现在视频正在咱们这栋楼正对面的超清大屏上播放。并且，网上已经炸开锅了。好处是，刚刚得到消息，蒋氏股票涨了，我们瑞希因此刚拿下了个大单子，利润喜人。”

楚桐最后两个音节往上提了一度，配着她的歪头一笑，任谁也想不到逼得整个宣传部人人秃头的宣传总监，也会有这样生动的时候。

一个 F 打头的字眼被苏意生生咽了下去，她深吸一口气：“老爷子这招真狠，就没想过我要是破釜沉舟了谁给他搭下来的台阶。”

说完，她收起这种这几年只会在楚桐面前露出的活泼，坐回了办公桌前，认真处理起了眼前这一堆阻碍瑞希发展的沉疴。

楚桐替她倒了杯温水，说："说真的，看这布置，我很遗憾自己昨天不在现场。"

苏意被她呛了一下，一副恨铁不成钢的样子："你心真大。昨天，我，你最好的朋友和你暗恋了十一年的男人订婚了，你好歹稍微有那么一点点生气或者愤怒的情绪好吧？"

楚桐抢白："哦。那我应该把这杯水泼向你？"

苏意："……"

停顿两秒，两人很有默契地相视一笑。

苏意怎么可能不窝火，恨不得当场飞回去在老爷子面前拍桌，质疑他犯规好吗！

但事实是，即使她真的冲动到了老爷子跟前，她也不敢有任何行动。在蒋家，十年前她被动，五年前她被动，如今依旧被动。

苏意拍了拍眼前的文件，这些才是她获得主动权的筹码。

消了她心中的火，楚桐也认真起来："这个新闻爆得蛮大的，可能很多人都看见了，他……兴许也看见了。"

苏意正在签名的手一顿，连贯的字迹断了一截，牙齿又开始隐隐作痛。

她无奈地笑了一下："那也没有办法，否则我连回来的机会都没有。而且，这么多年了，我没有把握，他还在那里等我。"

"那……你有把握赢吗？"

楚桐到底还是在意的，因为她和苏意一样，承受不起失败带来的后果。

"我，只能赢。"苏意神色坚定，但微屈的小指还是透露着她的紧张。

气氛突然就有些凝固，楚桐安慰般揽了揽苏意的肩："为了表示对你的欢迎，我今晚决定抛弃花花世界，为你接风洗尘。”

“很好，请把今晚的火锅安排一下。”

楚桐出去后，苏意撑着作痛的牙齿走到了玻璃墙前，一别五年，这座城市迅速变成了陌生的样子，层层高楼把记忆中的城市挡得密不透风，却挡不住苏意心中呼啸而来的情绪。

总算，回来了。

中午十二点半的南川二院，结束了一上午工作的小护士趁着午饭时间，掏出手机看起了娱乐新闻。

当看到“重磅消息”四个大字的时候，她忍不住拉着身旁整形外科的同事吃起了视频中男女主角的瓜。

“这男人颜值很高，天然脸，就是表情太生硬，看着有点面瘫。”整形外科的小护士客观评价道。

原本的小护士点点头，滴溜溜的大眼睛一转，余光看了看半开着门的办公室里还在专心研究患者病例的白色身影，继续问：“那你看，和咱们男神缙比起来，谁更胜一筹？”

被问的小护士就差没有拍案而起：“那当然……”意识到自己情绪有点激动，她压低了点嗓门，“那当然无条件支持我们男神啊！敬业爱岗就不多说了，年纪轻轻就是主治医师，高学历高颜值高技能，不抽烟不喝酒没女友，遗憾的是实在不好撩。”小护士无辜摊手。

问话的小护士戳戳她：“单身不好撩的赵医生刚刚被你的声音吸引，正盯着我们。”

小护士抬头，果然对上赵禹缙有些清冷的目光，默默做鹌鹑状低下了头。

赵医生确然是帅气的，如刀锋般俊秀的眉毛，深深的双眼皮，虽然总是目光严肃但是有很好看的桃花眼，还有高挺的鼻梁，薄薄的浅粉色嘴唇在他脸上不仅不违和，反倒是衬得他整个人儒雅俊逸。更不要说那一副温温和和的嗓音和那一双手指纤长、指节分明的手。

但凡还有那么丁点少女心，都不可能不为赵医生心动。护士站的护士们私底下讨论过，如果赵医生去上某档相亲节目，学历颜值加人品，一定能够创造全场爆灯的奇迹。

不过此时，赵医生的目光明显不太温柔，八卦的两个小护士有些紧张，忙继续看向手机，转移话题。

“哎，你再看看这个订婚女主，果然老天是不公平的，有钱，自颜，有人疼，这样的豪门公主啊，真叫人羡慕嫉妒。”

一双手突然出现，抽出了小护士手中的手机，紧接着傅和琛的声音就响了起来：“让我看看是什么让我们护士站两朵花高呼羡慕，”他粗粗扫了一眼标题，“俩富二代订婚给你们激动成这样？”

“傅医生，请你看脸！”小护士插科打诨。

于是，傅和琛仔仔细细把屏幕上的脸看了好几遍，先前挂在脸上的笑被严肃取代，他非常正经地说：“这个，别给你们赵医生看见。”

两个小护士一头雾水，傅和琛口中的正主已经走到了跟前：“什么不能给我看？”

赵禹缙拿过手机看了过去，本还刮着冷风的脸一愣，骤然覆上霜雪，深锁的眉头和一双写满了让人读不懂的情绪的眼睛，让他看起来非常陌生。

小护士以为自己看花了眼，这样的表情怎么可能出现在赵医生脸上，等要细看过去的时候，赵禹缙已经面无表情地递还了手机，拍拍傅和琛的肩示意他一起去医院食堂。

傅和琛挠着头，欲言又止：“可能就是长得有点像……”

“是她。”

赵禹缙的声音说不上来的寒凉，更令他恼怒的是自己居然仍能够一眼认出那人，还是在这种场合。

“那你现在……”

赵禹缙面色不豫：“如你所见，心情复杂。”

傅和琛挺他：“祝贺赵医生回归红尘，愿你早日觅得良人，实在找不到，那我吃点亏和你凑合凑合。”

“神经。”

赵禹缙冷冷地吐出两个字，迈着大步朝前走去。

牺牲了自己想要活跃活跃好兄弟心情的傅和琛站在原地摸了摸鼻梁，很是头痛地感慨：“自古红颜多祸水，古人诚不欺我。”

一个下午的时间，苏意疯狂投入工作，耗不起的时间迫使她必须高度紧绷着神经，等她看完那一沓混乱的文件之后，窗外早已经夜幕降临。

苏意闭上了满是刺痛感的眼睛，仰头靠在老板椅上休息了一会儿。当不轻不重的敲门声响起时，她一秒钟找回状态，坐直了身体说了一声：“进。”

秘书室主管安琦抱着一沓文件走了进来，笑意盈盈地说：“大小姐，这是您要的企划部近两年来经费超过七位数的企划案。”

苏意没有说话，目光直视着已经察觉到气氛不对的安琦，大开只有在商业谈判室才会显露出的气场，说：“在公司，你可以叫我蒋总，如果害怕叫混，你也可以叫我副总裁。”

毕竟是在职场浸淫多年的老人，安琦脑子转得快，连忙道歉：“抱歉，副总裁。”

其实对于这一幕，苏意已经见怪不怪。三年前，她入职蒋氏集团的时候，全公司上下只当她是来体验职场的蒋家大小姐，哪怕她的职位是营销总监，依旧只管她叫大小姐。可她用两年的时间，改变了整个集团的看法，让人心服口服地叫她蒋总，不可否认，那个时候的她十分有成就感，同时，也十分自嘲。

瑞希的账，实在算得上是一本烂账。原本的负责人是蒋家表亲，仗着天高皇帝远，做尽了欺上瞒下的事情。本来国内形势一片大好，正是发展的黄金时间，却被一颗老鼠屎拖垮了瑞希上市的所有节奏。

越看越心烦，苏意合上财务报表，接了楚桐的内线。

十分钟后，苏意在地下停车场上了楚桐的车。

“下午我帮你找了几处房子，晚上把视频都发给你，你抽空看看。”

苏意摆摆手：“不用，酒店住得挺舒服的，暂时先住着，省得老爷子还得费尽心思找人定期汇报我的动态。”

楚桐无奈地苦笑，转移了话题：“行吧，你住的酒店附近有一家火锅很不错，去那儿吃吧。”

苏意的确是累了，闭着眼睛靠在副驾驶后靠上养神：“你定。”

楚桐早苏意一年回国，但严格意义上来说，那也是楚桐第一次回国。可现在看来，她这个真华裔比起苏意这个实实在在在国内生活了十多年的人来说，要对国内的一切熟悉得多。

车子停稳的时候，苏意睁开了眼睛。小憩过后，她精神许多，下车拉着楚桐的手就要往商场四楼的就餐区走。

点餐时，苏意几乎要把自己这几年觊觎多时的食物都点了个遍，等点餐平板电脑到达楚桐手上的时候，楚桐笑着摇摇头，开始认真地做着删减。

“我爸说你最近在喝补血铁剂，所以这些高蛋白的我给你去掉。

最近还上火对吧，油条和炸豆皮你也别吃了。”

苏意忍不住笑了起来：“我几乎以为你是被楚叔附体，看在我终于回来的分上，放过我，OK？”

“不行，我爸知道了，会说我的。”

楚桐算得上和苏意一起长大，背地里两人是很要好的朋友，但是在苏意的生活上，她总是尽职尽责地履行着她父亲给她的嘱托，更像是苏意的管家。

苏意从楚桐手中抽出平板电脑，递给一旁的侍应，满脸真诚地看着楚桐：“小桐，你知道的，在我这里首先你是我最好的朋友，其次你是和我一起打天下的战友。楚叔对我来说，是一直尊敬的长辈，这一切和他是不是蒋家的总管，和你是不是从小住在蒋家菲佣房没有任何关系。”

楚桐满脸笑意地看了苏意一眼，掠过这个话题，把应侍刚刚送上来的香槟倒好，对苏意举杯：“我只是想说，苏意，恭喜你回来。”

一顿饭吃得苏意满足非常，麻辣的火锅汤底让她整张脸都浮出红晕，显得整个人都柔和了起来。

不知道是不是被辣味刺激，深夜十一点半，刚入睡不到半小时的苏意被牙齿的剧烈疼痛痛醒。她把所有能查到的偏方一一尝试了个遍，凌晨三点，她带着止痛药也不能缓解的牙疼，坐上了去医院的出租车。

夜晚的医院急诊室仍旧忙碌，苏意到市中心医院的时候，面对着陌生的环境整个人都有点迷茫。

“我们这里没有牙科的急诊，你得去南川二院。”

被牙疼折磨到头痛的苏意听完护士这句话简直崩溃，等她再度到达南川二院的时候，她已经疼得不想说话。

南川二院算是颍川综合性最强的医院，所以整个急诊病区到处都是人。好不容易走完了挂号流程，见到急诊医生的时候，苏意感觉自己几乎要落下泪来。

医生询问了所有症状，检查了苏意那两颗作痛的大牙，然后得出结论。

“初诊判断是急性牙髓炎，不过需要拍片才能确诊。”说完，他无奈地笑笑，“急诊这边条件有限，得明天去诊室进一步检查，你先用手机挂个号吧，口腔内科。”

急诊医生在病历本上写着病例，捂着半边脸的苏意却迟迟没有动作。医生不解地抬头，苏意却有些尴尬：“我，不太懂怎么操作。”

一直到急诊医生拿着苏意的手机帮她挂号的时候，她才反应过来，这么多年来，她是第一次自己一个人深夜挂急诊，独自把所有的流程跑了个遍，感觉实在有些糟糕。

“你的名字是？”医生突然问道。

“蒋……苏意，我叫苏意。”

再回到酒店时，天边泛起了鱼肚白。苏意了无睡意，哪怕自己已经疲惫得不行，可牙齿的疼痛一直在持续，她只能靠含冰水缓解。

明明正值夏季，她却因为长时间接触冰水，整个人都是冰凉的。

七点一刻，算好楚桐已经起床，苏意发了条短信简明地说完情况，又一次出发前往医院。

到达医院时，正好赶上上班时间，她不欲和一群人挤扶梯，只身走进了楼梯间朝四楼走去。

刚走到三楼时，侧门里跑出来个急匆匆的白色身影，苏意躲闪不及，和来人撞个正着。戴着口罩的医生对她说了一声抱歉，扫过她的脸时明显错愕几秒，最终还是跑上了楼。

一个小插曲导致苏意晚了几分钟到内科诊室，几间诊室中每个医生都不得空。苏意只好在候诊区坐下，方才想起看一看自己究竟挂了谁的号。

熟悉的脸映入眼帘的时候，苏意整个人僵在原地。她反复把主治医生的所有信息全部看了个遍，疼痛的牙齿正提醒着她，她不是在做梦。

大概是近乡情更怯，苏意深觉这不是自己想要的碰面。在她正打算一走了之的时候，只听护士在门口叫了一句："苏意来了没有？"

原本正在安排初诊病人拍片的人动作一顿，说得流畅的话语霎时卡住。病人不解其意，却只听医生交代了身边的实习生两句，就大步走出了诊室。

苏意起身就要走，没想到昨晚的急诊医生迎面走来。

认出是她，医生很是热情："你来啦，我带你去赵医生诊室。"说完，他看了看苏意身后，"赵老师，这个患者挂的是你的号。"

苏意深吸一口气，转过身来，正对上一双漆黑的眼眸。那双恨不得将她盯出个洞的眼睛让苏意感受到了一股从没有过的压迫感。

苏意第一次知道什么叫手足无措，她用指甲抠疼了自己的手指，这才勉强露了个笑容，开口道："你好，赵医生。"

赵禹缙此时揭下口罩的脸讽刺意味十足，他戴回口罩，音色冷漠："护士叫了你几遍，不想看就不要浪费大家的时间。"

苏意亦步亦趋地跟在赵禹缙身后走进诊室，一直到诊室的门合上，站在导诊台后面的护士小余拍着胸口走到先前的医生跟前："感受到男神身上的杀气没有，你们今天谁犯事儿了？"

小医生摸不着头脑："就算犯事儿，赵老师也从没有这副样子过啊。"

两人说话的当口，随诊护士丁雨霏端着一盘器材走来："你们俩嘀咕什么呢？”

小余神秘兮兮：“围观男神在口腔内科的发怒首秀。”

然而正面感受赵禹缙情绪的人，面临的气氛远没有小余八卦时那么轻松。苏意几乎算是呆愣地站在赵禹缙面前，他不开口，她也沉默。

许久，赵禹缙轻嗤一声：“等人把你抱上治疗床？”

苏意脸上一烫，乖觉地走到治疗床边，坐下躺平。她几乎都快忘了，赵禹缙一直都是个很毒舌的人。以前她总是围观赵禹缙和傅和琛互怼，鼓足劲儿地起哄，没料到如今赵禹缙这样冷冰冰地对自己，她居然有点玻璃心。

她下意识把放在肚子上的包抱得更紧，细细的链条勒得手指泛红，下一秒就有一只手伸了过来，把她的包拿起，放在了整洁的桌上。

苏意“啊”了一声，紧接着就听到冷冰冰的声音再度响起：“没人要抢你的包。”

忍住想要落荒而逃的冲动，苏意心平气和地开口：“赵……”

没想到赵禹缙完全不给她说话的机会，戴上手套就把仪器挪了过来。

“哪颗牙疼？”

“右下的智齿，右下六也有点隐隐作痛。”

仿佛听到赵禹缙哼笑一声，苏意这才意识到自己说了一个还算专业的词，而这个说法，正是眼前人告诉她的。

一阵刺痛传来，苏意忍不住惊呼，罪魁祸首却很习以为常：“敲击有痛感是吧？具体什么症状？入夜后疼痛加剧？热胀冷缓解？”

苏意疼得说不出话，默默点了两下头。

冰冷的口镜和探针在嘴里游走，赵禹缙的头很低，低到苏意觉得自己几乎可以闻到他头发上熟悉的洗发水的味道。她飘忽的眼睛最终还是望进了赵禹缙眼中，漆黑的眼眸里有她大张着嘴的影子。

想也知道，丑爆了。

一股说不上来的挫败感席卷苏意全身，她没有化妆，纯素颜，眼睛周围还有昨晚没睡好留下的黑眼圈。反观他，周身风华，举手投足都带着白衣天使的从容和优雅。

“应该是急性牙髓炎，下楼拍个片子再上来。你右下的智齿有深龋，不建议保留。”

这会儿他的声音倒是没有方才那么冷淡了，但是陌生得紧，就像是医生对素未谋面的病人交代病情，没有丁点旁的情绪。

苏意走出诊室之后，还没做什么精细治疗的赵禹缙走到洗手池前，就着冷水洗了个脸。

她叫他什么？赵医生？赵禹缙自嘲一笑，挡住了那张会暴露情绪的脸。

拔牙这种事，苏意二十多年来头一遭体验，说不紧张是不可能的，尤其操刀的还是她这个时候不太想面对的赵禹缙。

明明打了麻药，可是智齿脱离身体的瞬间，苏意却觉得有一股子疼从牙龈开始一直往下钻，直到钻进心里，密集地刺痛着整颗心脏。

苏意咬着棉球，觉得眼眶湿湿的，抬手一摸，原来不知道什么时候流出了眼泪。刚拔掉她牙齿的男人抱着手臂睨着她，眼中讽刺毫不掩饰。

苏意惊觉，他好像是恨她的。

这个认知让她倏而感到恐慌，可她无计可施，只能对着赵禹缙的冷眼，不让自己的情绪泄露分毫。

“一周后来复诊，你右下六的牙齿有一个邻面龋，髓腔压力过大，建议根管治疗。”

他唰唰几笔写完病例，病历本上的字迹却意外工整清晰。

无数的话涌到嘴边，苏意最终却说不出来，她神色不明，好似疲惫非常，声音很轻：“麻烦你了……赵医生。”

一直到苏意的脚步声再听不见，心中腾起一股烦躁的赵禹缙丢下手中的笔夺门而出，正在收拾东西准备下班的小余还没来得及回神，就听到赵禹缙急切地开口：“刚才拔牙的那个病人往哪里走了？”

“楼梯间……”

话刚说完，眼前的人已经大步跑远。小余看着赵医生反常的背影，无解地摇了摇头。

苏意刚下完一层楼梯，就听见身后急匆匆的脚步声，她下意识地避让开来，却被一股重力摁在墙上。

有一只大手挡在背后，想象中的疼痛没有袭来，她却清晰地听见了骨头撞击墙壁的钝声。

“赵禹缙……”

素来清澈的眼睛泛着红丝，苏意读出了其中的愤怒，所以只敢轻声叫他。

赵禹缙终于冷笑出声，低着头质问：“苏意，你怎么敢，就这样出现在我面前！”

她被困在他和墙壁之间，一只手抵在他胸前，清楚地感受着他急速的心跳。

如果忽略这种剑拔弩张的气氛，旁人看了只道是温情一幕。高大英俊的男人把女人逼到墙角，含情脉脉，仿佛下一刻就要低头亲吻。

现实是，苏意觉得他下一秒就要咬死她。

“对不起……”

“对不起？”赵禹缙怒极反笑，“苏意，你对不起我的事情多了去了，你这句算是为哪件事道歉？”

一阵慌乱席卷心头，难道……他都知道了？

苏意浑身轻微颤抖，她紧咬着牙关，刚止住了血的牙龈又渗出血来，沿着嘴角缓缓流出。赵禹缙明明恨不得掐死她，却又在看到她流血的时候心软成一片。

赵禹缙挫败地欲往墙上猛砸一拳，却有一双柔软的手先他一步挡在墙前，白皙的手红了一大片，没有任何首饰的装点，依旧刺眼非常。

钝痛让苏意皱紧了眉头，她松开了咬着的唇，笑道：“你下午还有工作，不要伤着手。”

明明十分善解人意的一句温言，却好像一把淬了毒的匕首，直直扎进心脏，让历来光风霁月的男人呼吸困难。

赵禹缙深吸一口气，满脸倦色地淡淡道：“苏意，我宁可你从未出现过。”

直到赵禹缙离开之后很久，楼梯间来来往往走过几批人，苏意还是维持着刚才的样子。只是身后没有了宽厚的手掌挡着，墙壁的冷意侵入全身。

她揩了揩嘴角的血迹，无声地笑笑，再疲惫地走远。

“没影了，别看了。”

四楼楼梯的转弯处，傅和琛拍了拍赵禹缙，好似安慰。

“知道狠话出口伤自己更多，你又何苦讲。再说了，为了一个一句交代都没有就下落不明的前女友伤神这么多年，不值得。”

傅和琛苦口婆心地劝着，只听得沉默了很久的男人缓缓说道：“我们结婚了，五年前，她失踪的二十二小时前。”

苏意走出医院大楼的瞬间，被玻璃门隔绝在外的城市热浪扑面而来，近午时的热风刮在脸上，莫名有些灼人。

来往的行人略有些诧异地看着直直站定的苏意，目光里有探究，也有误解后的同情。苏意掏出随身带着的镜子一看，原来嘴角的血迹没有擦干净，脸上挂着一道已经干涸的血痕，乍一看，像是被人扇了一巴掌的样子。

苏意倒是希望，赵禹缙真能狠下心给她一巴掌。可这人啊，她太了解了。他虽很少生气，可也不是没有脾气的，但他只把生气当成是自己的事情，默默地消化了，从来不肯伤及旁人，所以他生气起来，也其实，很难哄得好。

想到这里，苏意又是无奈一笑。她仰头看了看天色，刺目的阳光直直钻进眼中，让她整个人又思绪清明起来。

手机上的留言已经积了一茬，苏意再没有耽搁，随手拦了辆出租车，往公司奔去。

进了瑞希的大楼，忙碌严谨的工作气氛充斥上下。早上出门急，又顾虑了许多，苏意只穿了件不太符合工作形象的私服，消弭了几分她在工作中的强势和严肃，以至于此时前台姑娘看向苏意的目光多了几分诧异。

苏意一个眼神扫过去，前台的姑娘无端缩了缩，心道自己刚刚哪里来的错觉，竟然觉得蒋副总身上披着些柔和，这眼神看上去，明明是一如既往地冷嘛！

不出苏意所料，仅三个小时不在，办公桌上就已经堆了好几份待她处理的文件。

倒了杯温水送服了止痛药，苏意随手翻开了最上头的一份企划部交上来的项目新方案。

蒋家的产业很多，家族几代人积攒下来的老本，起初多数用于金融投资，涉及的范围也十分广阔，熟悉行业又有了足够的资本之后，再建立起自己的行业品牌，慢慢做大做强。子公司瑞希主营的项目也是投资，不过投资的范围不算广，主投行业是文娱，因此资金的流水量并不小。

先前看了瑞希这几年的投资历史，苏意哭笑不得。以前初中考英语的时候，一溜儿下来二十道单选题，她哪怕随机填答案，都能蒙对个百分之四十，但显然瑞希的前任决策者运气不咋样，投啥赔啥。

起初她倒还真想过这兴许和人品挂钩，但现在看来，果然还是因为能力太差。

苏意拨通秘书室的内线，交代道："十五分钟后，让各部门负责人到会议室开会。"

说完，她推开了休息室的门。

楚桐的办事效率一贯极高，此时不到十五平方米的休息室里，床铺被褥一应俱全，整面墙的大衣柜已经塞满了她工作各个场合需要用到的服装及配饰。

苏意随手拎了套衣服出来换上，心想着，得找个机会给楚桐涨工资，要么干脆给蒋家所有员工都涨个工资，挥霍完老爷子的家底算了，省得她这么鞠躬尽瘁还处处受限。

被自己幼稚的想法惊到，苏意兀自笑了起来。她一点都不排斥这样的自己，因为这样的自己，她才觉得鲜活一些。

从休息室换装出来，苏意看着办公桌上金色涂料描绘出的"蒋舒窈"三个楷体大字，登时敛起了表情。苏意可以幼稚，但是蒋舒窈不行。这句话，才是真正刻在她心里的那一句。

会议室里人坐了个大概满，秘书室早按照苏意交代的，把座椅按人头摆放，这样一来，少了几个人未到，苏意一目了然。

楚桐坐在右边第一个，见苏意此时精神还算好，这才放下心来。

“本来，我应该一上任，就和大家见一面。不过我们公司的情况，让我觉得比起和你们见一面，更要紧的，是算算这几年，公司亏损了多少钱。”

苏意说这句话的时候，算不得严肃，脸上甚至还带着笑，可其间的讽刺意味没人听不出来，心里有数的早已默默低下了头，心存侥幸的却还沾沾自喜，心想着新官上任三把火，也就是做个样子唬一唬人。

曾经被老爷子带着在各种场合混迹过的苏意此时看破不说破，她把带来的文件在桌面上一一摊开，慢条斯理地逐一说了起来：“瑞希第一笔超过七位数的投资，实际金额三千五百万，投资的是部青春喜剧电影，作为第二大投资商，不仅投入了资本，还顺带捧了位新人。电影上映前一周，因为这位新人被实锤的负面新闻，电影临时撤档，待播至今。第二笔投资，金额七千万，投资的还是部青春喜剧电影，倒是顺利上映了，网络评分跌破 2.8，被誉为三年来最‘智障’电影，瑞希被连带上了三天的热搜，被主演的粉丝追着骂了小半年，公关费都花了不小的数目。我特别想问问，在座的各位，对这些只赔不赚的项目，究竟有什么执念？”

全场静默，大家深谙这种时候谁先开口谁炮灰的真理，集体低头装死。苏意也不恼，打开投屏把刚刚收到的新项目方案放了上去。

她点名企划部部长道：“刘部长，我想请问您，企划部认为这个新项目的优势和可行性体现在什么地方？”

企划部长刘竟看着投屏上略有些陌生的方案，难得地心慌了慌。

昨天这个空降的大小姐上任，对企划部就只吩咐了一件事：今天之内要看到新的项目方案。

这几年来，企划部哪个项目不是磨洋工磨了小半年才做出来的，别说新方案了，就是旧的备选方案也挖不出一个来，就今天这个，还是整个部门熬了一晚上临时想出来凑数的。

刘竞觉得很委屈，委屈之余分外想念那个带着大家不干正事混日子的前任上司。要是个随随便便的空降兵，他也就应付过去了，可心里又跟明镜儿似的，知道现在问自己的这个年轻丫头，不多时就会变成蒋氏真正的掌舵人，得罪她无疑自砸饭碗。本来还侥幸想着兴许这个大小姐也就是个花花架了，没想到眼光倒是毒辣得很。

没办法，刘竞只好硬着头皮胡诌："关于这个项目的题材，就目前来看，在国内的发掘度较低，市场空间还比较大，投入成本相对而言也比较保守……"

好不容易说完，刘竞只觉得自己那高高的发际线下的额头已经冒出了一层冷汗。他悄悄打量了一眼苏意的表情，只见苏意了然般开口问道："所以你们部门历来有把项目优势和可行性藏在自己脑子里，而让决策者只看方案然后自己提炼要点的习惯？"

此言一出，终于有人绷不住笑了出来。

紧接着，在座诸位又听苏意说道："这个项目，也不是没有可取之处，就以往的投资项目来看，这一个，倒是有眼光了一些。下周一，请企划部提交完整的项目策划，以及各部门，下周一给我上交一份'预辞退'职员名单。今后每周管理层在同一时间点召开例会，散会。"

"啧，杀鸡儆猴啊？你这个'预辞退'名单一出来，估计一拨人会战战兢兢，另一拨人会忙着找下家了。"

会议结束后，楚桐跟着苏意进了办公室，品着她方才会议上的那一出。

苏意舌头下意识顶了顶拔牙的地方，边看着文件，边回她：“我还怕有人舍不得走呢！现在的瑞希，就像是背着几十斤书包的小孩儿，包里囤着一堆空白待写、错题待改的作业，没人做，那我留着这群人做什么？若是能激着大家调动工作积极性，那当然还是有工作经验的老员工用起来更好，要是都老油条惯了，也是时候大换血了。”

楚桐赞同地点点头：“是这个道理，树根坏了，光抓叶子上的虫确实没什么用。”

“你顺道替我向后勤部捎个话，最近这阵子，茶水间除茶水咖啡外，新增夜宵和水果，供应加班员工。”

楚桐应下，知道这是苏意一贯的作风，明面上总会被误解，但私底下又替别人想很多。楚桐微微扬唇，继而看了看苏意，问道：“你牙好些了？”

不提这事，苏意几乎是要忘了这茬，可这一提起来，那些被遗忘的疼痛神经也醒了。她无奈地捂了捂脸：“拔牙了，下周还得去治疗。”

说完，她又有些惆怅地叹了一口气：“你要不猜猜我的主治医生是谁？”

都这么问了，楚桐自然明白。她安慰般拍了拍苏意的肩，道：“看来老天爷也在替你俩找机会再续前缘啊。”

苏意嗤地一笑，心下一片苦涩，末了低声道：“但愿吧。”

一墙之隔，就是间还算舒适的休息室，但对于苏意来说，有些形同虚设。一整天唯一冒出来过的那阵困意，也被她用浓到发苦的红茶压下，等她再度从工作中回神，又已经是明月高悬的时候了。

苏意捏了捏发酸的鼻梁，略略伸了个懒腰，提起小挎包关灯下楼。等电梯的间隙，安静了一下午的手机骤然响起，系统自带的铃声简单干脆，在空旷的廊道里扩散。

看见来电显示，苏意微微眯了眯眼，旋即想起老爷子前日动身前去度假，按照时差，此时他那里正是早晨。

苏意接起电话，清了清嗓，叫了声：“爷爷。”

比起她带着疲惫的嗓音，老爷子的声音就显得中气十足：“我听说，你生病了。”

仿佛就是在问一件日常工作，老爷子的语气平淡，听不出丝毫挂念。苏意顺手别了别耳畔的碎发，有些好笑自己突如其来的委屈。

“牙髓炎，不怎么严重。”

电话那头稍稍停顿两秒，继而道：“你和魏承的订婚消息一经公布，短期内会有多方目光聚焦在你们身上。很多事情，不用我说你也明白，这个时候，我不想见到类似‘蒋氏继承人’深夜就医的新闻。”

苏意正对着电梯里整面清澈的镜子，她看见自己笑得牵强又讽刺：“您不用担心，生病的人是苏意，和蒋舒窈没有关系。”

明明知道这句话大概算得上是拂了老爷子的逆鳞，可苏意就是抑制不住发痛的反骨，不管不顾地说了出来。果然，回应她的是电话被干脆利落挂断的声音。

再几分钟后，楚桐父亲的消息悄悄发了过来：“窈窈，其实老爷还是担心你的，你别多想，注意身体。”

适时电梯刚好落地，苏意收起手机，还能想象到楚叔此时皱着眉头两方挂心的样子，夹在他们这一组爷孙中间，也真的是辛苦了。

离深夜还有一段时间，大路上车水马龙，还算热闹。苏意蹬着细细的高跟鞋，每走一步就是清脆一声，没来由地让人有些烦腻。算起来她已经有很多年没有像这样安静地走在这座城市里了，不知怎么的，她就想起了以前脚踏平底鞋，步履轻快的自己，仿佛是偷来的那几年，却活得恣意万分。

没有勇气踩着这么折磨人的鞋子回酒店，苏意走到了公司大楼前的人行道边，刚打算拦出租车，只听一声喇叭响，一辆黑色低奢的玛莎拉蒂缓缓滑至跟前。

后座的玻璃窗降了一半，苏意侧头看了看，本该在大洋彼岸和董事会斗智斗勇的蒋魏承正像尊黑面神一样坐在里头。

他的助理自驾驶室下来，拉开后座的车门，对苏意说道："小姐，请上车。"

得，省了一笔打车费，这便宜不占白不占吧。苏意难得好脾气地上了车，倒是蒋魏承的助理林部惊了一惊。跟在这两位身边多年的人没有谁不知道，他们两个的关系完全可以用势同水火来形容。以前别说是同乘一辆车了，就是同框的次数都少得可怜。

林部回到驾驶座，从后视镜悄悄看了眼后座上沉默的两人，心想，要不是自己知道内情，只怕会以为是两人坦然接受了婚约。

"要是没本事照顾好自己，就干脆回蒋家庄园接受老爷子的安排，找个门当户对的继承人嫁了，省得拔了颗牙还得连累别人长途跋涉来看望你。"

果然，蒋魏承的语气简直冷血，林部开始自我反思，告诫自己不要再被表象迷惑。

连轴转了一天加上老爷子的那通电话，苏意的戾气几乎是在听到蒋魏承这番话后全面爆发。只不过她有个毛病，越是怒火中烧，面色越是平静。

她不屑地呵笑出声，丝毫不掩饰自己的牙尖嘴利："自己没本事抗衡老爷子的指令，跑来我这里耍什么威风。你不愿意来，大可以亲口对老爷子说'不'啊。可惜，你不敢。"

有那么一瞬间，蒋魏承恨不得掐死眼前这个笑得像朵罂粟花的女人，但多年积攒的隐忍让他很快冷静下来，轻飘飘的话中藏着利刃："怎么，怕我出现在颍川影响你和那个医学生再续前缘？哦，他现在应该已经是个医生了吧，难怪你病得这么巧。故人重逢的感觉怎么样？"

不知道从什么时候开始，苏意和蒋魏承的相处常态变成了互相插刀。苏意掐得自己大腿上的那块肉都快掉了，才忍住汹涌而至的愤怒。

她反常地柔和一笑，整个人的眉眼霎时温婉动人："这么好奇？可惜你不知道什么叫爱，因为……没有人爱你。"

不就是扎心吗，谁不会啊？蒋魏承知道她的软肋在哪里，难道她就不知道他的？

林部感受着车内越发紧张的气氛，眼见酒店出现在视野当中，方才稍稍放下自己悬着的心。他提了些车速，而后迅速在酒店门前停了车。

不知哪里传出去的消息，酒店门前蹲守着不少媒体，看这架势，像是专门在门口蹲这两人的。

苏意暗骂一声该死，她实在是非常不乐意和蒋魏承一起出现在娱乐版面。

坐在身边的人在苏意想要阻止前打开了车门，继而端着一派少见的温和笑容，十分绅士地替她拉开了车门。

若不是顾念着最近涨势明显的股价，苏意保证她是绝对不会下车的，偏偏蒋魏承蛇打七寸。苏意觉得自己的笑看起来一定很咬牙切齿，这一不小心就触动了刚刚被拔过牙的神经，牙龈一痛，脚下的步子乱了几分，整个人作势要摔倒。

蒋魏承倒是记着现在在演戏，眼疾手快地扶了她一把，余光瞥过周围端着相机在拍照的媒体，他笑得和风细雨，顺势就给了苏意一个拥抱。

他用苏意从未听过的温柔语调，分贝颇大地说道：“这么大的人了，这样不小心，让我怎么放心回去？”

任谁看了，都道这是一幅未婚夫妻难舍难分的离别场面，可当事人苏意觉得，自己昨晚吃的火锅好像快要吐出来了。

她在暗处的手使劲推着蒋魏承，他也放开得痛快。在蒋魏承手心触碰到的温暖散去的同时，苏意听到他在耳边低声却恶劣地问了自己句：“你就敢确信，还有人爱着你吗？”

“轰”的一声，苏意觉得自己心中筑起的那座名曰勇气的城墙坍塌了一块。她任由蒋魏承故作亲昵地揉了揉她的发顶，她任由周围的快门声不停不歇，失魂落魄地走回酒店。

直到她回到房间，在洒着冷水的花洒前站定，她才觉得终于可以卸掉支撑着自己的那股劲儿。

难怪老爷子总夸蒋魏承是天生的商人，真狠。

苏意无力地环抱住自己蹲了下来，她隔着皮肤摸了摸缺了颗智齿的位置，然后深深埋下了头。

如意料中的那样，蒋魏承的出现给原本渐渐消下去的热度添了把火，苏意被迫又在颍川的娱乐八卦版上挂了几天。

虽然很不顺她的心，但是也算不得全是弊处。一来二去，倒是让她这个人慢慢在颍川的诸多经纪公司中有了些认知度。也不知是哪家媒体下足了功夫，竟然挖出了许多她前几年在蒋氏集团雷厉风行的举措。

一时之间，找上门寻求合作的或者还在观望中的商业伙伴，倒是多了不少。同样，瑞希上下的工作量，也随之增加。或许是预辞退名单起了激励作用，最让楚桐感觉到变化的，要数最近各部门高效率的办公状态。

起表率的当然还是掌舵人苏意，楚桐粗粗数了数，一周内，苏意竟然在办公室住了四晚，偏巧自己出差这几天没人盯着她吃饭，她整个人瘦了一圈。

她这副样子楚桐再熟悉不过，不要命的样子任谁看了，都会说蒋家继承人实至名归。

苏意确实劳心劳神地熬了好多天，当她看着大屏上条理清晰的规划时，总算觉得自己可以短暂地舒一口气。

楚桐从善如流地将瑞希的半年规划讲了个全，苏意抿了口清水，接过了她的话："如各位所见，就目前而言，瑞希面临的最大问题不是资金，而是口碑。在大市场形势愈加紧迫的现在，只有快速建立起口碑，瑞希才能被更多的合作方看到。所以，我们的第一仗，不在于战线的长度，而在于战局的赢面。我希望，接下来的这些时间里，瑞希上下能够争取到川行传媒新开发的项目合作……"

她话说了一半，平躺在笔记本电脑边的手机不合时宜地发出一声振动。她下意识瞄了一眼，破天荒地走了个神。

归属地为颍川的陌生号码，发来一条简明扼要的短信，只有短短几个字："下午三点半，第一次根管治疗。"

不知怎的，苏意隐隐觉得，这条短信应该是赵禹缙发的，可她不免又想起那次糟糕的重逢，舌头顶着发疼的牙齿，打消了这种期待。

耗时较长的会议结束后，苏意早就忘记了自己还有条已读待回的信息，一门心思都放在了下午即将和赵禹缙再度见面的事上。

“小桐，我下午去医院，你……有没有空，陪我去趟商场？”

楚桐抱着手臂看着方才还独当一面的女人方寸大乱的模样，有些好笑地替手忙脚乱补妆的苏意旋开了口红：“你就想想一会儿自己大张着嘴面对他的模样，你会发现其实化不化妆，穿不穿好看的衣服没什么差别。”

楚桐一针见血，苏意颓然地靠在她肩上：“你可别说了，我以为我们再见面至少能是个阳光灿烂的日子，我仪态万千地出现在他面前，和他说一声‘我回来了’。”

私下楚桐对苏意就随意多了，她毫不客气地拆穿苏意的自我安慰：“起码在我的认知里，还没有哪个被单方面宣布离婚的男人，见到负心妻子能做到心如止水，除非他根本就没有爱过你。”

见眼前已经是一张放大了的苦瓜脸，楚桐略有些唏嘘地拍了拍她的肩：“不过，就你们上次那惊心动魄的重逢来看，我起码可以肯定，他没有放下你。”

即使有楚桐的安慰，可当苏意真的出现在赵禹缙的诊疗室时，还是缺了那么几分直视他的勇气。

不过好在这个男人现下大半张脸都藏在了口罩后面，苏意起码不用担心会在他脸上看到厌恶的表情。趁着赵禹缙还在给前一个病人写病历的间隙，苏意悄悄地偷看着他。

记得读书的时候，自己做笔记总是写着写着，笔记本就会随着手腕的角度发生倾斜，可赵禹缙写字，本子和字都端端正正，像极了他做事一丝不苟的风格。

患者似乎也没想到，这个医生这么认真，把病历本写得清晰又好看，不由得对赵禹缙又尊敬几分。继而她看到了站在一旁一言不发但光彩照人的苏意，不禁八卦地开口搭话道：“赵医生，您女朋友真有气质啊。”

赵禹缙抬眼睨了睨苏意，写完最后一个字收笔，回了句：“她不是。”

不大的诊疗室里，除了赵禹缙，另外两人神色各异，苏意心里一个“咯噔”，女患者则满脸尴尬。她刚才看着苏意走进来，熟稔地把链条包放在桌子的空位上，还以为……

苏意清晰地听到女患者走出诊疗室时长舒了一口气，可她当下心绪纷乱，好多种猜想在脑子里绕来绕去。

直到身下的治疗床抖了抖，苏意才醒了神，随手拽住了手边的衣角。这一拽力度颇大，本打算去取干净工具的赵禹缙被拽得止了步，回过头来深深地看了苏意一眼。

苏意悻悻地松了手，像是要找回场子般小声说了句：“我怕疼。”

话一说完，她恨不得反手就给自己一个大嘴巴子，苏意，你还敢再丢人一点吗？！

赵禹缙没有接她的话，也没有意识到自己此时在口罩下扬起了嘴角，从前被A4纸割破点皮都要号上半天的人，这会儿可不得怕嘛。

回忆令他沉醉，同时也让他清醒，因为是过去式，所以后来发生的一切，都不是他想当成臆想的存在。

等赵禹缙坐在凳子上的时候，他才回了苏意的话：“今天只是开髓，正常情况下患者不会有痛感。你还有什么疑惑，可以一起提出来。”

苏意看着他的眼睛，双眼皮还是那么令人嫉妒。

她突然就找回了自己五年前的无赖心态，问道：“上次你拔走的那颗牙齿，可以还给我吗？”

赵禹缙像是想起了什么的样子，皱起了眉头。

墙上的秒针“咔哒咔哒”走了一整圈，苏意才听到他说：“已经被当作医疗废物处理了。”

苏意鼻头一酸，两滴眼泪不受控制地流了出来，恰逢随诊护士走进来，看到这架势略有些意外，只当是苏意被治疗吓哭，好言安慰道：“你别担心，赵医生每天治疗的牙髓炎患者多达十几个，在这方面他是权威。”

苏意闭上了眼睛遏制失控的泪腺，破罐子破摔般瓮声回了句：“我只是和你们赵医生告白被拒，心里有些难过而已。”

年过三十的护士姐姐受到冲击，面上满是惊疑。赵禹缙被这熟悉的苏意式无赖弄得好气又好笑，趁她闭着眼睛的时候抽了张纸，擦去了她侧脸那滴碍眼的泪珠。

围观全程的护士姐姐觉得自己仿佛见证了一幕很了不得的事情，在接下来的治疗过程中目光不停在两人身上流转。最后她发现，明明以往一个开髓只要二十分钟就能搞定的赵医生，这次多用了一倍的时间。

毕竟是儿女双全的过来人，随诊护士心下多少有了些判断。她看着开髓完整个人都有些蔫儿的苏意，趁着赵禹缙走开的间隙，好心地出声安慰：“这么多年也没听说有谁和赵医生告白成功过，你……不要灰心。”

苏意咧嘴笑笑，后知后觉地有些不好意思。

护士看着她眉眼动人的笑意，道：“你看着，还挺面熟的。”

赵禹缙适时进来，护士善解人意地把空间留给了二人。

苏意心想，要是自己这个时候是醉酒状态该有多好，起码还能给脑子发热找个借口。果然只有遇上他时，饶是自己多么冷静理智，都会在他面前丢盔弃甲。

赵禹缙此时摘下了口罩，但是面上仍旧一副公事公办的表情。他淡声开口：“下周做第二次治疗，一会儿你找护士约时间……”他沉默片刻，仿佛下了个决心，“苏意，要不，我给你换一个主治医生吧？”

如果苏意当下抬头，多少能在他脸上看到些类似纠结的情愫，可苏意埋头捏着手指，好一会儿才道：“我记得，你历来是个喜欢善始善终的人。”

桌上没放稳的笔终于滚落到了地上，“嘎嗒”一声，不知敲在了谁的心上。

夜深，口腔内科 VIP 区，只有赵禹缙的办公室还亮着盏灯，电脑上是苏意拍的片，一口端端正正的牙齿，上下各有个缺。

赵禹缙拿出口袋中的小玻璃瓶子，里头一颗被洗得白白净净的牙齿撞着瓶身声音清脆。

这是他弄掉的，她的第二颗牙。

# 第二章

## 手中沙

**赵禹缙淡淡吐出一句：“也好，这样两清。”**

十四年前。

颍川的大街尚没有如今这样平坦宽阔，矮小的围墙切割出许许多多纵横交错的小巷。姹紫嫣红的三角梅很是茂盛，从围墙的顶端垂下，仿佛一簇紫色瀑布。

彼时的赵禹缙丝毫没有现在的风华，得益于他那厨艺高超的母亲，恰逢青春期荷尔蒙爆发的他在母亲美食的投喂下，从小时候的白，变成了白白胖胖。虽然底子好，但也挨不过脂肪的魔力，虽然胖嘟嘟有些可爱，但着实不是很讨女孩子喜欢。

但他历来对这种事情，是不大放在心上的。比起成为在班级里受女同学青睐的男生来说，诱惑更大的，是他父亲刚刚入手的一辆电动车。

这一日，趁着父亲外派交流，母亲执教的学校组织教师团建，在家中称王的赵禹缙从鞋柜摸出了电动车的钥匙，略有些激动地把车推出了自家小院。

“猪肉”倒是真没吃过，但还是见过猪跑的，赵禹缙看着空无一人的小巷，发动了车子。起初他只敢轻轻捏着油门把手，眼见着车子又平又稳，他才大了胆子，稍稍提了提速。

但毕竟做贼心虚，本想着过把瘾就掉头回去，但转弯的时候没有控制住，眼见迎面走来个人影，赵禹缙连人带车如慢动作回放般失去了平衡往一边倒去。

因为车速较慢，这一倒问题倒是不大，但偏偏走来的人好似也没有认真看路，直直撞到了赵禹缙的车前，也被带倒在地上。

赵禹缙慌了神，来不及摸摸自己蹭破皮的手腕，连忙去扶被自己带倒的少女。少女一头参差不齐的短发，瘦弱的身形看起来就像是营养不良。赵禹缙不费什么力气就把人扶了起来，盯着她前前后后看了一圈，好像没有明显伤口。

他声音暴露着紧张，连声问："你有没有事？对不起啊，很抱歉。"

少女这一摔似乎有些晕，缓了一会儿才弯着眼睛摇了摇头，正要开口，却觉得有什么不对。

赵禹缙看着她唇边的血沫，脑子里无数个念头飞闪过去：完了完了，给人撞吐血了！我是不是需要承担刑事责任！

但接下来的一幕，却又狠狠地将他惊了一惊。只见少女淡定地从嘴里吐出一颗牙，摸出书包里的水瓶漱了个口，再从善如流地把带着血沫的牙齿认真冲了冲。

全程呆立的赵禹缙还未醒神，就被她大力拍了拍手臂。

少女倒是不恼，依旧眉眼弯弯，道："想不到我这颗自己拔了一个星期都没拔下来的牙就这么交待在了你这里，谢谢你啊！"

赵禹缙仿佛听到什么惊天轶事般看着她，可她绕着四周的两层小楼张望了一圈，有些不好意思地对他说："那个什么，听说牙齿掉了要丢到房顶上……"她比了比自己的个头，又看了看赵禹缙，"你能不能代劳一下？"

赵禹缙抿着唇接下少女手中的那颗牙齿，随后按照少女的要求把牙齿丢到房顶。到了这时，沉浸在折磨自己多时的大牙终于离开自己的喜悦中的人才反应过来，自己经历了什么。

赵禹缙看着她变脸如翻书，甚至把手背在了身后，一开口就是一股子教育的味道：“我不禁要提醒提醒你，未满十六周岁骑电动车是违法的，你这蹭到了我，我没事倒还好一点，但万一我有事呢？你要怎么办？”

的确是自己的错，赵禹缙无法反驳，除了道歉，好像也不知道还能做点什么。他看了看眼前这个矮自己一个头的少女，满脸抱歉道：“你说得很对，我也真的很抱歉。我叫赵禹缙，就住在前面三十米的那个小院里，你要是回家后发现有任何不舒服的地方，请一定告诉我，我会承担责任的。”

少女摆摆手，看着他认错态度诚恳，又强调了句“以后别再骑车啦”，接着转身就想离开，刚迈了两步她又回过头来，看着赵禹缙说了声：“我叫苏意。”说完后，她挥了挥手不带走一片云彩，很快消失在了赵禹缙的视野里。

平复了心情的赵禹缙看着自己破皮的手腕，满脸悔意地扶起车子，缓慢往家走去。

发生了这种事情，是不可能逃得过他父母的火眼金睛的，问清楚前因后果之后，很少动怒的父母难得发了大脾气，将赵禹缙狠狠地教育了一顿，从此他看着院子里的电动车犹如蛇蝎，青春期唯一萌生出的叛逆也因为这件事被掐死了苗苗。

但他有时候不免会想到被自己撞掉一颗牙的苏意，不知道她回去后有没有不舒服。仿佛是心想成真，苏意倒还真的找上了门来。

不过比起赵禹缙来说，好像更难为情的人是苏意。她那参差不齐的短发比那日柔顺一些，依旧是眉眼弯弯的样子，但看起来好似多了两分讨好。

苏意清了清嗓子，道："你看你上次撞了我，我也没怪你是不是，那你能不能……不对，那你是不是应该请我吃一碗面条以示歉意！"

她说得底气不足，但鲜和女孩子打交道的赵禹缙莫名觉得她有些可爱，不自觉弯起了嘴角。

赵禹缙带上了自己所有的零花钱，却没想到苏意把他带到了这一片价格最亲民的路边小面馆。

小面馆的桌椅染着层厚厚的油渍，家中有一个医生父亲又有一个洁癖母亲的赵禹缙，倒是从未在这种环境中吃过饭。苏意很细心，看出了他面上隐晦的纠结，毫不拘泥地抽出书包里的本子，垫在了他的凳子上，而后叫道："阿姨，两碗清汤面。"

赵禹缙看着有些年份的价目表上的清汤面价格，才三块钱一碗，心中对苏意的好感顿时上升许多。他起身走到摊子前低声说了两句，等面上来时，上面铺着层诱人的牛肉，还有一颗卤蛋藏在面条中间。

苏意亮亮的眼睛放着光，挑起面条就往嘴里送，含混不清地说了句谢谢。赵禹缙看着她那狼吞虎咽仿佛饿了许久的样子，笑着摇了摇头，慢条斯理地挑起面条。

一颗牙外加一碗面的交情，让向来习惯了一个人的赵禹缙突然多了个朋友，还是个特别神秘的朋友。

两人不同校，赵禹缙对苏意知之甚少，只知道她就住在这一片，除此之外，再无其他。苏意很少和赵禹缙提及自己的事情，但意外的是，对着她的时候，原本话少的赵禹缙总有话可说。

苏意这个倾听者的角色扮演得十分到位，常常用一种"过来人"的口吻替他答疑解惑，等价交换就是，他请她吃饭。

苏意吃东西半点不挑，一碗清汤面就能打发，只是这个吃起饭来的样子实在让赵禹缙意外，回回都像是饿了许久的难民，大有连碗都吞了的气势。

一碗汤面下肚，苏意觉得自己整个人终于鲜活起来。她擦了擦额头上的汗珠，心满意足地打了一个小嗝，盯着还剩大半碗面的赵禹缙审视半晌，道："你吃饭这么慢条斯理的，按理说应该不容易长肉呀。"

赵禹缙被汤呛了呛，抬头看着苏意的眼睛里一边写着无辜，一边写着委屈。

苏意轻快地笑了起来，颇有点马后炮地补了一句："我觉得吧，你要是瘦下来，一定是倾国倾城的那一种。"

和苏意相处的时间长了，她身上那股子洒脱和不羁，潜移默化地改变着赵禹缙。往常的他听到这种话，多半是一笑置之的，可此时他十分自然地伸出左手，准确地在苏意脑门上弹了个脑瓜崩儿。

"一碗面都不够堵上你的嘴吗？"

苏意咂咂嘴，有些得寸进尺："我觉得差了那么一点点，比如说，加个卤蛋或许就够了。"

本也就是一次饭后的无心之说，倒是被赵禹缙放在了心上，打那一天开始，他每天都均出一小时运动，从未断过。

效果自然是显著的，只不过瘦下来之后的快乐，她却不是第一个和他分享的。

赵禹缙盯着眼前的镜子冷笑一声，这可不就是苏意的一贯作风嘛，从来都不肯从始至终地参与他的人生。

开髓完的苏意谨遵医嘱，整整十二个小时连口水都没喝。她大张着嘴对着镜子里的自己上下看了看，大牙顶上一块异样的白，简直是这一口大白牙的败笔。

懂得张弛有度的苏意从医院回来，就直接回了住处。酒店套房被收拾得干净整洁，唯一有些缺陷的就是整个空间找不到丁点家的味道。

洗漱后，她很是疲惫地仰面躺在床铺上，对着天花板上造型别致的吊灯，任由自己出了神。

就某些方面来说，赵禹缙和她还是很有默契的，就如他白天提到要不要给她换个主治医生，她知道，他一定也想起了些不甚愉快的过往。

但如果要让苏意来回想的话，她觉得她至今做过的最不后悔的一件事情，一定是十三岁的时候，死皮赖脸地赖上赵禹缙，让他请自己吃了那碗卧着牛肉和卤蛋的清汤面。

赵禹缙大概想象不到，那个时候的她，是下了多久的决心，终于在理智被饥饿战胜的时候，找上他的。

毫不客气地说，两人成为朋友的那一年里，要不是赵禹缙时不时带她改善伙食，她一定会长成一株面黄肌瘦的小苦菜花。

那个时候的苏意，是十分羡慕赵禹缙的。在她还不认识他的时候，回回从他家门口经过，都能闻到他家里飘来的饭菜香气。那种一回到家就有热汤热饭的生活，对于苏意而言，算得上是一种奢求。

但对于单亲家庭的孩子来说，其实这种场面，也不是个例。只不过她比别人稍稍不同了一点，她没能和父亲愉快地相依为命。幼时的记忆早就模糊非常，但自她有自己的思想开始，她好像就是吃百家饭长大的。

七八岁的时候，父亲辞去了机修厂的工作，凑钱买了辆货车开始跑长途运输。不到五十平方米的家中，大多时候，都是她独自一人。

简陋的平房小院里住着不少人家，苏意搬着两把高低凳，就着天黑前最后的自然光写作业，别人家传来“叮叮当当”的锅碗瓢盆声响，她吸吸鼻子，就能闻出谁家今天做了什么好菜。

邻里邻居的，都是些良善人家，看着大家都万家灯火桌前坐了，只有苏意一个人收了作业往黑乎乎的家里去，任谁都会起恻隐之心。

于是苏意就这样，东一家西一家地蹭着饭，勉强填饱肚子。

要说爹妈不在身边照顾着的利处就是，苏意懂事得早。晓得这算得上贫民窟的小院子里谁家都不容易，所以她每次也不敢多吃，肚子里多少垫个底，好言好语哄得邻居们满面笑意，总不至于叫人嫌弃她。

她这懂事的样子，她曾背地里从别人那听来个形容，世故。

谁能想到“世故”这词会被用在个七八岁的孩子身上。彼时的苏意只觉得，总归算不上是什么好说辞。久而久之，她也就不在意了，比起大人们觉得她不天真不烂漫，总好过她半夜饿得叽叽咕咕拿凉水灌肚子来得强。

苏意的爹不管她吗？倒是也不能这么说。管是管的，可是在苏意的印象里，父亲慈眉善目的时候总是不多。他次次回来，都像是个来去匆匆的行客，给家里添置点米，给她备好干粮再留些钱，就又匆匆走了。

久而久之，小院子里也有了风言风语，说苏意的爹早在外面有了娇妻孝子，只她这个原配生的女儿，见不得光而已。

只一件事让苏意觉得，虽然父亲对自己不大上心，但心底还是把自己当闺女看的。

那又是个凉风习习适合在院子里碎嘴的下午，偶然归家的父亲亲耳听到了邻里的闲话，额角气得都起了青筋，怒喝着冲上去，就要撕了那些个长舌妇的嘴。拉扯着拉扯着，也不知怎么就变成院子里的男人们打成一堆。

这就算是撕破了脸，小院是住不下去了，苏意她爹重新找了地方安了家，郑重其事地告诉她他在外头只是挣钱，最爱的女人还是苏意的母亲。交代完以后，又匆匆走了，这一次苏意的爹大抵气得有些糊涂，连生活费都忘了留。

没有生活费，又再没有邻里的接济，赵禹缙请的那一碗面，是苏意那一个星期，吃得最好的一顿。

他算得上是她活了小十来年遇到的最好的人，年纪不大，但是周身的修养气度就让人舒服得紧。和她在一起的时候，他话也不多，但总是可以妥妥帖帖地把她需要的一切都周全顾好。最让苏意记着他的好的是，赵禹缙从不问她的家事，也从不拿她打趣。

他像是丁点不介意那一顿顿饭花了多少钱，亦从未表露出半点要她知恩图报的心。苏意知道，赵禹缙和那些小院的阿姨邻里，不是一个世界的人。

当然，她也不是没有感恩的心，但她总觉得，明明她都记下了恩情，却总有人要在耳朵边时刻提醒她，你今日承了我多少恩，来日要还我多少情，虽然理所应当，但她总觉得诡异。

都是些善良的人，但免不了在衣食住行里沾染市侩，所以比起他们，她还是喜欢翩翩少年一样的赵禹缙。

被他带着吃吃喝喝的那近一年，苏意如今回想起来都会觉得，或许算得上是最恣意的时光了。

他们会在周五放学后扎进书店里看一整个傍晚的书，会在摊油饼的老爷爷出摊后一人捧着一个油饼蹲在街边飞速啃完，还会悄悄跑去新建的机场铁网边看飞机腾空而去，顺带和从异国来的华人姑娘闲聊几句。

那个时候啊，有人无条件包容她的张牙舞爪，她不用觍着脸堆着笑，开心就开心，不开心……从来没有不开心。

她有时就会想，要是赵禹缙瘦下来啊，一定能把自己学校每周一升旗台上发言的那个“校草”比下去。

不过她又是怎么和赵禹缙告别的呢？苏意眯了眯眼，好像那个时候她说的是：“我爸爸认识了个很不错的阿姨，要把我送到姥姥家去。”

过度沉迷往事的后果，就是本该安睡到天明，却在半夜惊醒。分针要走到天亮还得在表盘上再走两圈，四下安静又漆黑的屋子里，只有鼻尖白色被子上消毒水的味道异常清晰。

好像，是该在颍川找一处房子。她费了那么大的力气终于回到这里，不就是找回那个被她不得已落下的家吗？

苏意披衣坐起，打开随手放在床头的笔记本电脑，细细地把上午要安排的工作安排下去。加班到凌晨的职工看到公司系统里CEO又更新了待办事项，琢磨着自己好像终于知道了为什么蒋家的家业能够这么大而稳固。

蒋家人工作起来简直不要命！

用睡觉的时间做完了上班时的事，待上班高峰期一过，苏意目的明确地走到了房屋中介公司，点名要租山水城的房子。

中介小哥年纪不大但阅人无数，看着眼前这个名牌加身只露了半张脸的年轻女子，有些好奇她为什么偏爱一个房龄十多年的老式小区。

租房意料之外地顺利，苏意站在自己新租下还有些杂乱的房子里，望着对面那栋种了一阳台花草的温馨小屋，面上是难得的放松表情。

而下一刻她就笑不出来了，调休在家的赵禹缙刚端着个花洒壶走到阳台，对面的熟悉身影就撞进了他的眼中。

接着，对面的阳台关上了门，拉起了帘。苏意咬着唇撇嘴，这人真小气。

窗帘后的赵禹缙手上还端着花洒壶，他愣怔了片刻，而后干了件令他自己也诧异非常的事情，他偷偷把窗帘掀开了个缝。

对面的阳台上已经空了，让他觉得，刚才的那一眼仿佛只是错觉。心底骤然有些空洞，无法掩饰的失落蔓延开来，却在看到那个身影出现在另一扇窗子前立即得到安慰。

赵禹缙苦笑自己不长出息，再没了侍弄花草的闲情。明明他今天讲课的时间是在下午，但他还是选择离开舒适的家，转而在学校的办公室中静坐。

傅和琛哼着小调吊儿郎当地在走廊上走着，此时的他既没有操刀时的稳重自持，也没有讲课时的不苟言笑，但这样随性散漫的他，其实才最真实。

余光习惯性地瞥了眼赵禹缙的办公室，只见半开的门里，赵禹缙点了盏酒精灯，深邃的目光注视着橙黄的火苗，也不知在想些什么。

傅和琛屈指敲了敲门，自顾自走了进来。

“你不是下午的课吗，这么着急过来？我听说昨晚你可是和主任熬一台手术熬到凌晨四点才回的家。”

赵禹缙现下不大有闲聊的兴致，他盖上酒精灯后翻开了手边的教案，上头早写满了先前准备的知识点，倒还真是无事可做。

傅和琛随手从他桌面上叠放整齐的一堆书里抽出来一本《口腔颌面外科学》，他眯了眯眼，这才想起来大学时赵禹缙的主修方向一直是口腔颌面外科学。赵禹缙向来在学医方面很有天赋，在噩梦般的期末考折磨下，面对摞起来足足一米高的复习课本，别的人哀声连天，只有他还有旁的心思把牙体牙髓病学也学了个透。

可最后他把主次颠倒过来，出乎所有人意料地成了口腔内科医生。

傅和琛咂摸着嘴品了品，突然品出了些味道来。如今赵禹缙仍时常被主任抓去手术室操刀，可见他其实还是热爱的，那么能让他抛下热爱的原因，以傅和琛多年来对赵禹缙的了解来看，有且只有苏意一个。

男人啊，尤其是被抛弃了的男人……

傅和琛同情地看了赵禹缙一眼，眼见后者眼中已经腾起几分六亲不认的架势，他嘿嘿一笑，决定保命要紧。

傅和琛刚起了个身，门口传来轻轻的敲门声，随后门边冒出来一张不施粉黛的脸。

傅和琛将来人上下打量了一番，挑眉调侃道：“哟，这不是我们语霏妹妹嘛，翘班送温暖啊？”

被他这话说的，丁语霏提着一袋子水果进也不是退也不是，尴尬间咬了咬牙，脸上发烫道：“我大学同学捎来几箱火参果，太多了我一个人也吃不完，今天轮休，想着你俩有课，刚好送过来。”

到底是要送给谁傅和琛心中门儿清，看破不说破，傅和琛笑吟吟地接下了丁语霏手中的袋子，随即看了一眼眼睛没离过电脑的赵禹缙，就差没挤眉弄眼告诉他：喂，你的追求者都送到门口了，你看都不看人家一眼是不是不太好。

赵禹缙恰巧在为学生解答疑惑，还停留在理论学习阶段的学生突然提出了一个比较有建设性的问题，赵禹缙惊讶之余也萌生了讨论欲。

他瘦长的手指刚噼里啪啦打了很长一段字，从天而降的一袋子水果砸在键盘上，好巧不巧砸中了快捷键，整段清空。

玩过了头，傅和琛尴尬笑笑。赵禹缙微不可察地叹了口气，这才注意到丁语霏。他看了看两人，当即明白过来现在是个什么情况，随后客气有礼但略带疏离地道：“谢谢你。不过我怕酸又对蜂蜜过敏，这个火参果看来是要便宜和琛了。”

眼见着满心期待的小姑娘失魂落魄地离开，要不是见过赵禹缙黏黏腻腻的模样，傅和琛差一点就信了他真的不解风情。

“哎呀，也不知道是谁，大学喝了整整四年的蜂蜜柚子茶啊。”

十分欠揍的语调，配合傅和琛那张欠揍的脸，赵禹缙“啧”了一声，睨他。后者从善如流地捞起一个火参果，看了看袋子里齐全的开果器、蜂蜜和吸管，兀自吃了起来。

酸甜中和，入口清香。傅和琛吃得心满意足，满足之余又有些替丁语霏可惜，多善解人意的一个小姑娘啊，就是喜欢错了人。

别看赵禹缙见到苏意时那冷淡的样子，傅和琛又哪里会不知道，这个人这么多年，一心扑在医院和学校，不是真的看破红尘，而是给自己一个借口等她罢了。

他是很气，但他气的不是苏意一声不响地离开，气的是她这么久才回来。

傅和琛心中一动，选了个恰好能拍到赵禹缙奖牌的角度，手极其做作地捏着个火参果拍了张照片并配文“还是赵医生幸福啊”，随后屏蔽了同事分组，高调地上传到了社交平台。

眼见着墙上分针又偷跑了五分钟，赵禹缙这才抬眼提醒正笑得得逞又嘚瑟的傅和琛：“我听说，你今天上午的课，在知行楼 307？”

他话音刚落，傅和琛几乎是夺门而出。

什么叫损友？这就是！都上课五分钟了才提醒，还敢再没人性一点吗？

于是那一天，南川大学医学系的傅和琛老师奔跑于教学楼间的照片被做成了一组十分喜感的表情包。某个大三的学生悄咪咪发了一张，而后发现历来只可远观的赵禹缙老师破天荒地点了个赞。

赵禹缙带教的三个班都是大一的，正是打基础的时候。刚入学的少年少女们尚且还不知道自己选择了一条多么伟大又多么辛苦的道路，每一张朝气磅礴的脸上都写满了对未来的无限憧憬。

赵禹缙有时不免感慨自己也有过他们这种少年不识愁滋味的时候，甚至还有些羡慕，但当他站在讲台上的时候，面对着一张张尚有些稚嫩的脸庞，他想起了自己当年读书时，头发花白的教授笑得和蔼，告诉他们，他们捧着的这些书，其实是生命的重量。

可他是为什么走上这条路的呢？他略微晃了晃神，然后阻止了自己继续想下去。

苏意刚甩着手上的水从休息室出来，办公室的敲门声刚好响起。

苏意随手抽了张纸擦干水又在办公桌后坐定，才不急不缓地喊了一声：“进。”

楚桐脸上挂着几分揶揄的笑意。看见是她，苏意才放松了有些正襟危坐的身体，嘟囔了一句：“不早说是你。”

到底没忍住，楚桐彻底笑出了声。她扬了扬手上的盒子：“这不是谨遵圣旨给您送您点名要的东西来了嘛，埋怨我来得不是时候啊，那我改个时间再来？”

“是是是，是我对不起楚总监，我小人之心了。”

苏意一边道着歉，另一边手也没闲着，抢下了楚桐手里的手机盒，拉开抽屉找出了一部款式显旧的手机，卸下了SIM卡，装在了新手机上。

楚桐看着她一通操作，问：“你这是打算正式找回过去了？”

苏意点了点头，明亮的眼睛中除了笃定，还有些惴惴。新手机开机的铃声一过，随之而来的，是铺天盖地的短信提醒。手机自带的提示音有些尖锐，苏意调了振动，而后任由手机在桌面上振个不停。

楚桐替她收拾着空盒，思量片刻，道：“今天我爸说，蒋老先生已经知道你住进山水城的事情了。”

“不知道才奇怪，不过我本来也没打算瞒着。”苏意不以为意地笑笑，随即又说，“今天总部那边发布了新的人事任命，蒋魏承算是正式接管蒋氏的半壁江山了，以后他可能会经常过来监工。”

“按你这么说，蒋老先生是已经在准备退休了？”楚桐听到这个消息略有些诧异，尽管两个人很早就讨论出过大致结果，但是没想到比预计的快了许多。

随手拨了拨桌面的风车摆件，苏意看向她：“按照现在的趋势看，咱们先前打下的江山，应该也会逐渐易主了。依你看，如果我们只守着瑞希，单枪匹马闯的话，翻盘的概率，会有几成？”

楚桐几乎都不需要思考，伸手就在她面前比了一个“0”。

也不知道是不是有些自暴自弃，苏意摇头失笑。

“可真是亲爷爷啊，坑起孙女来，半点不手软。桐，帮我约川行的老板吃个饭吧？”

理解了她的意思，楚桐应声后出了门。想来，苏意这几年的本事老爷子也都是看在眼里的，祖孙俩的这一场博弈，倒是爷爷有些慌了神，所以急急忙忙打压苏意的后援，只等着她缴械投降。

办公室重归寂静后，苏意转着手上的钢笔，目光在新手机上流连。过了很久，她仿佛下定了决心，深吸一口气后，点亮屏幕。收件箱里躺着来自同一个手机号的一千条短信，最后一条发于四年前。

寥寥几个字瞬间就让她慌了神，那条短信的内容是：你再不回来，我就不等你了。

她几乎是飞快地打开了社交软件，对着联系人列表上上下下看了很多很多遍，果然，没见着那个人。

倒是傅和琛的头像还躺在里头，苏意一眼就认了出来，一张骚包至极的自拍。

三分钟后，秘书小姐眼见着自家老板颇有些急忙地从办公室走出来，又风风火火地站定在自己面前。

“今天，是不是有一个拍摄会在南川大学取景？”

得到肯定的回答之后，苏意语速极快地道：“通知行政安排司机，你和我过去看看。”

安琦和其他秘书大眼瞪小眼对视片刻，各自从对方眼中看出了诧异和不解。诧异是想不到每天都忙得连轴转的老板居然连一个小小的拍摄安排都了然于心，不解是不过是一个连楚总监都不必亲自盯着的拍摄，蒋副总竟然要亲自去！

坐到车里之后，苏意才算完全让自己镇静下来。先前无数种可能在她脑子里匆匆掠过，让她慌得简直六神无主。

后悔过很多次，唯独这一次最让人崩溃，如果她真的回来得太晚了呢？

苏意摇了摇头，撑着头看着车窗外一闪而过的风景，心里头再度浮现前阵子和蒋魏承针锋相对时他说过的话，一时之间，觉得自己疲累到了极点。

手机不合时宜地响了起来，苏意一看，是楚桐。

“和川行联系了，他们老板傅淮川明天下午出差一星期，只有今晚有时间，所以我给你约了今晚。还有就是，林部刚刚联系我，蒋魏承今晚的飞机飞颍川。”

讲完电话，车子已经稳稳停在了南川大学的停车场。安琦下车正打算给苏意引路，却发现苏意已经明确找到了方向。

颍川大大小小的大学和学院，加起来十来所，除了自己读过的大学，苏意唯一熟悉的就是南川。

“蒋总，咱们取景地在医学系的生物园，现在就过去吧？”

拍摄现场已经围了不少围观的同学，大家都很有默契地保持缄默，没有为拍摄带来丝毫杂音。苏意掏出墨镜挡了半边脸，扭头看见历来端着的安琦脸上少见地浮现了几分小雀跃。

“主演的颜值，还挺高的。”苏意淡淡开口。

“对呀，毕竟是偶像团体出身的，听说为了涉足影视他还特地学了几年表演，算是有天赋又很努力的演员了。”

把人夸上了天，安琦这才意识到自己是在和苏意说话，霎时有些尴尬，暗怪自己暴露了迷妹属性。

不过苏意倒是没说什么，她在人群后静静看了会儿拍摄，又看了看手表，道：“你一会儿订一些水果以公司的名义送过去，然后就可以下班了。我今晚约了川行传媒的老板吃饭，你通知秘书室一小时内把和川行合作的相关资料发给我。”

看着苏意潇洒离开的背影，安琦只能用一头雾水来形容自己当下的心境。

醉翁之意不在酒的苏意轻车熟路地走到了自己来南川大学真正的目的地，果不其然，看到了讲台前穿着衬衫侃侃而谈的赵禹缙。

偷窥不过片刻，她就被人抓了现行。傅和琛看到摘下墨镜后的那张脸，乐了，毫不掩饰敌意地说道：“怎么，想来学校上演一出偶遇大戏啊？”

苏意能这样顺利地掌握赵禹缙的行踪，爱发动态的傅和琛功不可没，所以尽管面对他不善的语气，苏意还是好脾气地回了一句：“好久不见。”

傅和琛笑得有些鄙夷，话里刀刀带刺：“蒋大小姐如今名利双收，又有风流倜傥的未婚夫在侧，可千万别告诉我出现在这里，是对他旧情难忘。”

下课铃声响得及时，解了苏意不知道怎么回答的窘境。傅和琛意有所指地看向她身后，她回头，就看见一个看上去十分温柔的姑娘正向面带笑意的赵禹缙走去。

苏意僵立片刻，就听到身后的赵禹缙叫了一声“老傅”。她反应过来，急忙绕过傅和琛大步离开。

赵禹缙走近，只看见个模糊身影匆匆消失在墙角，问了句：“刚和谁说话呢？”

傅和琛笑得有些欠揍，仿佛刚才替好友抱不平的是另一个人：“疑似想找你再续前缘的你前妻，追吗？”

赵禹缙好看的眉微皱，开口说的却是完全不相关的内容：“听说你今晚有夜班，祝你好运。”

苏意漫无目的地走在开满了凤凰木的长街上，从头走到尾，最后停在了有些熟悉的校门前。

她往前迈了几步，眼见楼房间的太阳慢慢变成橙黄色，许多青春靓丽的面孔谈笑着与她擦肩而过，苏意收回了步子，拦了辆车回到了她应该出现的地方。

经过近一个月的磨合和高压，瑞希上下总算恢复了正常工作节奏，苏意历来是个张弛有度的人，看到一切逐步走上正轨，对内的管理就宽松了许多。

已过了下班时间，瑞希的办公楼里的灯火比以前稀松不少，但是铁打的加班小分队队长楚桐依然在岗位坚守。

苏意路过她的办公室，屈指敲了敲门。

楚桐尚在接电话，见来人，心道果真赶得早不如赶得巧。

蒋魏承到了。她向苏意比唇语。

苏意点头示意自己已经知道，但丝毫不为所动。她不紧不慢地回了休息室换了身衣服，对着镜子补了个妆，打算去赴今晚的饭局。

“爷爷最近是恨不得我没有还手之力，蒋魏承又是个唯命是从的，和川行的合作没有落实，还是先别让他们知道为好。你今晚，帮我挡一挡蒋魏承吧，别让他察觉到咱们的计划。”

看着楚桐，苏意一脸笑意盈盈，语气坦然得不行。可楚桐哪里会不知道她想的是什么。

楚桐无情拆穿：“其实你只是不想见他吧？”

苏意路过她的时候颇有几分轻佻地挑了挑她的下巴，有些刻意地眨了眨眼：“爱人，我以为你会明白，其实我的目的是盼望着你的美人计早日成功，不求为我方拉到一个盟友，但求为我方，减少一个对手。”

向来公私分明的楚桐不出意料地红了脸，苏意霎时觉得心情好了那么一些些，踩着高跟鞋去赴宴的步子也优雅又从容。

估摸着苏意已经和傅淮川碰上了头，楚桐这才下车到了蒋魏承一行入住的酒店。林部来开的门，门开后凉风直直吹来，半开的窗子前那个端着杯酒看着窗外的身影，轻松映进她的眼中。

“蒋……先生。”

细数起来，他们大概隔了整整一年半没碰过面，纵然幼时曾在同一个庄园生活多年，但是此刻楚桐还是感觉到了两人之间无形的距离感。

“她呢？”

蒋魏承连头都没回，深远的目光始终停留在窗外五光十色的灯光里。

楚桐紧了紧捏着包的手：“舒窈她不大舒服，在家休息。”

蒋魏承侧头，看向她：“她让你这么说的？”

明明他语调平平，面上也没什么表情，可楚桐就是觉得有些发怵。说起来，认识蒋魏承也有十来个年头，好像每一次他给她的感觉，都是站在高台上运筹帷幄，而她就像是墙角的一只蚂蚁，努力爬啊爬，却只能缩短聊胜于无的寸步距离。

楚桐用指甲抠了抠手心，这才挂起工作中公式化的笑容：“她回来这小一个月里，平均日睡眠时间不到五个半小时，哪怕是您，也不可能完全扛得住吧？”

蒋魏承搁下手中的酒杯，从沙发边提起一个袋子递了过来：“杜姨让带给你的。其实我认为，你不必事事都替苏意打掩护。苏意或许天真许多，但你心里肯定清楚，这么多年，老爷子有过哪个决定被谁动摇过吗？”

楚桐突然了悟为什么有时候苏意提起蒋魏承会恨得牙根痒痒，这人实在太懂挑别人软肋下手。

她有些挫败，接过东西时不知哪里来的勇气，问道：“那蒋先生呢？为了蒋老先生的决定，甘愿牺牲自己的婚姻？”

“我为什么要牺牲？”

蒋魏承挑眉反问，楚桐登时哑口无言。也是，不管怎么看，他的胜算都比苏意的大些。

她欠身告辞：“祝您好梦。”

大约是因为姐妹同心，这边的楚桐节节败退，另一边的苏意和傅淮川的饭局也不如想象中那般顺风顺水。

苏意早前是下了功课的，傅淮川，高校金融学硕士毕业，毕业后拉着一波好友贷款创业成立川行传媒，瞄准了时机下手，赶上好时候，历时八年，把川行从一个小小的工作室，发展成为首屈一指的传媒大户。

他涉足在不算低调的行业，但为人低调得紧。乍一见面，苏意几乎没有办法把一身休闲装的他和他们公司官网那西装革履的宣传照联系在一起。相比之下，她倒是显得有些盛装出席。

不过傅淮川却是十分绅士，没有让苏意感受到半分拘谨，明明是己方有求于人，对方却事事周全照顾得面面俱到。这样一来，苏意先前打好的腹稿，就有些用不上了。

傅淮川文质彬彬地吃完一小块牛排，喝了口红酒润喉，笑道：“蒋小姐算是华裔，刚回国还算习惯吧？”

“谈不上习不习惯，每天都是公司家里两点一线，餐饮随意，说起来还没能好好逛过颍川。”

傅淮川“唔”了一声，滴水不漏地道：“早前确实听说过瑞希一些消息，能让蒋小姐亲自坐镇，看来之前的情况的确有些严重。不过工作和生活还是要有界限的，你还年轻，或许感觉不到，我到这个年纪，就已经开始感觉力不从心了。”

不愧是自己摸爬滚打闯天下的人，苏意暗道一声佩服。她本意是先抑后扬，铺垫不过是为了引出后续瑞希的乐观趋势，没想到他在前头就截了胡，顺着她的话往下说，言下之意就是，你们公司太菜了，我觉得不行。

两人这样一来二去过招了好几回合，饭吃得倒还算舒坦，可惜苏意酝酿了一晚上的合作草案，没派上丝毫用场。

笑吟吟地目送傅淮川离席，苏意点了瓶酒，喝出了几分消愁的气势。

和川行的合作是一定要有的，要不然，她靠什么赢？要是不赢，那基本就是彻底和过去永别了。

可其实她不想永别的统共不过一个人，那个人，如今对她嫌弃得要死。

这样看来，她今天不应该叫苏意，叫失意贴切得多。

好在傅淮川订的是个私密性极好的餐厅，苏意只管在这里一杯接一杯喝得痛快，没有任何人来打扰她。

眼见酒瓶空了，苏意满足地打了个“嗝”，认为当下这种微醺的状态最适合回家睡个地老天荒。

事事都盘算好了的苏意独独算漏了两点，一是自以为酒量很好的她从没有想过其实自己今天喝的酒后劲十足，而且早已过量；二是想不到颍川的出租车司机不仅不像自家司机那样开得稳如泰山，还会令人在晕得七荤八素的基础上再晕个七荤八素。

连车费找零都来不及收的苏意见车一停稳就冲出了车，眼见着眼前万物都开始有了叠影，她目光锁定楼下的路灯杆，踩着曲线过去牢牢抱住。

潜意识告诉自己，现在其实应该撑着一口气，上楼进门，然后抱着马桶狂吐。可她看着一级一级晃来晃去的楼梯，她觉得所谓刀山，不过如此。万一她没能崩住醉倒在谁家门口，明天会不会上社会新闻呢?

想到这里，醉酒的人乐了。

大晚上提着新花洒往家走的赵禹缙，见着的就是个女酒鬼抱着电线杆傻笑的样子。

苏意这人吧，有很多异于常人的地方，譬如有的人喝酒面不红气不喘，有的人喝酒像是菜市场的大番茄。而她呢，也上脸，但更像是打了个天然腮红，配着波光潋滟的眼睛，哪怕笑里透着傻气，也盖不住眼睛中无意间透出来的媚。

赵禹缙觉得有些烦，看了她两眼，绕过她走上了楼。

不过上了一层台阶，心里说着往前走，可这步子就是半天也迈不出去。他黑着一张脸又走了回去，看了看抱着路灯杆打瞌睡的苏意，冷声道：“醒醒，回家睡去。”

这声音再熟悉不过，苏意半眯着眼睛睨他一眼，然后字正腔圆地回了一句：“我不！”

赵禹缙的脸更黑了，是了，他差点忘了，醉酒的苏意曾经被封过一个实至名归的称号——“无赖之王”。

这具体表现为，她喝醉之后，最喜欢反其道而为，越不让她干什么，她越要干什么，道理说不通，生气不管用，只能温声细语慢慢哄。

可他如今没有半分哄她的兴致，只是稍微放轻了几分声音问：“钥匙呢？”

苏意脑袋往后一仰，睁开了眼睛，一只手牢牢抱着路灯杆，一只手在包里掏来掏去。片刻后，她拎出一串钥匙，笑出一口白牙：“铛铛铛铛！”

预料到她下一刻要做什么，赵禹缙眼疾手快地出手，却还是被她抢了先。

她酒后力气大得不行，轻松一甩，钥匙圈不偏不倚，正正被甩上了不远处的树丛中，连声落地的响都没能发出。

苏意得意地摇头晃脑：“我才不给你呢！”

赵禹缙这下连脸都懒得黑了，只觉得头疼。若不是心里过不去，真想就把人丢在这里算了。

或许到底还是有些不忍心的，赵禹缙把贴在路灯杆上的人扒了下来，拦腰扛起就往楼上走。

胃硌在赵禹缙肩头，苏意整个人都不好了。她捶着赵禹缙的背号着：“赵禹缙你放我下来，你信不信我明天就去买两个全新的搓衣板摆在客厅！”

这样张牙舞爪言语不忌，赵禹缙是真的确定，她彻底醉了。

把人像卸麻袋一样卸到床上，出了一身汗的赵禹缙整个人都烦躁起来，也不知道这话说出去会不会有人信。当年患者家属的手指都快戳上脑门却还能镇定自若写病历的人，现在为了个女酒鬼烦到看自己都极不顺眼。

连喝了两杯冰水，赵禹缙觉得自己冷静了几分，打算去处理处理苏意，不料先响起的是浴室的水声。

哦，赵禹缙这才反应过来，自己出门的目的是买花洒，家里的花洒坏了，一开就水花四溅。

他推开浴室的门，坏掉的花洒还在花式洒水，浇成落汤鸡的人抱着马桶睡得正酣。他想，傅和琛有句话说得还是很对的，这就是个祸害。

苏意是一大早被隔壁大爷练太极的背景音乐给吵醒的，她撑着没什么力气的眼皮瞄了一眼窗外，清晨的太阳才刚刚在树梢漏了半片光。

鼻尖敏感地嗅到薄荷草的味道，苏意突然觉得，自己现在其实应该在被窝里挺尸装死。然而很有节奏的敲门声没有如她所愿，半点没有落下的宿醉记忆明目张胆地在她脑中钻来钻去。

苏意抬手在脑门上用力一拍，这和上门送人头有什么区别，她就差在身上挂个写着“赵禹缙请赶紧来嘲笑我”的牌子了。

“苏意，你要是再不开门，我就自己进来了。”

清清冷冷的声音从门外传来，苏意用头发丝儿都想得到，此刻赵禹缙脸上的表情一定叫作“我很不爽”。

“来了来了。”

苏意手脚并用地起身，“嚯”的一声打开门以后，她才意识到自己现在是一个多么糟糕的形象。

也是很巧，客厅斜对着苏意的墙角就摆着一面全身镜，苏意余光一瞟，内心只想死一死，镜子里那个蓬头垢面、面容浮肿的女人是谁啊！

本来酝酿了好几句犀利话的赵禹缙对着苏意穿着的睡衣走了会儿神，苏意低头，然后就再也不想抬头了。

果不其然，她清晰地听见赵禹缙发出一声冷笑，继而声音也冷了八度：“给你十分钟，离开我家。”

苏意藏在拖鞋里的脚指头无意识地动着，而后她低低应了一声：“哦。”

房门再度关上以后，苏意脑门顶着门板，一张脸上写满了苦色。什么叫作自己坑自己？她简直就是这方面的专家！

她看着自己身上这件好多年前拉着赵禹缙买的唯一一套情侣睡衣，真是一通完美引爆赵禹缙雷区的操作。

想起自己昨天晚上轻车熟路搜出这件睡衣的样子，苏意也不知道是该庆幸赵禹缙这么多年连衣柜的摆放顺序都没有变过，还是该笑话自己臭不要脸。

洗了把脸醒了神，苏意看了眼浴室墙角那几件混合着呕吐物的衣服，生出了破罐子破摔的心情。一分钟后，她明目张胆地拉开了赵禹缙的衣橱，一排男装挂得整齐有序，清一色的浅蓝浅白，干净的颜色像极了本尊。

她仔细看了一圈，拧眉，原来衣橱里关于她的东西统共只有两件，一件是她身上的睡衣，另一件……

是他们领结婚证时，她穿的连衣裙。

苏意走出房间的时候，赵禹缙已经坐在餐厅享用他的单人份早餐，他只看了苏意一眼立刻黑脸，生气的信号极其明显。

明明知道自己理亏，可苏意觉得自己心里憋着一股子莫名的气，她抢在他开口前轻佻一笑：“看来这几年我身材维护得很好，还这么合身。”

以苏意对赵禹缙的了解，他现下应该到了情绪不快的巅峰。明明这样做对她没有半点好处，可她却想着宁可让赵禹缙对自己发火，也不想看他那种冷冰冰的样子。起码动怒的他，生动一些。

可她预想中的发怒并没有来临，赵禹缙反倒是很平静，眼见他慢条斯理地喝了一口豆浆，淡淡吐出一句：“也好，这样两清。”

苏意酝酿了半天的情绪梗在胸腔，上不去下不来，末了只能干巴巴地说：“在你还是我的主治医生前，似乎还没办法两清吧。”

清隽帅气的男人倏忽一笑，笑得莫名，他做了个“请”的动作，完败的苏意只得往大门走去。

正当她把高跟鞋穿得“噔噔”响时，身后赵禹缙又传来一句：“哦对了，忘了告诉你，昨晚你把你家的钥匙，甩进了绿化区。”

什么叫作嘲笑一个人的最高境界？被虐得体无完肤的苏意心里默默流泪，脸上却端着一股子淡定，气势很足地应了一句：“不用送了。”

随着大门的落锁，室内重归寂静，平日里吃习惯的食物当下有些索然无味。赵禹缙端进厨房倒了个干净，顺便把让他犹豫了一早晨的另一份早餐和一杯蜂蜜水，也一并倒了个干净。

赵禹缙看了看墙上的挂钟，这个时间，或许适合去阳台浇浇花。

心里暗示自己现在是来浇花的，可当眼睛捕捉到某个正在一片绿化区中埋头搜索的身影时，目光就有些不受控制地频频望去。

苏意咬唇扫视草丛树梢，想着幸好现在还算早，来往的人并不多。阳台上的赵禹缙放下了花壶，看着这个熟悉的样子，他觉得自己已经弄不懂活泼生动的苏意和新闻里矜贵冷漠的苏意，哪个才是真实的她。

大概是她先前有些凄惨，老天也不大忍心，在找钥匙这方面没怎么为难她。自以为转运了，苏意回家的步子轻快了一些，然而不偏不倚卡进井盖的鞋跟幸灾乐祸地告诉她：想转运，呵，不存在的。

苏意毫无征兆地仰头回望，躲避不及的赵禹缙和她正面对上目光。但在临场应变这方面，苏意历来是比不过赵禹缙的，所以当她看清他的脸时，瞬间又萎了精神。

苏意，你不要面子的吗？！苏意在心底质问自己！而后，心底的另一个声音回答了她：不，你没有面子。

昨晚加上今早，她的面子早不知道在泥地里掉了多少回了。

苏意一咬牙，干脆不要鞋子，光脚消失在了另一个楼道里。

看着她愣是把短短几步路走出一副视死如归的样子，已经很多年没有过什么欢喜的赵禹缙，微微弯起了嘴角。

不知从哪里跑出来一只小型宠物犬，对着苏意留在原地的高跟鞋表现出了极高的兴趣，眼见着狗狗要对鞋子下口，赵禹缙下了楼。

本就可爱的娇小狗狗对着个一米八几的男人兴许有些怵，委屈巴巴地“嗷呜”两声，不情不愿往后退了几步。

赵禹缙不晓得自己吃错了什么药，反应过来时手已经握着被苏意遗弃的高跟鞋扭转了一下，顺利把鞋跟从井盖上解救。

鞋子小巧精致，即使是不太关注品牌的赵禹缙，也看得出来这双鞋价值不菲。这样看来，苏意在舍弃东西时，历来十分干脆。

譬如一双不便宜的鞋，譬如一段被人视若珍宝的感情。

“哟，小赵，这么早就要去上班啦？”

熟悉的邻里大妈热切地和赵禹缙打起招呼，可爱的狗狗见到主人来了，当即绕着大妈的脚转了个圈，然后两眼汪汪地看着赵禹缙好像在无声控诉：主人，就是他抢走了我的玩具。

赵禹缙不动声色地背过手，把鞋子藏在了身后，礼貌地回答了大妈，转身往家走去。

可他低估了大妈的好眼力和一颗八卦的心，大妈不仅清楚地看着他拎了双高跟鞋回家，还顺带在小区传播了“住三栋的那个帅小伙子赵医生，可能恋爱了”的消息。

在所有人都没有注意到的某个树荫下，停了辆外观低调但是价格和这个小区格格不入的车。林部有些忐忑地从后视镜打量着蒋魏承的表情，想着撞见这种尴尬场面的自己，会不会被老板发配到别的地方去。

蒋魏承的脸看不出任何情绪，他伸手拿起了一旁的文件，低声道：“开车，今天的这些事情，不要让老爷子知道。”

林部应了声“明白”，正要发动车子，忽而想起后备厢那些满满当当的东西，试探性地问道：“咱们带来的那些东西……”

蒋魏承抬眼，锐利的目光让林部开始后悔自己的多嘴，紧接着林部听见他说：“便宜你了。”

果然，即使没有感情，但是看到自己未婚妻彻夜未归并在大清早从别的男人家出来，换成谁会不生气。摸准了老板脾气的林部为自己的机智点了个赞，当即决定今天要做一个坚决不踩老板雷区的好特助。

# 第三章

## 心间藤

“苏意，你凭什么确定我忘不掉你。”

楚桐在公司见到苏意的时候，后者破天荒地化了个极其精致的妆容。诧异的楚桐深感近日苏意频繁打破常规的变化，而当她看见她眼底的那抹倦色之后，又有些了然。

很多大事上，苏意历来是没什么本事和蒋老爷子拧着来的，但她也不会任由自己被压抑得太过，所以她能掌控的小事上，很少会遂老爷子的意。

自打苏意第一次正式出现在大众视线中，外界对于她这个蒋家继承人便关注颇多。尤其是当她日常出街的服饰和化妆品都要被关注的时候，苏意烦了，在那之后她除了必须盛装出席的场合之外，只化淡妆，穿衣搭配更是怎么随意怎么来。

本以为多少能够气坏一波蒋家人，但万万没想到外界给了她一个褒义十足的“接地气”评价，反倒是苏意更郁闷了。

“昨晚不顺利？”楚桐问她。

也就只有在楚桐面前苏意能够泄露些情绪，她点点头，又摇摇头：“其实应该说，是很不顺利。傅淮川连介绍我们方案的机会都没给我。”

多新鲜的一个消息，楚桐心想，这傅淮川倒是很有性格。

“说起来，自打你接手瑞希，慢慢有了些口碑以后，上门求合作的也不少，虽然多半是冲着瑞希背后的蒋氏资本来的，但是这样直截了当拒绝你，傅淮川算是开创历史先河了。”

苏意抿唇，面上满是欣赏：“你觉得川行之所以能够到今天这个高度，除了因为傅淮川他们这一群创始人把握住了先机之外，还有什么原因？”

早在一年前，楚桐先过来打头阵的时候，就透彻地研究过川行传媒的运营模式和发展轨迹，要说别的原因嘛，其实说来也没有多高深，无非是因为川行历来奉行的经营原则是“精制”。

比起许多向市场大规模输送精神文化产品的企业来说，川行早期的产品数量并不占优势，而是胜在精，前期的很多电视剧作品在卫视上星的概率都达到七成以上，并且每年至少会有一部成为年度佳作。

因此在最开始的时候，傅淮川得到最多的评价是“被观众宠爱的幸运儿”。也就是那几部剧让川行传媒的资本不断累积，成就了今天的传媒帝国。但这个世界上哪里来的那么多幸运儿啊，不过是因为他能够带着他的团队，始终坚守初心罢了。

苏意起身给自己接了杯水，侃侃分析道：“傅淮川做事低调惯了，但其实他对外的每个合作项目，都是极其慎重的。把瑞希和川行放在一起比较，咱们的形象就像是墙头野草，而人家是高山雪莲。一个劣迹斑斑，一个洁身自好。虽然现在我们在努力‘洗白’，但是过去是没有办法改写的。我们钱多不假，但是和川行合作，多少有些沾人家光的意思。大概，在傅淮川还没有肯定我们变化的时候，不会轻易让我们借东风。”

“那就难办咯，”楚桐有些丧，继而道，“昨晚，蒋魏承八成猜到了你去见傅淮川的目的。”

此话一出，本还淡定的苏意放下了水杯，一双美目写满震惊：“他知道我去见了傅淮川？这么重要的事情，你怎么不早说！”

楚桐也愣了："难道昨晚你们没碰上？他昨晚要了你新住处的地址。"

苏意有些头疼地揉着太阳穴，半开玩笑半认真地问楚桐："你说我现在去剪他的刹车线终结这个隐患，还来得及吗？"

看着沉默了好久的楚桐，苏意"扑哧"一声笑了出来："当真了啊？我可是遵纪守法的新青年。"

"我担心的是这个？我不过是在想你认识刹车线的可能性有多少罢了。"

楚桐话音一落，两人相视一笑。比起方才的沉闷，气氛稍稍缓和了些许。

苏意当下没有丝毫办公的心情，拉着楚桐道："上周一口气辞职了好多人，人事部今天不是安排了招聘面试，一起去看看？"

知人任用，这其实还是蒋老爷子教会苏意的。她犹记得自己第一次跟着爷爷走进公司，他带她去的第一个地方，就是正在面试的会议室。

谁能想得到大企业的老板会来亲自面试呢，明明是一大批简历优秀的应聘者，却都因为面试的表现，只有寥寥几人被留了下来。可也就是那寥寥几人，刷新了蒋氏升职速度的最快纪录。

这么想来，苏意眯了眯眼，发觉如果不是老爷子的目的性太明显，她或许真的会十分感恩他这样尽心栽培自己。

本来还有说有笑的面试现场，因为苏意和楚桐的到来变得严肃非常。而苏意好像对这一切毫无察觉，低头看着摆在面前的简历，既不发问，也不说话，十足的旁听模样。

亏得面试官反应及时，及时开始了被中断的面试。一心看着简历的苏意，在面试官提完两个问题之后，觉察到了那道时不时打量着她的目光，她几乎是下意识地看了过去，两道视线撞在一起，两个人同时呈现出不同的反应。

一个是有些难以置信，而苏意，是喜忧参半。

“褚小姐，您的事业规划特别详细，但是为什么关于人生的规划，却是空白呢？”

突如其来的发问，让正和苏意对视的褚玉有些猝不及防，她压下心底的震惊回答完问题。一直到面试结束，她看着和楚桐走在前头的苏意，踌躇了许久，才问了一句：“是……苏意吗？”

苏意的背影一顿，慢慢回过了头。

有人说，世界上之所以会有分别，那是因为老天想要制造无数次重逢。

可此刻坐在日料店的两个人面面相觑，除了沉默以外，谁都不知道要先说些什么。

过了很久，还是褚玉先开的口：“上次看到新闻的时候，我还不敢相信，原来真的是你啊。”

苏意闭口不谈其他，笑问褚玉：“过得都挺好吗？”

距离感是真实存在的，但尽管这样，褚玉还是希望多少能找回以前一起吃食堂打热水的熟悉感。

于是她道：“都挺好的，你还记不记得高中咱们班喜欢班长的英语课代表啊？老把你当情敌的那个，现在和以前咱们班的体育委员结婚了。”

在她提起这些人的时候，苏意多少有些陌生，在脑海中思索了许久，才堪堪浮现出了几张有些模糊的脸。

到底还是有很多共同记忆的，在褚玉强行找了几轮话题之后，两人相处变得自然很多。这时褚玉才有些按捺不住自己的好奇心，有些小心地开口问："你……当年是为什么，会到我们学校来啊？"

她话初一出口，苏意原本想要端茶杯的手最终收了回来。

见她有些沉默，褚玉只当自己问了个敏感话题，正想打哈哈笑着过去，在她以为苏意不会回答的时候，苏意开了口。

"如果我说，那个时候我是为了去认识赵禹缙才到那个学校的，你会不会相信？"

褚玉认真审视了一下苏意脸上的表情，带着几分笑，却也带着几分认真，让人有些摸不清她的心思。

但思及过往种种，褚玉还是认真地摇了摇头："单说高中那个时候，你整天对他冷冰冰的那个样子，怎么看，都是他在倒贴你啊。"

苏意笑了起来，仿佛想起了什么让人啼笑皆非的画面。

"不过，如果单看你们两个大学那时候如胶似漆的样子，我是相信的。"

纵观苏意这二十多年来，能称得上朋友的人，一只手就可以数得过来。相伴多年的楚桐，高中唯一愿意与她深交的褚玉，还有曾经也一起组过很多局的傅和琛。

而这其中，褚玉又是唯一一个，从头到尾见证过她和赵禹缙感情发展的人。

只不过自打她彻底消失在大家的世界里，她就只剩楚桐这一个知道她所有底细的朋友了。所以今天还能够这样面对面坐着去回想一些过去的事情，苏意不知道褚玉会不会信，其实她是很开心的。

既然都有共同认识的人，那么聊着聊着，自然会不可避免地聊到赵禹缙。褚玉不愧是个编剧，很能琢磨人的内心，把话题的切入点拿捏得恰到好处。

她对苏意说："现在大家虽然联系不多，但是多少都能知道一些消息，你还记不记得傅和琛，大学时候吊儿郎当的样子，你敢信，他现在穿着白大褂，成了人类健康的守护天使。”

苏意点点头：“已经见过了。”

捕捉到褚玉脸上明显的意外，她继续补充：“而且，就是那么巧，赵禹缙现在是我的主治医生。”

是真的许多年未见了，但很幸运两个人内心对彼此的印象都停留在多年前美好的时候，通过对话慢慢回归的熟悉感，让褚玉很快找回了和苏意过去的相处和交流模式。

不再觉得拘束的褚玉张大了嘴巴：“我怎么记得，赵禹缙现在是个牙科医生。”

“对，一见面他就拔了我一颗牙。”

苏意一只手有些慵懒地撑着头，褚玉却没漏掉她说到赵禹缙时，目光中流露出来的温柔。

这算是愉快的一次叙旧，如果没有被打断的话。

苏意放在桌面上的手机闪烁着蒋魏承的名字，苏意刚一接通，就听得那头传来没什么温度的声音：“你的位置，我让林部去接你。”

无事不登三宝殿，说的就是苏意和蒋魏承。匆匆挂断电话，苏意有些抱歉地看着褚玉，在纸片上飞快地写下自己的电话：“有时间我们再约，还有，希望你能加入瑞希。”

褚玉方才就瞥见了来电人，自然也知道蒋魏承和苏意现在的关系，她起身送苏意，在苏意将要走出门的时候，她叫住苏意。

“苏意，虽然现在你们都有自己的生活，但我觉得，有一件事还是应该要让你知道。五年前，你突然失踪的时候，赵禹缙因为找你，没能见上他外公最后一面。”

苏意听到这个消息的时候，在原地愣了很久。大概只有她知道，外公对于赵禹缙来说，是多么重要的一个人。她到现在都还能回想起老人当年笑眯眯对着自己叫“孩子”时的模样，忽然就心生了几分怯意。

良久，她轻声道：“谢谢你。”

颍川已然入秋，裁剪得体的裙子在秋风中飘动，多少有些难以抵挡凉意。林部接到苏意的时候，正见她站在人行道边有些发抖，待她上了车，赶忙调高了空调的温度。

她上车时，蒋魏承正在后座闭目养神，但即使这样，她好似还是能在他的脸上看到“嫌弃”二字。

平常两个人见面是都要掐的，可苏意当下觉得整个人都好累好累。她如今在赵禹缙眼中已经变成一个什么样子的人呢？

但好像，不管从哪个角度看，他都有足够的理由去厌恶她，就像她现在讨厌极了自己一样。

苏意也不管身边还坐着尊随时都要打起精神对付的黑面神，侧头靠着车窗窗框缩在一角，眯了一会儿。

也不知车开了多久又停了多久，但时间能让苏意稍许平复波动的情绪。她再睁开眼睛时，眸子里恢复了些神采，她才扭头看向正拿着平板电脑看汇报的蒋魏承。

“你找我，有何指教？”

蒋魏承切换界面，屏幕上头不知怎的变成了女主角是她的偷拍照。苏意面无表情地从头看到尾，幸好赵禹缙全程没有被拍到正脸。

“苏意，如果我是你，偷吃会记得擦干净嘴巴。照片要是被送到老爷子那里，你要不要猜测一下，可能会出现的结果？”

苏意是讨厌极了蒋魏承这种语气的，但聪明的她很快也反应过来，蒋魏承现在算是替她挡了个麻烦。

可惜她还是对他感激不起来，只得面无表情地应他："别把我们想得那么不堪，何况我和他的关系现在还算合法。"

蒋魏承轻"呵"一声："你怎么样我管不着，但我不想为你惹的麻烦买单。在你还没有本事完全摆脱蒋家的时候，奉劝你行事还是低调些为好。"

苏意难得没有牙尖嘴利地和他呛嘴，在她打算开门下车的时候，她甚至对蒋魏承淡淡回了一句："受教。"

苏意是一步一步走回家的，她需要更多的时间让自己冷静一点。她想，仿佛从她可以回来的那一刻开始，她就想当然地把一些事情理想化了。她的目标尤为明确，她要找回自己的人生，找回自己的爱情，可她没有问过自己，她的人生本该是什么样子的？她的爱情凭什么五年如一日在原地等她？

褚玉的话重新出现在脑海中："你……当年是为什么，会到我们学校来啊？"

她没有说谎，但正因为没有说谎，所以才更让人不安。她拿出手机，踌躇许久，最后还是发送了一行字："我希望，再细查二十七年前的那件事。"

再一抬头，已经走回了山水城附近。入目可见一排小吃店，其中一家牢牢抓住了苏意的眼球。

周边商铺变来变去，唯独这家始终如故。苏意还算熟门熟路地进了店，对着柜台轻声点单："麻烦给我一碗猪油拌粉，多放辣。"

当顶上堆了一坨大红剁椒的粉端上桌的时候，苏意的眼睛有些放光。她挑起一筷子送进嘴里，感受着整个味蕾被辣味占据，口腔里的每一个细胞好像都有些无所适从，既刺激又痛苦。

等她觉察到有些不对的时候，后悔已经来不及了。

所以，当她捂着牙准备结账走人的时候，和她的主治医生在粉店大门撞了个正着。

赵禹缙瞟了一眼苏意方才坐过的餐桌，便瞬间明白她此时的状况，大脑神经比平时活跃了几分，顺带也让他回想起了早晨她没皮没脸的样子。

因此，在苏意的视角上看，当下的赵禹缙，倒是没有先前那么陌生疏离。但这个时候的苏意，觉得自己有些没有胆子面对他。

她应当是有很多个抱歉要对他说的，但是她现在无法解释任何事，一句干巴巴的道歉，别说赵禹缙了，连她自己都觉得毫无诚意。

赵禹缙不知眼前人的心理活动，本着医者仁心，友情提醒她：“回去之后及时漱口，要是很疼先吃一粒止痛药，明天你预约了第二次治疗，到时候我一起帮你看。”

面对他的善意叮嘱，苏意心中的鸵鸟陡然复活，所有的羞愧和歉疚齐齐翻腾。她来不及想太多，应了声“好”就匆匆遁走。

一天的好心情荡然无存，赵禹缙看着苏意走远，尽管饿了一天的胃此刻在疯狂叫嚣，但再没了用餐的兴趣。

曾几何时，他自以为是最懂苏意的人。可现在，她就像是盘踞在他世界中的迷雾，不由分说地闯进来又不由分说地消失，这种感觉就像看电视，她鲜活地存在着，可他伸手才知道两个人之间还隔着一层屏幕，他无法操控屏幕后的那个世界，因为他像极了观众。

可赵禹缙还是明确地感受到了自己心中的不甘，他问自己，是在不甘些什么呢？然后他听见了自己的回答，不甘想到苏意的时候会心痛会思念会担忧，不甘世界上的好女孩千千万可他能够放进心里的只有她。

夜幕降临时，颍川入秋后最大的一场雨突袭整座城市，隔着一片绿化区正对着的两个窗户，在这样一个骤雨夜中，各自亮着一盏灯。

夜深时分，细密的雨紧紧交织，成片黑暗的居民楼，唯有这两盏灯的光似依偎般存在着，却又隔着肉眼可见的距离。

苏意预约的是当日最后一个治疗，因为一个已经谈成却被对方临时毁约的合同，苏意晚到了十几分钟。

她到时，平常人来人往的候诊室清静不少，她抬头看了看钟，离赵禹缙下班，不到一个小时。

候诊室的中间坐着个圆头圆脑的小男孩，因为还不够高，两条腿只能在椅子上晃来晃去。苏意看着他的时候，他也睁着两只黑葡萄一般的眼睛观察着苏意。

在两个人目光对上的时候，小男孩笑了，而后苏意就听见他问："阿姨，你是不是也没保护好牙齿？"

丝毫不夸张地说，虽然苏意已经二十七岁"高龄"了，但是，这是她生平第一次被称为"阿姨"。

她夸张地皱了皱眉，蹲在小男孩面前伸手轻轻捏了捏他的脸："其实呢，我觉得你叫我姐姐我可能会更开心一点点。"

而后她眼见着小男孩比她更夸张地翻了个白眼，冲着她身后大喊："干爹，这个阿姨欺负我，她让我叫她姐姐！"

告完状，小正太狡黠地冲苏意眨眨眼。苏意有些尴尬，被他这么一说，也不晓得他的家长会不会把她当成奇葩。

身后脚步声逼近，苏意窘得不知道现在是低头当鹌鹑好，还是抬头打个招呼好。

紧接着她就听到熟悉的声音响起："你迟到了二十分钟。"

小正太现在倒是十分开心，跳下椅子就想去抱赵禹缙的腿，赵禹缙摸了摸小正太的头，极其温柔地说道：“干爹先给这个阿姨做治疗，你先在外面坐着等等我。”

小正太歪头，藏住了狡黠并天真无邪地问道：“那我可以坐在里面吗？”

苏意觉得自己有些酸了，虽然不是赵禹缙的亲儿子，但是他对小家伙温温柔柔的模样，她简直羡慕得要死。

苏意幼稚了，她截了赵禹缙的话，十分孩子气地回了一句：“不可以。”

小正太的大眼睛炯炯有神：“为什么？”

苏意张牙舞爪：“因为阿姨一会儿张大嘴，就会变成大老虎。”

托了这个小家伙的福，苏意那种既想见到赵禹缙但是又不知道要怎么和他相处的复杂心情得到几分纾解。

但苏意没想到，这个看起来也就四五岁的小家伙居然也有叛逆心，听完苏意那么一“吓唬”，自己搬了个凳子坐在不会影响赵禹缙的角落，好像就等着看苏意怎么变成大老虎。

结果当然是，打脸了。

别说老虎了，苏意觉得自己现在像是只病猫。本来还做好了十分坚固的心理建设，可当她又躺在治疗床上的时候，她不可控地又慌了。

赵禹缙进入工作状态，整个人的气场就变了很多。他戴上口罩，先是调整了治疗床的高度，苏意也是想不通，为什么看起来这么精密的一个仪器，调整水平高度的时候还会抖上一抖。

这一抖不要紧，原本精神就有些紧张的苏意没忍住，号了一嗓子。

安静的诊室因为这一嗓子，气氛有些凝滞。过了几分钟，苏意才听到角落传来小家伙的窃笑，而后他越笑越开心。而赵禹缙，苏意眯了眯眼，笃定他眼睛里一闪而过的情绪，也确然是笑意。

苏意觉得自己有点想自闭，但当下只能认命地让这俩“父子”尽情笑话自己，谁让她是真的怕呢。

赵禹缙把之前堵住的开髓口重新打开，苏意浑身都高度紧绷着，唯有视线无处安放。因为治疗的缘故，赵禹缙和她凑得很近，她只要稍稍掀开眼皮，就能够对上他的眼睛。

他专注地盯着手下的作业，苏意看过去的时候，从他的眼中只能看到认真和谨慎。这本来就是件需要高度集中注意力的工作，但奈何这道视线存在感过于强烈，好不容易把在苏意大牙上开的洞重新打开，赵禹缙的额头上就肉眼可见地出了一层薄汗。

工具一离开苏意的口腔，赵禹缙就听到她长舒一口气的声音，觉得有些无奈又好笑。可眼前这双有些氤氲的眼睛里，分明写着“我好慌”三个大字。

在赵禹缙准备清髓的时候，还是出声安慰了她：“不用紧张，失活剂已经放了一个多星期，理论上是已经起作用了的，所以不会疼。”

这似乎是重逢以来，他第一次用这种还算温柔的语气和她说了这么一大句话。

苏意微怔，来不及给他回应，赵禹缙已经开始了下一步工作。

他的动作细致且温柔，因为角度问题，他身子俯得更低，苏意的眼睛四周转了一圈，最后落在他的衬衫衣领上。

不知道为什么，她现在觉得很安心，安心得有些想伸手，拥抱住他。

这个想法只在脑子里转了三秒，紧接着就是一股子刺痛从牙齿传来。苏意当即清醒，口齿含糊地说了声：“疼。”

这一疼，她眼角就滚了两粒珠子出来。虽然在赵禹缙的从业生涯里，失活剂没能在一周内杀死牙神经也不是什么少见的事情，但当下他开始存着十分的耐心轻轻道：“忍一忍。”

坐在角落的小家伙早就按捺不住，从椅子上蹦下来走到了苏意身边。大概是苏意泪汪汪的样子实在有些可怜，小家伙奶声奶气地对她说：“阿姨，没关系不疼的。你看，”他咧开嘴，指着自己的牙齿，“干爹刚刚也帮我治疗牙齿了哦，虽然有点疼，不过我都忍住了。”

还不如个孩子的苏意沉默了，她开始反思，其实这么多年过来，她的确不至于像现在这样，脆弱到让人觉得矫情。以往都能忍住的害怕，怎么到了这里，回回都会爆发呢？

想来想去，她想到了两个原因，一个是因为，她真的对医院心存过多阴影；另一个更真实一些，她在赵禹缙面前，早就习惯了撒娇和依赖。

可现在，她其实，没有资格这样。

想到这里，苏意整个人平静下来，安静地配合着赵禹缙的治疗，强忍着内心的紧张，再不发一语。

她现下的淡定让赵禹缙有些不适应，忍了忍还是说道：“如果不舒服，举左手示意。”

苏意轻轻颔首，虽然拔髓时候的刺痛感间歇来袭，但她的左手最终还是没再举过。

这一次治疗结束，离赵禹缙的下班时间，已经过去了半个小时。

他开始收拾手边的东西，苏意坐起了身，才发现自己后背已经沁出了汗。苏意正坐着缓和方才的紧张，就看见赵禹缙的干儿子扯了张面巾纸递给她。

苏意笑着接过，顺手摸了摸小家伙的头，软声问道：“你叫什么名字呀？”

小家伙落落大方地介绍着自己：“我叫傅予祯，但是大家都叫我豆包。”

“傅予祯？”苏意品了品小家伙的名字，有些意外地问赵禹缙，“这不会是傅和琛的儿子吧？”

小豆包笑得灿烂：“才不是，那是我二叔啦。”

几句话的工夫，赵禹缙收拾好了东西，也写好了病例。

他把病历本递到苏意手上，嘱咐道：“再过一周过来把牙齿补好，治疗就结束了。和上次一样，十二小时内不要进食不要喝水，之后，也暂时避免辛辣吧。”

苏意点点头，想了想还是看着他，说了一声：“谢谢。”

赵禹缙没再看她，脱下白大褂抱起了傅予祯：“让你二叔来接你，还是我把你送去你奶奶家？”

傅予祯摇头：“奶奶今晚给二叔安排了相亲，不让我去掺和。干奶奶说你最近没有好好吃饭老是胃疼，让我缠着你陪我去吃好吃的。”

赵禹缙失笑，轻轻刮了刮他的小鼻子：“你现在是帮着你的两个奶奶来看着我和你二叔的？”

“我也想看着爸爸啊，但我也好久没见到爸爸了。”

这是小朋友的一桩难过心事，大人们都看在眼里，可除了多疼疼他，谁也没辙去改变什么。

赵禹缙摸了摸傅予祯的头，很耐心地哄他：“除了吃最想吃的大螃蟹，还想干什么？”

“看动画片！吃爆米花！”

“好，那我们再去电影院看动画片！”

苏意看着眼前温柔的赵禹缙，也不禁扬起一抹笑。她早就知道，他是个对孩子很温柔很有耐心的人。

那笑过后，便是失落。这样美好的画面，让她不敢再看，只好匆匆离开。

赵禹缙余光看着她消失在视线中。

苏意走出医院大楼的时候，天色已经黑了。北半球的秋冬，夜晚总是来得特别早。

七月里的落日时分居然和十月的皓月初升是同一个时间点。

沐浴在昏黄路灯下的苏意不过是抬头看了一眼月亮，就突然想起来这句傻得冒泡的话。她有点烦躁，下意识就想用舌头去顶刚堵上洞的牙齿，末了又想起赵禹缙说不能碰水，忍住了。

赵禹缙开车带着傅予祯小朋友刚行至主干道等红灯的时候，就看到在人行道龟速前进的苏意。只看了几眼赵禹缙就知道，她一定是因为鞋子不合脚，又蹭破了皮。

这一点倒是没有变过，拧巴，又爱强求。

大学时候也不知道她受了什么刺激，一直觉得自己38码的脚太大，愣是买了好多37码的鞋子强塞进去。她忍着痛还要努力跟上他脚步的样子，总让他联想到童话故事里每一步都像在刀尖上行走的小美人鱼。

想到这里，赵禹缙不觉轻笑一声。傅予祯小朋友大概好奇自家干爹反常的样子，从副驾驶和驾驶座的空隙处探了个圆滚滚的脑袋出来，奶声问道："干爹，你在笑什么？"

赵禹缙轻咳一声，刚想回答，就见着苏意身边不知道什么时候停了一辆玛莎拉蒂，而她毫不犹豫地上了车。

恰逢绿灯亮起，右拐的车很快消失在视线里。或许是一种不可言说的直觉，赵禹缙瞬间明了来接她的人是谁。

无事不登三宝殿的蒋魏承最近频繁出现在苏意的视线之中，回回找她都不是什么好事，所以说实在的，她现在看到这辆玛莎拉蒂，就有心理阴影。

可是避不过，苏意再不情愿，现在也只能老老实实坐在后座看着手中的平板电脑，竖起耳朵从蒋魏承那里接收噩耗。

“这不可能！”

随手滑过几页之后，苏意满脸写着不信，可她又知道，关于蒋氏的事情，蒋魏承没必要诓她。

蒋魏承的口吻十分公事公办：“如你所见，一周内，先前那些你耗费大量心力谈成的合作，出现了三成的违约，并且是特别愿意赔钱的那种违约。”

全部看完的苏意有些头疼地熄了屏，一根食指有意无意地在屏幕上轻轻触碰：“违约的这几家，你看出来了吧？是……三爷爷那边去接洽了？”

蒋魏承冷哼一声：“老爷子前阵子去度了个假，那一边就散了消息，说老爷子生病了，比起我和你，到底还是那边看起来更值得巴结一些。”

苏意不屑地笑了：“老爷子那身子骨，每天早晨一套五禽戏下来大气都不喘一声，倒是三爷爷，年年白瞎我好多贵重补品。”

蒋魏承别有深意地看了苏意一眼，在她察觉到之前，又不着痕迹地挪了开来。

他没接她的话，另说道：“你大概也知道过几天是什么日子，老爷子照例会去古佛寺住一个星期，诸事不理。想来，你肯定是不会回去陪老爷子吃斋了，那边怀疑我和你也不是一天两天了，如果沉不住气，要么对付你，要么上门吓唬你，你自己小心。”

真是活得久了什么都见得到，居然还能听到蒋魏承心平气和一口气说这么长一段话，听起来还是在为她考虑。

苏意笑不达眼底，但到底有了点心情敷衍他："放心吧，该帮你挡的刀子，一刀我都不会漏掉。"

蒋魏承的喉结上下滚动一番，想说的话最终咽回了肚子里。

一大早接完电话后，苏意想起一句俗语，叫"好的不灵坏的灵"。在乌鸦嘴这方面，蒋魏承真的从来没有输过。

周日的大好时光，连颍川这种一入冬就开始阴沉的城市都难得露出了太阳，她怎么就这么点背地要去赴鸿门宴呢？！

纵使心里万分不情愿，她还是早早拾掇好了自己，在等待出门的时间里，把大早上看的一篇纯英文商务报道背了个滚瓜烂熟。

这是她的一个老毛病，一旦紧张，扯着什么就开始背。

楚桐来接人的时候，就看见苏意像是金鱼进食一样张合。

"蒋先生现在也在往那边去了，我爸说，蒋老先生昨晚在静室没有出来，怕是，不便打扰。"

楚桐看起来比苏意紧张得多，早几年苏意在蒋三叔那儿吃过大亏，要不是那个时候蒋魏承及时去解了围……

现在想起来，楚桐都有些心有余悸。好在这几年虽然蒋三叔一直在试探苏意，到底什么证据都没有拿到。

到达目的地的瞬间，苏意就调整好了状态。此时她的眼神高度聚焦，注意力极度集中，眼睛里淬着一层冷锐，将蒋舒窈的架子端了个十成十。

选定的午餐地，是颍川一个不算高级但有些名气的家常菜馆。苏意被大堂接待引着往前走，身后一个脚步声快步赶上来，是蒋魏承。

平日里像是被表情格式化过的蒋魏承现在微皱着眉头，这样的表情在他脸上很是难得，苏意猜，可能他也没有面上那么云淡风轻。

身边的人朝她伸了伸弯曲的左手肘，苏意略有些犹豫，最后还是挽了上去。她现在一门心思都在想着今天要怎么和包房里的老狐狸唱大戏，自然没有注意到打她出现在这家家常菜馆里，就有一道目光牢牢锁定了她。

赵禹缙是被傅和琛拉来救场的。傅和琛的母亲大人最近刚刚退休，恰好可以过上在家里逗逗小孙子养养老的晚年生活，可他们家四个男人，只有一个傅予祯小朋友能够陪在老太太身边，偌大的家里，着实有些冷清。

老太太合计半天，觉得家里要是多几个小朋友，估摸着能够热闹一些，于是过惯了单身日子的傅和琛开始被勒令相亲。

以往他也就糊弄过去了，但不知道为什么最近老太太改变了策略，为了提高他的相亲效率，竟然一口气安排了两个小姑娘。不想被围观群众诟病的傅和琛死皮赖脸求了赵禹缙半天，才说动这尊大神救他一命。

方才那郎才女貌的一幕，傅和琛当然也是看见了的，瞥见自家兄弟越发深沉的表情，他其实内心非常想号一句："老天啊，你这是要玩死我吗？！"

在傅和琛打起精神关注赵禹缙的时候，赵禹缙已经不动声色地挪回了目光。两个人先前的打算，是见个面，替两位女士买完单就说明无意相亲然后先行离场。可傅和琛没想到，赵禹缙拿起菜单很诚恳地建议道："他们家的特色菜，味道还挺不错的。"

毕竟是多年同窗好友，傅和琛敢肯定他改变主意的原因肯定不是想要继续这场相亲局，但，就算他坐在这里一直等到苏意出来，好像也只是更硌硬自己而已。

苏意和蒋魏承一进包厢，蒋厉行就已经含着抹让人捉摸不透的笑意看着她了。

苏意提出一早带来的白参酒，笑着叫了声："三爷爷。"

蒋厉行敛了眼底那道精明的光，语气很是亲切地道："舒丫头，要不是前些日子看到你上了电视，我还不知道你回国了。怎么，回国了也不来看看三爷爷，让人寒心啊。"

自打两人进来，蒋魏承似乎就一直被无视，苏意心底明了，这是蒋厉行在给下马威。

她打着哈哈："三爷爷可是错怪我了，蒋氏早早定下了子公司的上市计划，其他分区都提前实现目标，就瑞希现在拖着后腿，毕竟这是我们开拓整个内地市场的第一步，我也是被爷爷下了命令，恨不得一天有四十八小时，实在是分身乏术。"

蒋厉行弯弯嘴角，却不是真的在笑。到底年长苏意几十岁，哪里会不知道她的言下之意是什么。虽然他和蒋成礼两兄弟约摸二十年前就已经闹到了不相往来的地步，但到底他这个哥哥还是给他在蒋氏留了一块地。按理说，瑞希原本也是归在他手下的，只可惜，被败得不得不把控制权交了回去。

"舒丫头如今的口才是真的好，三爷爷老了，说不过你喽。瑞希的情况，我倒是也了解了一些，总归一家小小的瑞希还不足以影响整个蒋氏，你也别太拼了。"蒋厉行不动声色地撇着关系。

苏意拉着蒋魏承入了座，对着蒋厉行摇了摇头："年初爷爷就说，是时候要把蒋氏交给我掌家了，我可不敢松懈，您也知道，董事会那么多双眼睛盯着，要不是魏承替我挡着，我怕是早就被吓哭了。"

听见苏意把所有的矛头都往自己身上揽，原本只是定定盯着某一处的蒋魏承，目光略有些动摇。他余光扫了苏意一眼，只见她脸上带着无懈可击的笑容，既看不出破绽，亦看不出灵魂。

这种笑容，是他的秘书室最常见的公事公办的笑。

蒋厉行这才赏赐般地看了蒋魏承一眼，语气略严肃起来：“蒋家收养了他这么多年，如今你们两个又订了婚，他护着你也是应该的。”

苏意呵呵笑：“我倒是不希望他因为我受太多委屈。”

蒋厉行想要大声笑，可咳嗽先一步到来，好不容易等他平了喘，才道：“我们舒丫头长大了，会心疼人了。你们也饿了吧，趁着菜热，开吃吧。”

苏意借着侧头盛汤的机会悄悄舒了口气，不管怎么样，她今天要传递给蒋厉行的信号已经传达出去了，总结起来就是一句话：是的，我就是继承人，对付我吧。

这场“鸿门宴”最终还是在蒋厉行有些疲累的时候结束了，苏意把戏做得很足，陪同着蒋厉行一起离席。

她稍落在蒋厉行身后半步，像是个毕恭毕敬的晚辈。可没走几步，就发现身前挡着个阴影，一抬头，只看见傅和琛站在她面前，而赵禹缙就坐在离她不到两米的地方。

抢在他说话前，苏意开了口：“先生，不好意思，您挡着我的路了。”

完全就是同陌生人说话的口气，傅和琛从未见过苏意的这一面，登时有些错愕。他下意识地去看赵禹缙，后者目光幽深，脸色有些难看。

蒋厉行对这个小插曲有了些注意，问苏意：“熟人？”

回答他的是苏意的肯定句：“并不认识。”

一直到蒋厉行乘车离开，苏意才彻底放松下来。她打算再等等就拦辆车回去补补精力，这顿饭吃得太伤脑子。

“上车，顺路送你。”

蒋魏承的声音淡淡响起，苏意转头就见他已经为她开好了车门。

苏意心想，看来今天自己这个挡刀者非常讨蒋总的欢心，难得他会对她做出这种绅士举动。

苏意也不矫情，乐得占他这个便宜。有些兴味的表情还没来得及收，正好在上车的刹那，她的目光和走出大门的赵禹缙对上。

那目光，苏意打了个哆嗦，真冷啊。

她现在谨记自己在回到家之前，都是蒋舒窈，哪怕心里恨不得冲到赵禹缙面前解释一番，但最后还是认命地在后排坐稳等着林部开车。

“其实，你没必要把所有的目光都吸引到你自己身上，对你来说，不是什么好事。”

安静了很久的车厢里，蒋魏承先开口打破了沉默。

苏意不以为意，随口道：“替你挡了这么多年刀，你现在说这句话，是不是有点亡羊补牢？”

与生俱来的理性让蒋魏承很快从方才那细微的触动中脱身，他反应过来自己方才内心的恻隐，与此同时还察觉到了对自己的怒意。

于是，他转而又冷笑一声：“也是，我忘记了，这事也由不得你。”

苏意耸了耸肩，没再说话。

正午的阳光掠过车窗，晃得苏意眼睛有点疼。恰好到了中学生下午上课的时间，她看着车窗外的少男少女骑着自行车在自行车道上飞驰，凉凉的秋风掀起外套的衣角，当真是最洒脱无忧的年纪啊。

她既怀念，又羡慕。

回到家的苏意把自己砸在浴缸里泡了个澡，周日难得闲暇的工夫，她给阳台添了张躺椅，躺在上头的时候，一侧头就可以透过赵禹缙家的阳台看到他的开放式厨房。

苏意懒得花时间去吹干湿漉漉的头发，索性躺在躺椅上等它自然风干。

很多事情就是这么巧，明明现在她和赵禹缙的关系十分紧张，她已经是在薄冰上试探了，偏偏今天这一出“装不认识”的戏码就像是横空一脚，一踏，好了，薄冰也没有了，只剩下一片不晓得长宽几何的海了。

要不，去解释一下？

苏意甩着湿头发认真地思考了一下可行性，最终决定，解释总比什么都不说好。

只是找个什么借口上门好一些呢？苏意在家环顾一周，最终捞了一包方便面随行。

门铃按了五六声，赵禹缙的家门才缓缓打开。他早就知道门口杵着个苏意，本来不打算开的，但还是没忍住。

现在的苏意，又不是中午那个时候的陌生样子了。

她看起来有些小心翼翼，语气带着些讨好，问得客气：“我家开水壶坏了，天然气还没通，能不能借你家厨房煮个面？”

她晃了晃手中的方便面包装袋，自以为找了个不错的理由。

但她没想到，赵禹缙拒绝得很干脆：“不借。”

赶在他关门的时候，苏意伸手拦了拦，得亏他及时收力，不然她的手只怕会被狠夹一下。

赵禹缙觉得自己脑门上的筋跳得有点难受，冷声道：“苏小姐，请问你到底要干什么？”

苏意下意识咬紧了嘴唇，整个人都有些不自在起来，声音也弱了几分：“我……就是饿了，想吃个方便面……这个小区，也就认识你。”

一声冷笑，赵禹缙最终还是让了身，苏意借势就进了门。

为了让自己的借口看起来没有那么蹩脚，她进门后果真有模有样地走到了灶台前正经煮面。

赵禹缙抱着手臂靠在流理台边，在苏意接好水后，有些好笑地出声："没记错的话，苏小姐在四个半小时前，曾当着很多人的面说过不认识我们。"

"哐当"一声，苏意没拿稳手中的锅，水洒了一地。

看着她笨手笨脚地收拾了一番，又半天打不着火，赵禹缙觉得自己脑袋有点疼。他轻轻把苏意往边上一推，接过了她手里的东西，熟练地替她把面煮上。

一直到苏意抱着一碗面坐在赵禹缙家餐桌上，两个人再没有交流。

苏意看着碗里藏着青菜和鸡蛋的方便面，觉得心里很温暖，抬头看见赵禹缙完全看着陌生人的目光，她的心又有点慌。

一碗色香味俱全的面突然没有看起来那么可口，苏意舔舔嘴角，涩然一笑："不好意思啊，我再，蹭一杯水行不行？"

这个家的摆设没有变过，苏意还算熟悉，她就要起身往玄关边的饮水机走去。赵禹缙先她一步站了起来，在帮她接水的时候，还不知道把什么东西往柜子和地板的间隙中踢了踢。

接过赵禹缙递来的水，苏意对他说："对不起啊，今天……"

赵禹缙不带感情地看着她，字字戳心："苏意，你觉得现在很有意思吗？我们的关系，是你可以这样随意找上门来的？你是怎么做到这么坦然的？"

"我……"

苏意紧紧捏着一次性纸杯，杯子变形，有水溢出，淌了她一手。

她深吸一口气："我，那个时候，不是故意消失的，我……"

“你这几年，被限制自由了？”

“没有。”

“不能和外界沟通？”

“不是。”

赵禹缙往椅子后依靠，笑容讽刺地看着她：“那就是说，你可以联系到我，但是你没有。”

苏意有时候真是恨极了他如此缜密的思维能力，只能无力辩白：“我以后，会和你解释的。”

赵禹缙抱着手，缓缓道：“好，你现在解释。”

苏意抬眸看他，目光中有些犹疑和矛盾：“现在，还不行。”

赵禹缙又恢复了他那没有感情的口气：“苏意，我承认要忘记你对我来说，挺难的。但不是完全忘不掉，一个星期，我能接诊一百来号患者，会和无数人擦肩而过，在我生命里来来去去的人太多了，你为什么会成为走不出去的那一个？”

苏意是失魂落魄地从赵禹缙家离开的，一直到她走，那碗面终究一筷子都没被动过。赵禹缙把面挪到了自己面前，冷掉的面已经吸干了汤坨在一起，他挑了一口，难吃极了。

他坐着的地方刚好可以看见被他踢进柜子底下那双苏意的高跟鞋，他嘲讽地暗骂一句：“赵禹缙，你真是自找的！”

打那一天起，苏意算是消失在了赵禹缙的世界里。距离她第二次治疗已经过去了十天，她预约了第三次治疗，却没有任何征兆地放了鸽子。

顾及着她那颗牙现在脆弱得不行，不尽快补上恐怕难逃被拔掉的命运。赵禹缙交代随诊护士打电话给苏意好几次，都被自称是她助理的人接了，每回回答的词都没变过，简简单单两个字“没空”。

医者仁心，或者心底还有些自己也不愿意承认的不忍，赵禹缙最后自己打了个电话过去，接电话的依旧不是苏意本人。

楚桐看着在会议室里气得整张脸都泛着红的苏意，只好对电话那头说道：“苏意现在在开会，这周可能抽不出空，您看下周约个什么时间比较好？”

挂断了电话，赵禹缙觉得自己有些挫败。他告诉自己这是因为医生碰到了一个不遵医嘱的病人时正常的无奈和生气，但思绪总是不受控制地隔三岔五开小差往苏意身上跑去。

说她忙，这一点赵禹缙倒是信的。但凡她想要专注做一件事情，外界的任何东西都没办法干扰到她。

在他们医学生被期末考折磨得恨不得拔一撮头发变一群分身一起背知识点的时候，她为了赖在他身边陪他背书，捧着本厚厚的《经济法》和他一起泡在南川大学的图书馆里。

明明是个陪读的，到最后背得比他还投入，硬是拉着他读了个通宵。结果喜人，她跟打了鸡血似的写出了她们经管系第一张经济法满分试卷，而他因为休息不够精力不足，第二天的考试发挥失常。

傅和琛站在赵禹缙办公室门前待了大概一分钟，眼见着赵禹缙脸上的表情从生气到柔软，完全颠覆他对这几年的赵禹缙的认知。

他这一感慨的工夫，赵禹缙也看到他人了。

傅和琛很自觉地拉了张椅子坐在赵禹缙对面，随手丢给他一张印着牡丹暗纹的大红色邀请卡。

“老头老太太结婚三十五周年庆典。我家老太太说了，当天一定美女云集，我想着这种好事可不是得带上你嘛，够义气吧？”傅和琛跷着二郎腿，冲赵禹缙挤眉弄眼。

赵禹缙深知他的德行，收了邀请卡，不留情面地拆穿他的说辞：“怕是给你和大哥准备的相亲局吧？”

“相亲？赵医生你要去相亲？”

正巧丁雨霏端着器械进来，听话听了小半截，震惊地问赵禹缙。

赵禹缙整理着桌面上的问诊记录，下巴朝傅和琛抬了抬：“那才是相亲男主角。”

丁雨霏放下了心中的石头，轻松笑开，顺着赵禹缙的话说下去：“咱们傅医生看来又要去祸害良家少女了啊。”

无辜躺枪的傅和琛不乐意了，忙着反驳：“这个帽子可别乱扣，论祸害谁比得过你们赵医生。我记得大二的时候，好多无知少女就是被招生宣传上他的照片吸引，积极报考南川医学系。从此姑娘们那些本该可以逛街追剧的时间，不是在背讲义就是在去背讲义的路上，害人吧？”

丁雨霏认同地点点头，私心想要知道更多关于赵禹缙大学时候的故事，忙问道：“后来呢？”

傅和琛撩了撩往后梳的头发，笑：“后来啊，姑娘们在图书馆背讲义的时候，还能吃一嘴赵医生撒的狗粮。”

话说到这里，傅和琛方反应过来自己嘴快，暗骂了自己一声，忙岔开话题。被议论的当事人倒是全程没参与讨论，连个眼神都不曾投来，仿佛说的不是他的故事一样。

丁雨霏离开后，傅和琛凑到赵禹缙面前，正经问他：“苏意到底是怎么回事儿，我听褚玉说，她住你对楼了？”

“嗯。”

赵禹缙简单应了一声，显然不打算再说什么。傅和琛也识趣，没再问，他知道和苏意有关的事都是赵禹缙心里的刺。

“行，你记得到时候来啊，我妈是真嘱咐了，让咱们人模狗样地去。”

赵禹缙看了他一眼，淡淡道：“人模我没有问题，狗样就由你来完成了。”

# 第四章

## 窗前雪

**“他说得没有错，我是打算撩你来着。”**

苏意一个下午连发了三通火，等她终于能够安静下来的时候，她发现嗓子已经完全说不出话了。

秘书安琦小心谨慎地敲开办公室的门，递给苏意一杯加了蜂蜜的胖大海茶，从她这个角度看过去，正好可以看见自家上司那盖了厚厚一层粉也仅是勉强遮住的黑眼圈。

不要命，真不要命。

安琦暗自咋舌，天知道这一个多星期她们这群小秘书是怎么过来的。星期一刚到办公室，她们就看见蒋副总坐在办公桌前神采奕奕，她边上摆了一沓文件，安琦暗自估摸了一下，这像极了她通宵达旦的工作成果。

那以后，秘书室自动自觉提前两小时到岗，尽管这样，她们还是悲伤地发现自己没有早过老板。

安琦想劝苏意休息的话在嘴边滚了好几趟，可看着她马上又投入状态的样子，踌躇着不知道是否应该去打扰她。

正当安琦左右为难的时候，楚桐推门而入，安琦像是看到了救兵，忙走了出去。楚桐面色不怎么好，坐在苏意面前正经问道：“你究竟是怎么了？”

苏意没有抬头，手指在键盘上翻飞，回复着一封全英文邮件：“最近比较有工作的斗志。”

回答她的是一声不信的笑：“你被逼回去的那一年，我见过你最拼命工作的样子。可是苏意，那个时候的你，好歹还是惜命的。你现在这个样子，我不用想都知道下场是过劳死。”

苏意勾起嘴角，因为喉咙嘶哑，所以声音很轻：“哪有你说的那么夸张。你也知道，三爷爷那边最近给我下了不少绊子，一堆烂摊子要收拾，和川行的合作迟迟没有进展，离爷爷给的期限只有九个月了，我没时间耗下去。而且，我的身体我还不清楚吗，你放心。”

楚桐也不知道自己究竟为什么会被苏意的话说服，但事实证明，在某些方面，苏意的话完全不能相信。

正是喧闹的下班时刻，救护车急促的声音在大楼下响起。晕倒的苏意被匆匆抬上担架，比这更快的，是不知怎么得到了消息的媒体。尽管安保严密，但是苏意被救护车拉走的照片还是很快在社交媒体上传播开来。

一时之间，关于蒋氏继承人蒋舒窈住院的消息铺天盖地，五花八门的传言也出来了。什么抑郁症割腕自杀，什么身患绝症，什么目睹未婚夫出轨想不开……

楚桐在病床边陪护，刷着手机上杂七杂八的通稿，满脸都是深感荒诞的笑容。不幸躺枪的蒋魏承彼时正在蒋氏庄园和蒋老爷子汇报公司的财务状况，管家匆匆进门说了这件事，听完前因后果的蒋成礼面色复杂。

良久，蒋成礼笑了起来：“这丫头脾气挺犟，是在和我较劲呢。”他看了眼蒋魏承，“前阵你在那丫头身边，你应该知道点什么吧？”

蒋魏承喉结动了动，开口：“三爷那边见了她一次，瑞希当下的状况不是很乐观，估计是着急了吧。”

蒋成礼鹰隼般的眼睛中寓意不明，他叹了口气，拄着拐杖站了起来：“魏承，按照你这样下去，咱们蒋家注定留不住这个丫头。”

蒋魏承抿了抿唇，道：“您也知道，这婚订得滑稽，不情不愿。您不应该用这种方式逼她。”

“呵，”蒋成礼嗤笑，“这是你的心里话？”

“是。”

从始至终，蒋魏承的脸上都没有多余的表情，看似不在意但其实一直在观察他的蒋老爷子握紧了手杖，不由得感慨，眼前这个小子，所有的情绪都藏得极深，果然最适合接他的班。

苏意是疲劳过度加上低血糖晕倒的，输了液不多时就醒了过来。她很不喜欢别人看到她脆弱的样子，所以醒来的第一件事，就是赶楚桐回家休息。

深知苏意脾气的楚桐确定她没什么问题后，嘱咐了护士盯着苏意休息后，离开了医院。

楚桐转入医院过道的时候，正巧看见赵禹缙迎面走来。这是她第一次，看见苏意惦念了这么多年的本尊。

赵禹缙行色匆匆，等站定在病房门前，又有些犹豫。内心挣扎良久，他推开了门，确定蜷缩在病床上那个瘦弱的人已经陷入睡眠，这才缓了一口气。

多少有些难以言明的心理活动作祟，得知苏意入院的消息他第一时间跑了过来，却又不是很明白自己要怎么面对。

睡梦中的苏意不甚舒服地翻了个身，牵扯到左手的输液管，血液登时倒流。赵禹缙皱着眉帮她调整，见过更紧张场面的他也难免手忙脚乱。

招惹

在他俯身的片刻，听见了苏意的梦呓。病房门前急匆匆推过一张病床，外头传来嘈杂的声音，但赵禹缙还是听清了她的话，她说：“不要丢下我。”

赵禹缙打量着眼前这张熟悉的睡脸，亦像是看着一个谜团。她的一切都让他无法理解，可他不是一个好奇的人，他希望她能亲口说给他听。

苏意再醒来时，已经是破晓的清晨。好像她只是不算安稳地睡了一觉，什么都没变，除了床头多出来的一盏安神的小香薰灯。

楚桐带着早餐而来，刚一进门就被苏意十分真诚地吹了一波彩虹屁：“世界上怎么会有你这么懂我的女人！我真的是，爱死爱死爱死你了！”

楚桐一头雾水地过来摸了摸她的额头，嗯，没有烧。

苏意轻拍掉她的手，笑：“你怎么知道我喜欢这个味道的香薰灯，讲真要不是我已婚，我都想以身相许了。”

楚桐明白过来苏意的误会，但她多少猜到了苏意今日不要命工作的原因。左右只有赵禹缙能有这么大的影响力，怕她再受刺激，楚桐没有解释。

这个时候，病房门再度被敲响，来人令苏意有些意外，是傅和琛。他吊儿郎当地晃了进来，冲苏意道：“您老可还走得动？劳烦移驾一趟牙科，你主治医生记挂着最后一次治疗，早完早了。”

相比前两次一个人形单影只，这次是楚桐陪着苏意去的。大概是因为楚桐在一旁事事周到地照料着，再度面对赵禹缙，苏意心中那些快要把她吞没的怯意，消退了不少。

这一次赵禹缙的动作很利落，两人全程无话，原本总爱借着这个时候偷偷打量他的苏意，目光始终聚焦在头顶的日光灯上。

有些刺目的日光灯照得眼睛有些酸涩，终于在一切结束后，苏意偏了偏头，藏住了溢满的眼泪。

费用是楚桐结算的，全程苏意都安静地坐在候诊休息区，盯着手臂上被针管扎出的瘀青发呆。

整个疗程结束，没有意外的话，两个人今后的交集大概仅限于小区偶遇。但有些奇怪的是，苏意好像并没有很难过，只是觉得悲哀。

想要努力走进某个人的心里，却无能为力的样子，真悲哀。

办理完一切手续，苏意起身，她的嘴唇略有些苍白，看起来我见犹怜。

温和的手覆盖在苏意肩头，她转过去，楚桐正朝她微笑。

那笑容苏意毫不陌生，曾经无数个冰冷且饥饿的夜晚，是这个笑容陪她一起，熬过那些难熬的时光。

“我道歉，并且承认这次自己在故意作死，是我太冲动了。”她轻声对楚桐说。

楚桐安慰般地搂了搂她：“阿意，不知道为什么，我就是很笃定，这一次你依旧可以做到你想做的。你看啊，之前那么多事情，我们不是都一一摆平了吗？现在要做的，就是不要着急，一步一步解决每一个问题，是你教我的啊。”

苏意轻轻点点头。

余光看向周围的时候，赵禹缙正好走了出来，他双手插在白大褂的口袋里，一如往昔的光风霁月，仿佛无时无刻不自带高光。

苏意到底没有斗争过内心的小人，还是走向了他，走到近前却又有些不知道说什么好，手指纠结地互掐了许久，才低低开口：“最近这阵子，麻烦你了。”

苏意身量很高，但此刻赵禹缙觉得面前这人的样子可怜极了，他动了动手，最终还是压制住想要摸摸苏意头顶的冲动。

“不管你听不听得进去，作为医生，我还是建议你合理休息，没有什么事情比健康更重要。”

下一秒，眼前的人扬起了头，尽管面色还带着疲惫，但眼睛里光彩熠熠：“好，我会的。”

赵禹缙不太自在地清了清嗓，方要再说些什么，一个人影大步走至近前。

最先反应过来的人是楚桐，她的语气不乏惊讶：“蒋总？”

蒋魏承一看便是长途跋涉而来，或许是因为在公共场合，他没有表现出丝毫不耐烦，还算温柔地问苏意：“好些没有？”

只一句，赵禹缙便立马了然来人是谁，而精明如蒋魏承，也在片刻之间明白了眼前人的身份。

苏意后知后觉地感受到了气氛的尴尬，正欲说点什么缓解，赵禹缙已经功成身退般走远，苏意伸手想拉他的衣角，刚一伸出，临了还是被理智阻拦。

返程路上，苏意因为药物的副作用神情恹恹，蒋魏承也早就卸下来方才的伪装，公事公办起来：“老爷子让我来帮你，明天下午我会召开临时会议，希望你不要缺席。”

“不用，我可以解决。”

苏意不知道心里那股子劲儿是从哪里涌出来的，想也没想就出言拒绝。

蒋魏承丝毫没有被拒的不快，但言语足够直接：“苏意，我告诉你一个数据，打你回来的这三个月，瑞希的利润增幅不到百分之一，按照这个速度，我有充分的理由怀疑，你很满意和我的婚约。”

“你放……”最后一个字苏意没有说出口，但脸上的表情充分体现了她的愤怒，本来还苍白的脸上气出了两坨红晕。

“呵，”蒋魏承轻蔑一笑，“那我只能，祝你好运了。”

一直到下车，苏意用极为幼稚的“怒砸车门”回应了蒋魏承的挑衅。她抬头看了看眼前高耸的写字楼，玻璃幕墙一尘不染，反射着日光。

她兀自笑出了声，问身边的楚桐：“你说蒋魏承这招激将法，目的是什么呢？”

楚桐久久不语。

是了，一如她对赵禹缙总是束手无策，面对蒋魏承的时候，楚桐叱咤职场的本事，也好像统统丧失能力。

“再帮我约傅淮川，不管怎么样，我们都要拿下川行的合作。”

苏意的口吻不容置喙，听起来更像是给自己下达命令。

所有事情的转机出现在一个稀松平常的星期三，秘书室刚刚开启一天的忙碌，安琦就接到了苏意的内线。

三小时后，安琦拿着自家老板不知从哪里搞来的VIP券出现在拍卖行，以极为肉疼的价格，拍下了一块成色十分上乘的和田玉原石，走的还是苏意的私人账户。面对这种操作，安琦只想高呼“财大气粗”。

和田玉原石被送到苏意办公桌上的时候，听到消息的楚桐正好前来观摩。她知道苏意在合作上历来奉行“舍不得孩子套不着狼”的原则，在能够实现自己利益最大化的时候，往往会用肉眼可见的高收益笼络合作伙伴，但看到拍卖卡上的标价时，她还是忍不住咂舌，果然是下了大手笔。

苏意正端着水杯润嗓子，接着抬眸就问：“让你办的事情有谱了没？”

楚桐打开手中的文件夹，拿出苏意肖想已久的邀请函：“约傅淮川三次都没约成，最后照着你的那套说辞，果真骗来了这张卡。”

苏意笑得狡黠：“这怎么能说是‘骗’呢？为了这张卡，姐们下血本了好不好。”

苏意看着桌子上那块大原石，仿佛看着一摞人民币。

楚桐把苏意的表情都看在眼里，继而想起一件事，不禁好笑：“话说川行国际知道你有意向出席他们的慈善晚宴，倒是立马发出了消息，不得不说你的号召力还是强的，看来这一次傅淮川能在山区多盖几所小学了。”

这倒是在苏意的意料之中，她并不惊讶：“总归是一件好事情，晚宴在什么时候？”

“这周五，你的礼服已经在路上了，和林部那边碰了一下，蒋魏承会代表蒋氏出席。”

听到这儿，苏意毫无表情的脸上起了些波澜，看来蒋魏承的帮，并不是说说而已。可苏意丝毫不想得到他的任何帮助，本来就是势同水火的两个人，站在一条船上像什么样子。

“那你告诉蒋魏承，那个晚宴我是去谈生意的，完全没兴趣陪他演戏，让他还是乐得清闲好了。”

楚桐面露为难：“恐怕，蒋魏承也做不了主，是老爷子亲自发的话。”

瞧瞧这事情多新鲜，苏意觉得自己都快被气笑了。犹记得自己一身反骨都在和老爷子作对那几年，他也只是把自己丢到了一个复杂的环境里由着她自生自灭，既不帮也不踩，现在是怎么了，频频犯规干预。

偏偏苏意一点办法都没有，她放弃治疗般往椅子后面靠：“算了，随意吧。除了川行以外，其他的项目也紧着点，另外我准备的几个‘空包弹’你可以放出去了，三爷爷既然想要下绊子，那我亲手把机会送给他好了。”

谈完正事，楚桐便轻松一些，打趣道：“老虎要亮爪子了啊？你这样子才正常嘛。”

苏意一笑而过。等办公室只剩下她自己一人，她才把目光放在了先前一直不敢看的手机上。尽管信号灯一次都没有闪过，她还是不死心地解了锁，打开了信息界面。

那条她发出的信息形单影只，没有丝毫回复，也许是忙吧，她这样安慰自己。可是又想起了在朋友圈刷到的那张合照，十分明确地知道今天她心心念念的那个人，正和一群白衣天使在快乐地团建。

仿佛是为了让自己集中注意力在工作上，苏意索性把手机扔进了抽屉。

这个空当，邮箱跳出来一则新邮件，无标题，ID 地址却再熟悉不过，紧接着电话也打了进来。

电话那头言简意赅：“目前只查到这么多，有新进展我再发给你。”

“好，谢谢。”

回应她的是电话干脆利落的挂断声。

苏意不禁一啧，看看人家这丁点不拖泥带水的交际路子，真帅。

她打开邮件，最先映入眼帘的就是一份并不陌生的死亡证明书。

苏意的目光在“死亡”二字上停留许久，深吸了一口气才开始滑动鼠标滚轮。

姓名：苏玥

性别：女

年龄：26 岁

死亡原因：羊水栓塞引起的多器官衰竭

……

看到这里，苏意关掉了页面。她偶然看过一个关于羊水栓塞的报道，从描述中大概可以想象那个时候产妇该是多么痛苦和绝望。

“苏玥，我给孩子取名苏意，她是你存在过的意义。我知道你一定会怪我不爱她，可是如果不是她，你一定不会离开我的，对不对？”

埋藏在记忆里的这句话呼啸而来，没来由地让苏意感受到了一股冷意。

川行国际的慈善晚宴恰好在立冬那天，颍川很突然地降了温，不过是从室内到车里短短的十几秒，身着礼服的苏意就被冻得打了个哆嗦。

早在川行在社交媒体上公布晚宴来宾名单的时候，今年颇受外界注目的蒋魏承和蒋舒窈这对未婚夫妻会不会一同出席就成了许多媒体关注的噱头，但热度没炒过几天，苏意就在偶然的一次采访中状似无意地透露出两个人并不会同行的事实。

虽然苏意一番话说得滴水不露，但还是给了外界许多遐想的空间，结合前一阵子的新闻，无端又给这场慈善晚宴增添了几分瞩目。

助理把这一情况汇报给傅淮川的时候，难得看他嘴角弯了弯。

傅淮川的反应令人有些意外，他抬头问助理：“你怎么看这件事？”

助理被问得有些突然，斟酌了一下语言，才道：“按照蒋小姐以往的作风，这类没有意思的新闻，从未见她做出过回应。这次反常地回应了这个话题，虽然和我们无关，但是我们间接成了最大受益方。不仅仅是国内的媒体对这场晚宴产生了关注，国外一直在关注蒋氏家族的媒体，也关注起了咱们的慈善晚会。对于我们开拓国际市场的计划来说，百利无一害。”

傅淮川赞许地看了助理一眼，却夸起了另一个人：“是个聪明的姑娘。”

说罢，他起身，披上了被他随意丢在沙发上的手工西装，略有些不耐烦地理了理领结。

“走吧，毕竟是我们的主场。”他如是说。

或许是因为今年的这场慈善晚宴来了许多意外有流量的人物，从停车点到宴会厅正门，今年的红毯好似格外地长，苏意到的时候红毯两边已经架起了长枪短炮，她的车门不过刚开了一条缝儿，快门声就没停止过。

以往这种场合都是楚桐陪她出席，今天也不例外。坐在副驾驶的楚桐穿着一身干练的职业西装，下车替苏意开门，苏意步入大众视线的一瞬间，立刻成了焦点。

苏意保持着自己行走的速度向前，两边机位能够拍到的只有她的侧脸。但是拍过许多人物的摄影师也不禁感慨了一下，到底是在商场上历练的人，纵然苏意的五官精致，看起来十足可人，可浑身上下散发出的气场，又仿佛无声地告诉所有人，她才不是什么温室娇花。

苏意前脚走进宴会厅，蒋魏承后脚就出现在红毯前。楚桐还来不及退场，一抬头，便对上了蒋魏承的眼睛。她不太自然地别过脸，却看见蒋魏承低头和林部低声交代了几句。

比起苏意的目不斜视，蒋魏承对媒体算是友好得多，虽然浑身上下散发着生人勿近的味道，但是也还算配合地给了几个正面。

待这两大人物一前一后地走进了宴会厅，后面的媒体也窃声讨论开来。

“这一对要是论颜值看起来倒是般配，若是论气场，倒真让人好奇他们婚后的生活是什么样子的，蒋小姐看起来，可不是会娇滴滴对蒋先生撒娇的人。”

“这可说不准了，或许蒋先生就喜欢她那种性格的。”

被林部拦在一边的楚桐没认真听林部说了什么，反倒是把身边媒体的闲言碎语听了个齐整，这一分神时间就偷跑了半分钟，半分钟后她才恢复工作时候的严谨，问林部：“你刚刚说什么？”

林部有些无奈，但还是复述了一遍：“老板让你今晚担任他的女伴，为你准备的礼服一会儿就会送到。”

拒绝的话刚到嘴边，却转了个弯重回肚中，理性告诉楚桐现在应该拒绝，心却满口答应。

等楚桐少见地身着抹胸长裙出现在晚宴场上的时候，便见着苏意在人群中左右逢源，和一群豪门阔太聊得正欢。

大概是略喝了点香槟的缘故，苏意的脸颊微红，被光彩熠熠的水晶灯一照，就好像自带光环一般，尽管低调却也还是不禁让人多看了几眼。

蒋魏承不动声色地走到楚桐身边，破天荒地夸了一句：“衣服很衬你。”

尽管心已经跳得超速，但楚桐面上还算是冷静，语气也保持着上下级的疏离：“您的这一举动，令我有些不解，也可能会让舒窈有些难堪。”

她话刚说完，一边的蒋魏承就发出一声冷笑：“难堪？可你看起来倒是也很愿意当这个帮凶。”

他毫不留情地戳穿事实，反倒是楚桐无话可说。她知道苏意毫不介意，若是事先知道，甚至能把礼服都一并帮自己准备好，但是话经由蒋魏承这么一说，好像就变了几分味道。

“你不用想那么多，你以为她苏意今天，会缺男伴吗？”

蒋魏承意有所指地看向某处，一身正装的东道主傅淮川已经端着一杯香槟，走到了苏意身旁。

聊得正欢的苏意似乎还未察觉，到身边有人轻声提醒，她才回过头去，面上端着四平八稳的笑容，既不谄媚也不客套地问候了一句：“傅总，好久不见。”

从傅淮川的角度看过去，苏意的眼眸正反射着水晶灯的光芒，有些耀眼。尽管如此，他还是没有漏掉她眼睛里一闪而过的光。

算不上是狡黠，最多是笃定的某件事情变成现实时的自信。

早在苏意到场的时候，傅淮川就一边和合作伙伴寒暄，一边默默观察着苏意。

在这个场合里她既不张扬，也不自视清高。凡是有人来和她搭话，她一律报以笑容，那个笑也不公式化，起码看起来很是真诚。就这样左一句右一句，悄无声息地，这个还未正式开始的宴会场，就形成了一个以苏意为中心的小格局。

想到这里，傅淮川嘴角的笑容带上些许玩味：“助理和我说了几次你的邀请，奈何实在分身乏术，失礼。”

见傅淮川客套，苏意也陪着他客套：“到底还是有求于人的人急促一些，没有打扰了您才好。”

没想到苏意完全不按套路出牌，在他什么铺垫都还没开始的时候，就把窗户纸捅破了开来。

随即，傅淮川失笑，顾左右而言他：“前阵子路过办公区，偶然听到员工调侃自己是社畜，这样看看，哪里有我们操劳，什么场面也还是需要自己出马才行。”

苏意暗暗咬了咬牙，不知道为什么，她总觉得现在傅淮川有些刻意地想要挑起她的情绪。潜台词多么明了——你手下的人还是不行啊，办不成事，所以需要你亲自出马。

苏意明眸一转，顺着他的话接下去：“这么说倒是不太准确，毕竟员工都自称社畜，我们这些决策者若是不努力一点，怎么对得起兢兢业业的下属呢？更何况，傅总的时间宝贵，见的定然也都是举足轻重的人物吧。”

牙尖嘴利。他正欲再说点什么，门口穿着讲究的小肉团就飞奔而来，跑到傅淮川跟前才停下，本意想要伸手抱上大腿，但最终还是迟疑了一下，怯生生喊了一句：“爸爸。”

一旁的苏意被这一句“爸爸”喊得一愣，以她知道的情报，怎么从没听说傅淮川已婚已育？

小肉团顺势也看了一眼苏意，反应比苏意直接得多：“咦，牙疼阿姨，你怎么也在？”

眼前这孩子可不就是偶然见过一面的傅予祯，苏意吸了一口气，朝他跑来的方向看去，只见赵禹缙和傅和琛一左一右陪同着两位衣着讲究的老人，缓缓走了过来。

说起来，这还是苏意第一次见赵禹缙穿如此正式的西装，依稀记得大学的时候，她去看他打辩论赛，那时他穿着白衬衫黑裤子，一开腔就妙语连珠，把对方二辩说得张了半天嘴但一个论点也讲不出。

那时候的他浑身透着书生气，很是清隽，而现下这人，衣着低调却挺括，没了当年的青涩和活力，却沉稳到让人满心踏实。

自第一次在新闻上看到苏意后，就再不关注花边新闻的赵禹缙显然没料到苏意的出现。从她钻进眼里开始，赵禹缙心里的第一个念头居然是“天气都这么冷了，她也不知道加一个披肩”。

傅淮川见自己的父母已经到了现场，上前安置好两位老人，示意晚宴主持，可以正式开始了。

傅淮川当然也没错过自赵禹缙出现以后，苏意周身气场的变化，结合自家弟弟傅和琛在赵禹缙身边挤眉弄眼，他琢磨出了一点意思。

陪着父母坐在主桌，傅和琛挑着主持人说话的空当在赵禹缙耳边嘀咕：“这么一看你眼光确实不错，苏意今晚可以算是秒杀全场。”

赵禹缙一脸冷漠，说起话来也毫不留情：“没想到你这么肤浅。”

傅和琛送到嘴边的一口香槟差点喷了出来，肤浅？他说的是自己吗？要不是怕一刀戳在赵禹缙心上，傅和琛真的有点想同他回忆回忆。当初他问赵禹缙为什么会喜欢苏意，赵禹缙怎么回答的来着？

——她笑起来很好看。

呵，男人。

傅医生心中百转千回，只剩下这么一句话。

两人你来我往这几句的工夫，主持人说完了开场。傅淮川站定在台上致辞：“非常感谢各位今晚的莅临，今晚除了慈善拍卖，同时也是家父家母的结婚三十五周年庆典……”

后面傅淮川说了什么，苏意就没有认真听了。她目光虽然放在台上，余光却止不住往赵禹缙的方向扫去。

其实她心里很是抗拒在这样的场合见到赵禹缙，总觉得戴着重重面具的她，不配出现在真实的他面前。

苏意这有些失态的模样，早被蒋魏承悉数望进眼中。他看着苏意，对楚桐问道：“她和你关系最好，依你看，她今晚能不能忍住，像个陌生人一样，和那个医生一句话都不说。”

“舒窈不是分不清场合的人，否则她今天就不会在这里了。”

蒋魏承轻笑：“有点意思，蒋舒窈。你一遍一遍地这么称呼她，是在提醒我，还是在提醒你自己？”

楚桐不卑不亢：“您心里会有定论的。”

傅淮川致辞结束后，慈善晚宴的重头戏就开始了。慈善拍卖是川行国际几年来这个场合都会办的流程，不同于以往的是，今天的这场拍卖会拍品明显贵重于往年。

苏意对这场拍卖兴致缺缺，看着各类拍品和一轮又一轮的竞价，她始终未能入戏。珠宝、瓷器、名画，曾经这些东西对她来说过分奢侈，如今亦然。

与苏意一同是这场拍卖会看客的还有赵禹缙，他的位置坐得极巧，抬眼望向台上的同时，也能把苏意所有的动作和表情尽收眼底。

只见她百无聊赖地叉着手抵住下巴，手指干干净净，指甲是最原始的颜色。可她周身上下，哪怕是一个毫不起眼的耳坠都价值不菲，美好得失了真。

一个巴掌毫无征兆地轻拍在赵禹缙后背，继而他听见了傅和琛幸灾乐祸的笑声，侧头一看，身边的老太太果然是嗔怪的样子。

傅夫人语气带着埋怨，但眼中充满宠爱：“让你来选喜欢的姑娘，你盯着人家有未婚夫的女孩子看干什么？”

赵禹缙面不改色地说谎：“您误会了，我是看上头那块和田玉原石不错，您二老的心头好不是？”

他话题转移得顺利，傅夫人的目光果真被玉石吸引过去。苏意是做了功课的，晓得傅家二老喜欢，说是捐赠慈善，其实是变相讨巧。

果不其然，众人眼见晚宴主角对这块石头有兴趣，也就都打住了竞价的念头，一块苏意在别的拍卖会上高价拍下的石头，到了这个场合，几乎是对折再对折地被傅淮川的父母拍下。

她这一招不着痕迹，承情的人心知肚明，算是捆绑了一个人情。

锤子落定，苏意举着杯子朝傅淮川扬了扬，后者给面子地对她点了点头，但那笑容有些难懂。

比起拍卖会那略有些严肃的场合，结束后的正式晚宴就轻松许多。一直在同一个场合兀自交际的蒋魏承也终于走到了苏意身边。

苏意对于他的靠近内心毫无波澜，反倒是看见打扮一新的楚桐，悄悄对她眨了眨眼睛。

楚桐顿时觉得心里有一些闷，灌下好大一口酒。

“看起来，傅淮川比你想象中要难搞得多。”蒋魏承毫不客气地泼她冷水。

苏意看了一眼傅淮川所在的位置，他正侃侃而谈，而同他交流的对象，恰好是蒋厉行那边安排的竞争对手。

苏意无所谓地耸了耸肩：“也不是没有这个合作我就会一蹶不振。”

被她嘴硬的样子逗笑，蒋魏承挑挑眉，口气依旧欠揍：“那么，祝你好运。”

他话说完，身边喝下冰冷香槟的楚桐就不受控制地抖了抖。

蒋魏承虽然看着不像是什么好人，但该有的绅士风度还是没有落下，他果断脱下了自己的外套罩在楚桐肩上。意料之外的温暖让楚桐有些愣神，而他这一举动早已引来不少目光。

“哇哦，我觉得这个情况，我不是很看得懂了，果然我们还是适合手术室那种比较单纯的环境。”

傅和琛由衷地发出一声感慨，却没注意到赵禹缙的拳头紧了又松，松了又紧。

被各种目光盯着的苏意扬起一抹“善解人意”的笑容，当着众人的面把手里的杯子搁在蒋魏承手心，在旁人看来，这场景就像是蒋魏承故意引自己的未婚妻吃醋，而未婚妻很配合地酸了，这才反应过来，原来是情趣。

苏意踩着细高跟优雅得体地走到一旁，算是晾了她小半个晚上的傅淮川终于败给了苏意的耐心，主动朝她走了过来。

他微微欠身，做出邀请的姿势，苏意莞尔一笑，把手搭了上去。

音乐渐起，到了女士们裙摆翻飞的时刻。

苏意和傅淮川保持着十分礼貌的距离，她不打算放过这么一个好时机，直截了当地开口：“也许现在傅总有兴趣给我们一个合作的机会？”

傅淮川拒绝得也干脆：“蒋小姐连家父家母的喜好都一清二楚，应该更知道我从不喜欢和风险打交道。”

“唔，不然这样，你给风险一个机会，重新评估一下它的系数？”

傅淮川略略思考了几秒，没有拒绝。在苏意舒了口气准备一舞终了功成身退的时候，她听见傅淮川问：“比起合作，我当下倒是有些好奇，蒋小姐的目光为什么频频往家中弟弟的方向看去？”

“原来那边两位是傅总的弟弟，看着有些面善，这下好了，您可以为我引荐一下。”

是以，当苏意跟着傅淮川一齐走向赵禹缙面前的时候，赵禹缙身边的傅和琛恨不能掏出手机记录下这一幕，这是什么精彩的时刻，苏意难道要借着旧爱报复她的未婚夫了吗？！

苏意走到近前，赵禹缙才终于一个细节都没有放过地把她完整看了一遍。她今天用的是正红色的口红，搭配着精致的妆容，眼角眼线微挑，一双眸子水光盈盈，一袭长裙剪裁巧妙，完美勾勒出她身材的曲线，这里就像是她的主场。

明明很好看，却陌生极了，这种感觉给赵禹缙的不是惊艳，而是说不出口的隐怒。

“自我介绍一下，二位好，我是蒋舒窈。”

她终于直直对上赵禹缙的眼睛，毫不掩饰自己的情绪，像是这一眼就要望进他的心里。

赵禹缙不动声色地避开苏意的目光，极其疏离地回了三个字：“赵禹缙。”

说罢，他把手里的杯子搁在路过应侍端着的盘子里，先行离开。

傅和琛满脸看好戏的样子，似乎十分乐见苏意吃瘪，末了道了一声：“失陪。”

顾及着苏意的面子，傅淮川只当什么都没有发生过。到底是她最近的表现让傅淮川有些改观，傅淮川思索片刻，对她道：“蒋小姐若是方便的话，改日一起用餐。那么你自便，我也失陪了。”

傅淮川走远，苏意浑身的劲儿算是卸下一半。和川行的合作，总算是看到了一些希望。

而她自在这个场合看到赵禹缙那一瞬间腾起的想法，在心中反复发酵过后，也算是有了去践行的决心。

她沿着方才赵禹缙和傅和琛离开的方向追去，方才蒋魏承那一出，旁人都道她现在或许心情不佳，难得没人再打扰，她脱身得顺利。

可这宴会的场地有些复杂，苏意往侧门处走，眼前出现好几条岔路，一时之间不知道该往哪儿走。

在她正踌躇的时候，裙子被轻轻拉了拉，她低头一看，傅予祯小朋友不知道什么时候站在了身边，仰着头眨着又大又圆的小眼睛天真地问她：“牙疼阿姨，你躲在这里做什么？”

苏意没有漏掉角落地板上的几节小火车，看一眼就晓得这小朋友方才肯定也在角落玩，于是她反问道：“那你躲在角落里干什么呢？捉迷藏吗？”

她话问出口，眼见着傅予祯有些失落，小半天才讷讷道：“才不会有人来找我。”

他这委屈的样子，勾起了苏意内心深处的丁点情绪。

她轻轻摸了摸傅予祯的头，哄他：“其实啊，阿姨在和你干爹还有小叔玩捉迷藏，你要不要和我一起去找他们？不过你得保密哦。”

说罢，她又在小手袋里掏了半天，找出几颗预防突然低血糖的水果糖，放在了傅予祯的小胖手里：“喏，这是封口费。”

单纯烂漫的小朋友轻车熟路地拉着苏意的手就把她往后花园带去。

隔着几棵花树，果然看见赵禹缙和傅和琛坐在一条长椅上，苏意眯了眯眼，觉得这场景居然有一点花前月下。

她对着傅予祯比了个嘘声，一大一小两个人很厚脸皮地偷听起别人说话。

傅和琛手肘顶了顶赵禹缙，说：“瞧着苏意今晚的架势，好像是要撩你啊？”

赵禹缙轻呵一声：“明天刚好眼科高主任门诊，我替你挂一个专家号？”

傅和琛不正经地挤了个眉，紧接着就听见树后面传来苏意清脆的声音：“他说得没有错，我是打算撩你来着。”

一声轻佻的口哨从傅和琛嘴里发出，他起身牵过傅予祯的小手，语气欠揍："大侄儿，小叔带你去看些小朋友能看的场面。"

等后花园静得只剩下两个人的呼吸声，赵禹缙这才开腔："苏意，你还清醒吗？"

尽管他语气冷淡，额上还跳动着愤怒的青筋，但苏意恍若未觉，笑得温柔："我很清醒，我有很想对你说的话……"

赵禹缙环起双手，目光带着审视："说什么？是见着未婚夫对别的女人关怀备至心存委屈，想来找我这个旧爱寻求安慰，还是想告诉我，我是你的预备出轨对象？我不管你如今的生活有多复杂，但是你想用我来当你反击别人的工具，很抱歉，我没兴趣。"

少见他如此咄咄逼人的口气，苏意一时之间有些不适应，想也没想就回道："你以前，从不会说这种话。"

时间静止了三秒，而后赵禹缙说："或许因为，你也不是以前的你了。"

苏意感觉自己的心被蜇了一下，下意识地往赵禹缙面前走了两步。鞋跟高的缘故，当下的她看起来和赵禹缙身高相差不大，感受到眼前人的呼吸已经可以打在自己脸上，她才反应过来两个人现在靠得有多近。

刚好是，一抬头就能吻上的距离。

气氛旖旎暧昧得刚好，不知道这个花园的园丁费了多少心思，过季的玫瑰依旧开得绚烂，浓郁的香味直往赵禹缙鼻腔里钻。

即使是这个时候，他仍然保持着理智和清醒。他往后退了两步，重新拉回方才的距离。

"苏意，你知道自己在做什么吗？"

他的声音更冷了，冷得苏意浑身有些瑟缩，心中那种像是踏在云上飘忽不定的感觉席卷而来。苏意沉默了，良久才敢问他：“所以，你已经彻底斩断过去了吗？”

这句话就像是引燃油田的火柴，赵禹缙的克制终于决堤，他恨恨地盯着苏意，几乎是在咬字：“我们的过去，难道不是你亲手斩断的吗？需要我带你，重新看一看，你是怎么斩断这过去的吗？”

说罢，那个从来都是用暖和手掌温柔拉着她的手的男人，强势地握住她的手臂，大力将她往外拽去。

大步走时，初冬的冷风迎面吹来，扑在赵禹缙脸上，总算让发烫的大脑冷却了几分。他不用回头也知道，被高跟鞋折磨着的苏意，要费多大力气才勉强跟上他的脚步。

到底还是败给了不忍心，赵禹缙略微放缓了脚步。

行至人流量较少的小道上，赵禹缙拦了一辆车。和他并排坐进了车里，苏意才想起来要问：“去哪里？”

赵禹缙又找回了他那疏离的语调，透着几分疲惫道：“苏意，我们彻底地做一个了断吧。”

“嘀”的一声，是出租车开始计费的提示音，苏意慌了神，拽住赵禹缙的袖口，口气带着些乞求：“我想下车。”

回应她的是沉默。

一直到车在苏意熟悉的校园大路边停稳。离开了车内不过几分钟，不善的冬风让穿着礼服的苏意冻到麻木，赵禹缙的手还紧紧箍着苏意的手腕，那也是她唯一接收到热度的地方。

温暖不过片刻，赵禹缙放开了手。苏意跟着他往校门口走去，保安认得在校执教的赵禹缙，十分痛快地放了行，看到苏意的时候多打量了几眼，不为别的，就这样子看起来，太像是老师逮回来一个犯了错的学生。

两人最终站定在已经秃了头的银杏树下，光秃秃的枝丫乍一看有些萧条，这个地方苏意丁点都不陌生，八年前，她在这棵树下告白，五年前，他在这棵树下求婚。

赵禹缙抿了抿干涩的嘴唇，仿佛是下定了决心，缓缓说："从八年前到现在，这棵树虽然还在，但它高了，壮了，也变了。今天站在树下的你和我，穿着西装、礼服，不再是 T 恤和牛仔裤，也变了。我不愿意忘记过去，是因为记忆里存着想起来依旧美好的东西，但是现在它们也变了。先招惹我的是你，让我念念不忘的也是你，今天还是因为你，让我想下定决心忘记你。苏意，我们以后见面都不必寒暄，你好好地去过自己的日子吧。"

只有人在下定了决心的时候，说出来的话才会冷静如斯，苏意深谙这个道理。今晚存着的那另一半劲儿，没有被卸下，但被赵禹缙三言两语就打散了。

苏意在自己都没反应过来的时候，音调已经带了哭腔，她有些不愿相信地问他："如果我现在和你解释呢？解释我不见的那几年，解释你想知道的所有，你还愿不愿意……"

就像是怕被她的话再动摇，赵禹缙第一次没风度地打断了她："不愿意，也没必要再知道了。再见，苏意。"

不知道赵禹缙是什么时候离开的，苏意觉得自己疲惫极了，也不管身上这条裙子多昂贵，她颓然地往地上坐去，每眨一次眼睛，眼泪就多掉下几颗。

难过是骗不了人的，躲在角落并未离去的赵禹缙，切身地感受到了苏意的难过。可那又如何呢，失踪五年的妻子回来之后，却让他变成了预备"出轨对象"，一想到这个设定，赵禹缙就觉得有一把大火，在焦灼他的心。

时间不知道过去多久，苏意手包里的来电铃音打破风声。

“站起来。”

电话那头蒋魏承的声音冷漠，苏意四下看看，有些意外看到他正站在不远处的路灯下，正点着一根烟睨她。

苏意肢体冻得发僵，起身费了些劲儿，待她站直身子时，蒋魏承也连同他身上的烟草味一同到了近前。

苏意下意识地拧眉，她实在厌恶烟草的味道，偏偏又是对气味极其敏感的人，想当年赵禹缙还少年心性时，偷偷玩过一根烟，严格来说只是吸了几口尚未过肺，就被她嫌弃得一整晚都和他保持两米距离。

心情不佳，口气自然不好，尤其面前站着的，还是现状的帮凶。

“来看我笑话？”她质问，目光犀利。

蒋魏承懒得同苏意见识，随手递过来一块厚实的披肩，不说话。

苏意视若无睹，动了脚要同他错身，擦肩的时候，就被拽住了手腕。

树影后始终没有离开的赵禹缙看到这一幕，握着拳头的手松了又紧。

苏意挣脱钳制，仰着头看蒋魏承，脖颈纤长，看上去像只高傲的白天鹅。

“利用一个真心仰慕你的人去迷惑对手，你这样的做法，实在令人不齿，你没想过她从短暂的欢喜中回过神来，会有多伤心难过吗？”

忍了很久，苏意终于还是说了出来。楚桐或许沉陷在蒋魏承有意架构的温柔幻梦里，但是她清楚明了，今晚这一出绝对不是蒋魏承为了气自己，其实是做给三爷爷的人看罢了。

如果说蒋家有人乐见她和蒋魏承的婚约无效，那这个人一定是蒋厉行，蒋魏承想给他下套，并已经开始行动。

不得不说，论大脑的灵敏度，蒋魏承还是很欣赏苏意的。他不过是刚有些动作，别人都云里雾里，她却一眼看穿真相。

蒋魏承灭了手里的烟，道："你既然知道，就千万不要被抓住把柄。除非你和我主动解除这该死的婚约，如果是旁人出手，方法无非两个，毁掉我，或者毁掉你。如果被毁的人是你，苏意，你猜猜老爷子会不会还给你庇护？"

明明针锋相对的两个人硬是被绑在了一艘船上，最让人难以忍受的状况莫过于当下。恨不得和对方同归于尽，却又不得不顾及翻船。

苏意恨声道："用不着你来提醒，先顾好你自己吧。我的事情，我知道分寸。"

蒋魏承完全是看好戏的样子："我以为你已经急得不行，生怕错过破镜重圆的时机，但看起来，好像已经错过最佳时机了。"

以蒋魏承那副世界毁灭都好像与他无关的冷漠性子，听他嘴里说出这种屁话实在是颠覆苏意对他的认知。但偏偏他这话陈述了现实，不仅无法反驳还很扎心。

苏意怒了，想都没想就把人往外用力一推。不防苏意这一下，蒋魏承被推开几步，站稳身子的时候，就见苏意抱着手臂大步离开。

身后蒋魏承勾勾嘴角："果然是软肋。"

围观了一场大戏的赵禹缙对这个局面满是疑惑，但不可否认，原本拧在一起的心脏因为两个人的对话和剑拔弩张的气势缓和许多。

可也是这样，一整晚包裹着他的低压酝酿发酵，让他大脑里的认知越发深刻起来。

从没有什么时候比现在更让赵禹缙切身感受到，苏意和自己的世界，相隔有多远。她在聚光灯下优雅从容，时时刻刻都能做到侃侃而谈，没有破绽，完美无瑕。而她仓促跑向自己的样子，像极了心生叛逆的豪门公主，执拗地想闯进平凡人的世界看看。

这个世界现在是新鲜的，但新鲜劲过了，公主就会怀念贵族的生活。

久站的赵禹缙抬眼又看了银杏树一眼，随即转身，往早已没有灯火的办公楼走去。

他向来是对时间规划精确到分钟的人，除了特殊情况外，甚少有需要他加班加点完成的任务。但他现在只想找点事情，打发大脑不受控制总去揣测的时间。

电脑的液晶显示屏发出柔和舒适的光，和暖色调的台灯光芒暗自交叠。鼠标在屏幕上游走，不过是走神了那么几秒钟，就鬼使神差地打开了被命名为“YI”的文件夹。

文件夹的条目按时间和事件整理得清清楚楚，赵禹缙数了数，一共有五年，严格一点说，是四年半。

那是，她闯入普通人世界的时间。

# 第五章

## 信天翁

**他的理智在命令自己放弃，但情感总是占据上风。**

自十三岁那一年没有说再见地别过后，苏意重新出现在赵禹缙的世界里，是十八岁那年的春天。

彼时正值颍川的倒春寒肆虐，进入高考冲刺阶段的高三九班，自开学后就沉闷了一个多月的气氛，因为转校生的到来，变得活跃非常。

那天的画面有着一股说不上来的美好，窗外正飘着大朵雪花，室内水汽成霜，覆盖在玻璃上，早自习英语听力练习刚念完最后一个选项“Have a reunion”，紧接着被推开的教室门吸引了埋头苦读学子的注意。严肃有加但灵魂有趣的班主任老汪挂着笑站在门口，引进了跟在他身后的女孩。

女孩一头长发黑直乖巧，衬得肤色越发白皙干净，洋气的牛角扣毛呢大衣长度刚好，里面是雪色针织衫和英伦风百褶裙，长筒靴带着点跟，让她看起来身量纤长。那种美好在这个被蘑菇头、蓝校服束缚住的教室里，显得格外突出。

男生们的“哇”声此起彼伏，女生们窃窃私语频频打量，眼中多少带着点欣赏与羡慕。

赵禹缙的反应不同一些，他愣住了。不再是一头杂乱的短发，单眼皮变成了标致的双眼皮，脸小了，下巴尖了，鼻梁挺拔了，皮肤更白了，但不妨碍他认出她来，只是不敢肯定。

“给大家介绍一下，这是接下来会和大家一起冲刺高考的新同学，她叫苏意。苏意，和大家做个简短的自我介绍吧。”老汪说道。

“大家好，我叫苏意。”苏意说完，径自走到了教室最末尾的空位坐下。

当真是简短的介绍，配上她凉意十足的口吻，不过半日，九班转来了一个冰山美人的消息，就在整个高三蔓延开来。

但与此同时，大家也开始发现，新来的这个转校生，似乎并不是非常愿意同大家交流。不是没有热情的同学和她搭讪，但她往往简单几个词终结话题，更多的时候，是沉默。

不论是否与性格有关，这样不合群的交际方式，注定了她被冠上“骄傲”的帽子。

好看又骄傲，不是原罪，但绝对不招人喜欢。

但苏意好像对周遭的一切都漠不关心，她没闲情逸致和小姐妹手挽着手去厕所，几乎是把百分之九十九的在校时间都用在了桌面的课本上，余下的那百分之一，是思维放空的间隙打量赵禹缙。

枯燥的生活加一点传言调剂最是恰当，尤其是当事人还都各有光芒。

上了高中的赵禹缙像抽条的柳树，高高瘦瘦，清隽非常。纵然为人内敛低调，但成绩总在年级红榜上怒刷存在感。有女生学习之余讨论过他，一致认定他最符合校园小说里干净帅气的男主人设。

唯一的缺陷大概是他每天不是在学习，就是在准备学习。

冰美人暗恋学霸男神，这标题一看就是浓浓的八卦味道。深陷传言的当事人倒像事不关己，一个依旧一心学习，另一个一心学习之余，照看不误。

不得已掺和进八卦漩涡，归根究底是因为一场借笔风波。

赵禹缙写得一手好字，但有个臭毛病，那就是写字时对笔芯油墨的要求高得变态，他只用自己习惯的那一款，但那一款在一众贫穷高三党的世界里价格有些小资。

正巧他没有了新的替换芯，而马上又是一场要紧的随堂测验，赵禹缙不得已，只得向班上唯一和他用同款笔芯的苏意借。

苏意倒是大方，不仅借了，还对他笑了。

这一笑，偷摸流传的八卦开始见光。但苏意还是反应平平，倒是赵禹缙不甚自然，偶尔面部还会异常升温。

但从这次借笔开始，赵禹缙成了整个年段，苏意唯一会说上几句话的人。

少年旧友的变化，一直以来调动着赵禹缙为数不多的好奇心，很多时候他不免想，究竟苏意还记不记得自己，认没认出自己。

恰好座位调动，两人成为前后桌，赵禹缙做了件很少年气概的事情，用笔戳了戳她的肩膀，问她："你到底记不记得我？"

苏意微微侧了半边脸，语气依旧平平："那不然，我理你做什么？"

这一回赵禹缙算是实际体会到同学们所说的冰美人是怎样个高冷法了，但他不否认，其实很开心，起码说明自己和其他人比起来，有那么一丁点特别。

这算是旧友相认了，赵禹缙对苏意也就主动热络了起来。

作为孕育一流学子摇篮的重点高中，为了避免学生的时间浪费，颍川二中的学生中午都是在学校食堂用餐。

因得赵禹缙的主动，苏意每天午餐时，也就不再是孤孤单单一个人。

他们两个人并肩走在一起，绝对是吸睛的，同时也简直就像是在佐证传言。

喧闹的食堂里，苏意正小口吸溜着面条，早找不到当年那狼吞虎咽的样子。赵禹缙坐在她对面，一边吃一边问她：“一点都不在乎被议论？”

苏意咬了口荷包蛋，回：“你有女朋友？”

赵禹缙被噎了噎，摇头。

苏意再问：“想和我处对象？”

赵禹缙再没绷住，被呛得满脸通红，好不容易平复了咳嗽，语气简直义正词严：“我想好好学习！”

苏意从容地喝了口汤，这才不紧不慢道：“所以为什么要在乎？”

时隔五年，赵禹缙再一次举起心里的小白旗，是自己输了。

因为苏意，赵禹缙每天都在题海挣扎的高三生活，总算是有了除高考之外的期盼。连他自己都没有发现，他那颗一心只读圣贤书的脑子，也越发活络起来。

接触得越深，赵禹缙也察觉到，苏意并不是真的高冷，她总是会在他的课桌里丢一袋温度正好的鲜奶，也会给她的同桌女孩偷偷塞一片必需品替其解围。

慢慢地，赵禹缙成了十分了解苏意的人，知道她所有的小习惯和喜好，能及时解读她每一个表情所表达的心情。

只除了极少数的时候，他看不懂她看向自己那像是纠结又像是踌躇的目光，到底蕴含什么意义。

见她又用这样的目光看自己，赵禹缙玩心大起，拎起她鼓囊囊的书包然后松手，她因为向下的重力整个人打了个趔趄。

这下她看着赵禹缙的表情丰富了不少，像是恼怒，握起粉拳不轻不重地捶在他肩头。

赵禹缙早已乐不可支，满脸写着得逞的笑意，俊朗的脸霎时有些欠揍。

“一直没问你，你打算考哪个大学，学什么专业啊？”

赵禹缙适时转移话题。

苏意咬了咬嘴唇，很少见地笑了，眼睛里眸光灿烂：“东大舞蹈系，芭蕾舞专业，你觉得怎么样？”

赵禹缙愣了愣，艺考早就结束了，却没想到她这么说。

苏意卸下书包丢给他，双手摆起姿势，纵然鞋子不太适宜，但她不过跳了几个简单的动作，看着还真就是那么一回事儿。

苏意收了动作，重新背上书包，情绪突然沉了下去。

两个人沉默地往前走了好久，苏意才又开口：“逗你的，我打算考颍大，金融系。你呢？”

赵禹缙表情慎重，像是真的思考了很久，才道：“其实我还不知道，你觉得我应该去学什么专业？”

苏意对上他的视线，口气认真不像是随便建议：“学医吧。”

原本流畅向前的步伐生生顿住，赵禹缙拧起的眉头仿佛在说“这真是一个糟糕至极的建议”。

两个人默默对视。

几分钟后，赵禹缙问：“你觉得，我适合当医生吗？”

苏意淡淡地笑着，说：“我希望你成为医生。”

赵禹缙陷入沉默，本来高涨的情绪霎时有些萎靡。苏意侧头看他，正见他微仰着头注视正在下沉的夕阳。

“我想一想。”赵禹缙如是说。

那天之后，关于大学志愿的话题，两个人都没有再提起过。苏意不知道的是，因为志愿，赵禹缙和家里爆发了一次前所未有的争执。

高三生活紧张刺激，但凡有理想有目标的，都恨不得把一分钟过出三百秒，教室里不一样的风景，可能只存在于苏意方圆 50 厘米。

黑板上数学老师的板书已经写了整整一面，赵禹缙扭头看了好几次，苏意的目光自始至终都没有放在黑板上。很多时候，她有意无意地转着笔，心事重重。

直到自己的书桌被敲响，赵禹缙才从开小差中醒了过来。数学老师是个极其贫嘴的男人，见他这样，眼睛一眯语气玩味：“赵同学，老师有个问题需要你解答一下。老师的板书不好看吗？没有苏同学好看吗？你连一眼都不舍得给我，你考虑过我的感受吗？”

也不知道数学老师是不是情景喜剧看得有点多，反正此言一出周围笑倒一片，被点名站起来的赵禹缙好歹也是校长时常挂在嘴边的优秀学生代表，什么时候经历过这种尴尬的场面，登时脸就不受控制地红了。

因为走神还没搞清楚现状的苏意回过神时，就看见赵禹缙整张脸都透着淡淡的粉色，周围同学或笑或花痴，气氛倒是没有往日那么紧绷。

瞥见赵禹缙无处安放的手，苏意后知后觉地有些想笑，不过刚刚发出一点细微的声音，却不防赵禹缙突然看过来，登时全班“嘘”声更大。

本是调侃着提醒的数学老师正准备严肃控场，只听赵禹缙清了清嗓子，道：“老师，你写的解题步骤，第四行的步骤其实可以再简化一下，X 的系数分子分母位移相除，后续的计算会更简便。”

周遭突然安静了下来，数学老师用面部表情充分诠释了什么叫“心好累”，吃瓜同学也赶紧就着赵禹缙的思路去验算。

下课后，赵禹缙附近已经围了一圈拿着书本虚心求助的同学，苏意看着自己空白的习题册，摇摇头，开始动笔。

题刚解完三道，班主任老汪踏着步子走了进来。被他教过几年的学生都知道，一般老汪这种表情，那必然是准备了什么惊喜的。

看着底下期待的目光，老汪卖了个关子。先是不紧不慢地布置了作业，等有人憋不住开了口了，老汪这才道："学校觉得你们这群高三党最近学习压力过大，年级主任和各个班主任一合计，我们百日誓师大会前一天，抽一个下午，年段在礼堂办个小活动，一个班出一个节目，玩一玩闹一闹。我有言在先啊，节目也不用特别花心思准备，我们减压为主。这次放松以后，剩下的一百天大家都要把脑袋里的弦绷紧了，加油，你们都是最'胖'的！"

老汪自己鼓舞到了自己，有些意外讲台下没有他意料中的欢呼。他继续道："咱们班有没有人毛遂自荐表演节目的？"

这时，有人弱弱举起了手。

老江眼前一亮，满意点头："你有什么节目？"

"老师，我是想问能不去参与吗？一个下午我可以写三张模拟卷，太浪费时间了。"

此话一出，周围有人附和。老汪觉得自己很感动，但还是很率真地开口："我觉得不能，学习讲究劳逸结合，给自己一个下午的时间放松放松。好了，哪位同学要自告奋勇？"

赵禹缙不知怎么的，就想起来苏意在那天黄昏下的那一小段芭蕾，从那天她的神情中，他看得出来她是热爱的，或许，多少可以让她实现一点点梦想？

"老师，苏意跳舞好。"

话一说完，赵禹缙的凳子就被苏意踢了一下。

老汪正愁下不来台，闻言当即拍板："苏意，我看好你哦！"

赵禹缙被苏意踢得整个人晃了晃，可见姑娘用了多大的力气。他也不恼，笑似春风地看着她。

但显然苏意生气了，低着头把所有的注意力又放回了桌面。赵禹缙讨了个没趣，摸摸鼻梁，坐好了。

在同班几年的同学眼中，身负“美貌”但一心学习的赵禹缙，显然是一个很有风华的人物，他谦和有礼，与人相处总保持着恰当的距离，惹人生气这方面，别说看过了，根本想都没有人想过。

但赵禹缙自己也想不到，他在惹人生气这一块，这么有天赋。整整一天过去，苏意别说和他一起去食堂了，连个眼神都再没给过他。

藏在课桌里的手机振了振，苏意不过瞄了一眼内容，就烦躁地把手机丢回抽屉。

忍了一天的赵禹缙听见动静再没有忍住，轻轻拍了拍苏意永远保持柔顺的头发：“别气了，放学请你吃大餐好不好？”

说这话时他脸上还挂着笑，不料苏意看向他，眼中好似簇着冰团，莫名让人感到寒凉。

“不好。”

没什么温度的回答伴着放学铃声一同响起，苏意连课本都没收拾，随意拉上书包的拉链，第一个走出了教室。

赵禹缙飞快地收完东西就去追她，再看见她时，她正走向一辆黑色轿车，车边站立的人朝她略恭敬地弯了弯腰，拉开车门护着她的头顶让她坐了进去。

那天以后很久，苏意又变回了初见时高冷的模样。联欢会上她放了全年段的鸽子，几乎成为全班公敌却不以为意，一个人形单影只地做着高考前的备战，拒绝任何热情与靠近。

直到高考落下帷幕，班级的所有聚会她都不曾参与，仿佛这个班级对于她而言，没有丝毫感情。

就在赵禹缙以为，他和苏意这一次是真的友尽的时候，他却又意外地在自己的大学看见了她。

南川大学校庆晚会上，黑色幕布点缀亮片，像是暗夜星河，冷色追光打在台上，身着芭蕾舞裙的苏意，像是暗夜里被施了魔法的天鹅，轻而易举地吸引了所有人的目光。

赵禹缙也是回寝室后听舍友谈论起来才知道，苏意是艺术团从隔壁的颍大请来的外援。

原来只隔着一条街，但赵禹缙一整晚都在犹豫，自己该不该去找苏意，让她重新回到自己的世界里来。

让赵禹缙没想到的是，第二天一早，他居然会在寝室楼下看到苏意。

好像一个暑假过去，夏天的阳光融化了她身上所有的冰凌，她几乎是带着所有的热情靠近他的。

就那样，在日日可见的相处里，她从朋友变成了女朋友，又从女朋友变成了妻子，然后彻底消失在了自己的世界里。

回忆在大脑里横冲直撞，趴在办公桌上的赵禹缙，最终是被办公室里外人闯入的声音吵醒的。

见他被吵醒，始作俑者傅和琛没有丝毫抱歉，露出一副追八卦追到爆点时的表情，好整以暇地问他："这是被哪家妖精勾了魂呢，你竟然请了两天假？"

赵禹缙揉着脸醒了醒神，嘴毒道："又是色诱了我们科室哪个小姑娘得来的消息，请你和我保持距离，我可不想被你拉着成为休息室八卦对象之一。"

"啊呸！要不是看在你被你前妻惹得失魂落魄的分上……"

傅和琛及时止声，懊恼自己说话不过脑子。不过赵禹缙辜负了他的想象，捞起椅子后头的大衣，完全没有丁点深沉的表情。

“等会儿记得帮我关门。”说罢，他大步往外走。

傅和琛在后头喊：“哎，你干吗去？”

“休假。”

或许是真的想通了什么，赵禹缙觉得自己回家的步履较之以前轻松很多。他抛开一切足足睡到下午两点，以往总把时间计算得分毫不差的赵禹缙，第一次觉得适当地打破常规，不失为一种放松的方式。

他正盘算着合理利用接下来的时间，却不想一天到晚不干好事的傅和琛带着不太情愿的傅予祯登门拜访。

赵禹缙环着手看向杵在门口的傅和琛，询问意味明显，后者一脸为难，但是很正经：“出了点事，我妈的意思是让这小家伙在你这里住一晚上。”

虽然傅予祯常年被养在奶奶家，但是偶尔也跟着傅和琛，情况特殊时送到赵禹缙这里也不是没有过。赵禹缙点点头，算是答应。

傅和琛匆匆走了，赵禹缙把情绪显然不高的小朋友提溜进屋里，问：“说说吧，今天打算怎么过？”

傅予祯不说话，脸上的表情委屈极了，眼里含着包泪将落未落。

赵禹缙想了想，还是打算多给他一点空间让他自我消化，于是把声音放得更柔：“干爹去书房准备教案，你要是饿了就来找我，要是困了自己去卧室睡觉，好不好？”

傅予祯还是闷着，赵禹缙也不逼问，很有耐心地蹲在他面前等着，直到犯犟脾气的小家伙点了点头，这才摸了摸他的脑袋，走进了书房。

安静的环境让精神高度集中的赵禹缙效率高了很多，其间他走到外面看了看傅予祯，小家伙枕着抱枕就睡在了沙发上，他抱了床小被子给小家伙盖上，这才放心地重新走回书房。

他刚回到书桌前坐下，电话就响了起来。

大学同学来电，两个人隔着电话讨论起共同关注了很久的一个医学研究，一投机就说了一个多小时。

收线时天色渐晚，已经到了饭点。赵禹缙琢磨着小家伙也该饿了，起身想把他叫醒，却没想到客厅早就没有了小家伙的影子。

傅予祯偶尔是个很爱躲在角落的小孩儿，可赵禹缙找遍了家里的角落，都没看到他的身影，直到发现家门口的小鞋子不在原地，这才肯定傅予祯悄悄出了门。

傅予祯从未做过这种事情，思维严谨的赵禹缙联系到下午时傅和琛的欲言又止，心下有了些许判断。

孩子不见了是大事，他连外套都顾不上穿，拿着手机匆匆跑了出去。他边四处找着傅予祯，边打电话。但今天傅家一家好像说好了似的，电话统一保持关机状态。唯一没有关机的傅和琛，正在手术室跟一台大手术，分身乏术。

苏意下班的时候已经是晚上八点，街头还是很喧嚣，嘈杂的车声，接踵而行的路人，莫名让她感觉有些压抑。

她觉得自己算是个比较拎得清的人，起码能够把工作和生活完全区分开来。可每当她从忙碌的状态抽身以后，铺天盖地的迷茫和空虚就汹涌而来。

赵禹缙摊牌过后，让她对回家产生了些恐惧。一进门就可以透过客厅的落地窗看到对面，他的灯光可以在某一瞬间暖到她，但那以后她需要用很大的自制力去克制自己，阻止自己萌生出靠近那束光的想法。

她太害怕了，她怕但凡她表现出一丝丝想要靠近的信息，他就会严防死守所有缝隙，将她完全隔绝开。

苏意用宽宽的围巾挡住了半边脸，这才放心大步在街头游走。她漫无目的地走着，走累了就坐在街边公园的长椅上，看着人来人往，灯火阑珊。

有那么一瞬间，她突然萌生了一点点妥协的想法，如果所有的执着，都是无法改变现实的自我折磨，那她到底该不该一条道走到黑呢？

苏意把头埋进双膝，不得不承认，有一点点想哭。

突然，有细微的啜泣声自暗处传来，苏意环顾四周，没有看到人影，可声音不曾消失。

苏意大着胆子循声而去，树丛下躲着个小影子，发着抖在哭。她轻轻叫了一声："小朋友，你是不是迷路了？"

那小身影没有回答，悄悄往里头又挪了挪。

苏意哪里见过这种场面，她一贯在面对孩子的时候毫无办法，只好想到什么说什么。

"其实，树丛里有很多虫，譬如说毛毛虫、大蜘蛛，你要不要……"出来一点？

苏意话还没说完，小孩子好像被吓到，"哇"的一声大哭起来，往前冲的时候没收住劲儿，被地上的石头一绊，要不是苏意拦得及时，小朋友指定会摔着。

但苏意没注意前面的路略有些起伏，细高跟跟不上她的速度，实打实把脚给崴了。

一大一小倒在地上，苏意没忘护着手里的孩子，但脚踝的痛让她短时间内不大站得起来。

或许是她这一护着，让小朋友得到了一点安全感，总算肯抬头。

两个人互相打量了对方一眼，小奶音先响起：“牙疼阿姨，怎么又是你？”

这是个什么缘分，苏意也很想笑。

看着眼前小哭包泪眼婆娑的样子，苏意掏出纸巾给他擦了擦脸，问他：“你一个人躲在这里干什么？和家人走丢了？”

仿佛是戳到傅予祯的伤心处，眼看着他又要哭，苏意赶紧抱起他哄：“哎哎，你别哭呀，阿姨最不会哄小孩子了。这样，你缓一缓，不那么难受了再告诉我可以吗？”

傅予祯显然正是脆弱的时候，被苏意抱着，把小包子脸埋在她肩上，小一会儿才瓮声瓮气道：“爸爸不让我见妈妈，把我送去干爹家，我出来找妈妈，但是找不到她。”

一句话傅予祯抽抽噎噎好久才说清楚。苏意略有些吃惊，倒是想不到傅淮川会做出这种事情。

傅予祯的情绪苏意是能感同身受的，她安抚地拍了拍小朋友的后背，哄他：“阿姨带你去找你干爹好不好？”

本以为小朋友会欣然应允，却不想他挣扎着就要脱离苏意的怀抱，反应激烈：“不要！我不去！”

苏意脚踝疼，本就不是很有力，更怕这一来二去傅予祯再给摔着，忙安抚他的情绪：“好，不去不去。那你是不是饿了呀，阿姨带你去吃大鸡腿好不好？”

好像还在别扭着，但毕竟还是孩子，傅予祯终究没有抵抗住诱惑，点了点头。

苏意带着傅予祯到了肯德基，趁着小朋友在大快朵颐的时候给傅淮川打电话，关机。她又给傅和琛发消息，没人理。最后，她只好各种留言发短信，盼着担心傅予祯的家人早点看见。

苏意叹口气，偏偏她已经没有了赵禹缙的联系方式。

小朋友大概是有些累，明明吃饱喝足都开始想瞌睡了，却还是一直嘀咕着："不回家，要找妈妈。"

苏意哭笑不得，只得陪他在街头慢慢走着。想也知道他家里现在会有多着急，苏意现在只想赶紧把他送回赵禹缙那里。

傅予祯小朋友明显已经累了，但是执拗得很，一旦苏意有了想要打车的念头，他就开始哭闹。苏意无奈，只好哄着不认路的小家伙和自己一道慢慢走回家。

路没走太久，苏意的袖子就被揪了揪，小家伙说："阿姨，我们可以休息一会儿吗，我脚有点酸。"

苏意很无助，认命地蹲下身："好吧，阿姨背你一会儿。"

小朋友趴在苏意的背上睡了过去，好在现在离家已经不是很远。苏意脚踝疼得不行，慢慢挪着步子，但无奈高跟鞋很不称脚，傅予祯又很有分量，才走了没几分钟，她额头就布着一层细密的汗。

赵禹缙报了警，几个小时里和警察一起把周围跑了个遍，却一无所获，正是焦急的时候。他双手叉腰站在路口，眉头死死皱着，内心满是不安。

"赵禹缙。"

苏意在路口看到他简直惊喜，天知道她真的是一步都走不动了，脚踝就像有针扎一样，疼得很扎实。

赵禹缙看清苏意背着的是谁后，忙大步走向她。一大一小站在人流中很是打眼，小的那个睡得安逸，大的这个有些狼狈，脸颊的发丝都被汗水打成了一缕。

赵禹缙接过苏意背着的小家伙，安妥地抱着。苏意卸了力，放松地喘了口气。

先前光顾着着急没想太多，现在把人送回去了，她才恍然意识到两个人昨天有多不愉快的记忆。

苏意一时也不知道说点什么好，拖着已经不太能用上劲的脚，慢慢跟在他身后。

过路口的时候，苏意没留心前头，一脑门撞在赵禹缙后背，撞得鼻梁生疼。她摸着鼻子有些发愣，却没想到身前的男人突然对她伸出了一只手让她扶着。

苏意有些讪讪，不知道是扶还是不扶。绿灯亮时，赵禹缙显然也没了耐心，大掌握住她的胳膊，让她借力。

“你一只手抱他……”

他一个眼神看过来，苏意的气势就弱了几分，谁能想得到呢，她苏意也会有这么一天。

“别吵醒他。”

赵禹缙的声音有些哑，苏意这才注意到他只穿了件针织衫，连外套都没有。她心中一动，解开自己的围巾盖到赵禹缙怀里，很多此一举地补了一句：“小屁孩这么睡容易感冒。”

赵禹缙没再理她，一只手抱着傅予祯，一只手搀着她，把两个人带到小区门口，和出勤的干警解释完情况后，三人一同往小区里走。

颍川入冬后就多阴天，虽然没有月亮，但是路灯把影子拉得很长。从身后看，倒像是一家三口在寒冷的夜里，一同返回温暖的家。

到了单元楼下，苏意轻轻挣开了赵禹缙的手，向他道歉：“抱歉，本来应该早点带他回来的，但是他又哭又闹，我给傅淮川打电话没人接，我……也没有你的手机号。”

“139××××××××。”他不急不缓地报了一遍数字。

“哈？”

苏意呆了呆，忙翻出手机，奈何就是没有那个过耳不忘的脑子，只好再问他：“可以再说一遍吗？”

赵禹缙没回答他这个，反而问她：“能不能再麻烦一下你，我出门急没带钥匙。等……”

“可以的，我家能住。”

“等我让家人送钥匙过来，我就带他回去。”

赵禹缙说完自己被苏意打断的话，苏意已经在暗地里咬自己的舌尖了。奈何说出去的话泼出去的水，她再害羞再懊恼，不过是自己难堪。

苏意的家比赵禹缙想象中的简单得多，一水儿的冷色系，要多简单有多简单，看着不大像是住所，准确点来说，是没什么人气。

苏意对着自己的鞋柜面露尴尬，里面有且只有一双女式居家拖鞋。

“要不你直接穿鞋子进来吧。”

赵禹缙的心情莫名愉悦了几分，不动声色地脱了鞋穿着袜子踩在冷冰冰的地面上。

看着赵禹缙抱着傅予祯有些无从下手，苏意一瘸一拐地抱了被子到客卧，很熟练地铺好了床，示意赵禹缙把他放上头睡。

“你先安置他，我去烧点开水给你。”

想必他衣着单薄地在冷风中吹了很久，一往在冬天也如暖炉般的人，方才搀着她的时候，隔着衣服她都感觉到了他手的冰冷。

赵禹缙很快把傅予祯放进了软和的被子中，在苏意经过沙发的时候，拉住了她：“我看看你的脚。”

苏意把扭着的脚往后藏了藏，她方才自己偷偷看过了，这大抵已经不太能称作脚，用猪蹄来比喻显然恰当。

这是什么酷刑啊，明明她今天助人为乐做好事，上天都不给点奖励的吗？苏意心有戚戚，从上一次大张着嘴毫无美感，到这次肿得老高的“猪蹄”，好像她自打回来出现在他面前，不是丢脸，就是在酝酿着丢脸。

看着她纠结的面色，赵禹缙就猜得到她的心理活动。

医生最怕遇到不听话的病人，赵禹缙没给她更多想七想八的时间，轻轻一抱把人放在了沙发上。

乍一失重的苏意下意识前倾，嘴唇毫无预告地擦过他的嘴角。赵禹缙僵了僵，苏意更是想把脑袋埋进沙发里。鸵鸟星人苏意安慰自己：稳住，别慌，这一切都是错觉。

可不承想，她今天的钻光口红有些掉色，从她这个角度看过去，吊灯下赵禹缙的嘴角正发出细碎的光芒。

光风霁月的男人最终不自然地咳了咳：“冰箱里有没有冰块，毛巾在浴室？”

“呃……”

苏意的脑子显然还不在线，赵禹缙放弃问她，自己找了起来。

好在这么多年过去，她的习惯始终未变，每个物品都待在固定的地方。苏意看着他熟门熟路好像就是在自己家，有些羡慕这样的时刻。

赵禹缙拿齐东西，坐定在苏意面前。

苏意看着他用手拿冰块，手被冻得通红，有些心疼：“我自己来吧，你应该也挺冷的，要不先去冲个热水澡？”

果然，话音刚落赵禹缙就抬头看她，那表情怎么说，仔细品品有点像是被调戏了的良家妇男。

苏意实在是被这一而再再而三的打击气到，咬咬牙很纸老虎地说了一句：“对，我就是叫你去洗澡的意思！”

一晚上面露疲惫的赵禹缙也不知道是不是在暗地偷笑，脸色柔和很多。虽然不再同苏意交流，赵禹缙还是很温柔地握住了她的脚掌，一点一点地冰敷起她的“猪蹄”。

冰块是冰的，赵禹缙的手也是冰的。可不知道为什么，苏意却觉得自己的心前所未有地温暖。

冰敷结束，赵禹缙借了苏意的手机输入自己的号码，备注很是官方——“赵禹缙”。

苏意抱着手机傻乐，看着这个男人起身继续操持，很没羞没臊地把他的电话备注改成了“我男人”。

到底是他晚上的温柔给了她继续纠缠的勇气，起码她可以确定，他也不是完全不在乎她。

手机“叮”的一声传来提示，赵禹缙掏出手机一看，忙着手里的事背对着苏意道：“苏意，不要得寸进尺。”

纸老虎也是虎，苏意胆子大了很多：“别这么小气嘛，微信联系用流量，省话费。”

下一秒，苏意的手机传来提示：对方拒绝了您的请求。

苏意丢了手机开始耍无赖：“那好的吧，那我委屈委屈自己，多发几条好了。”

熟悉的语气和套路，但好像还算奏效，赵禹缙这回没再拒绝。

苏意秉着能不吃亏就不吃亏的原则，开始窥探赵禹缙的朋友圈，没想到他魔高一丈，里头空空如也。

“小气鬼。”

苏意小声嘀咕，坐在沙发上一边用平板电脑刷着新闻，一边用余光看着赵禹缙从热气腾腾的浴室走出来。

他进去什么样出来还是什么样，除了擦到半干的头发。

“我还没买吹风机，你要不再拿块干毛巾擦一擦。”

赵禹缙头也不回地走进客卧，在门口时回过头看了看她，道：“抱歉，今晚麻烦你了。”说完，关门声干干脆脆。

苏意磨磨牙，在心中呐喊：“你瞅瞅你这是麻烦人的态度吗！”

但奈何她生怕张牙舞爪把人逼走，天知道她多珍惜和赵禹缙近距离相处的时间。

傅予祯已经睡成小猪，赵禹缙给傅淮川发了个报平安的消息，抵不住发昏的大脑，在熟悉的味道里沉沉睡去。

这一觉睡得异常安稳，赵禹缙睁开眼睛的时候，已经有太阳光钻进了房间。他摸了摸自己的额头，还在低烧，但比昨晚的状态好了很多。

身边的傅予祯早已不见踪影，等他打开房门，客厅传来两串笑声。两个人头上戴着彩色小船帽，用四个字形容，傻不愣登。

赵禹缙的心突然抽了抽，有了些不切实际的假想，比如说“如果苏意一直在的话，那么现在，他们是不是也会有一个这么大的小朋友了”。

傅予祯先察觉到门边的动静，也不记得自己昨天闯了多大的祸了，很开心地蹦跶到赵禹缙跟前：“干爹，牙疼阿姨给我做的小帽子好不好看？”

赵禹缙抿抿唇：“去收拾好自己的书包，我洗漱完送你回奶奶家。”

傅予祯嘟起嘴：“牙疼阿姨在给我蒸小猪包哎，我可以吃完再走吗？”

苏意私心想要多留他们一会儿，赶在赵禹缙拒绝前道：“我蒸了三个人的份，而且看在我昨天江湖救急的分上，你让我蹭个车呗。”

她伸了伸自己稍稍消了点肿的“猪蹄”，表情惨兮兮。

赵禹缙最终没有拒绝，洗漱完后走到厨房帮苏意摆放碗碟。厨房有个小窗子，漏了点光进来，不晓得怎么回事晃了晃他的眼睛。

他半蹲着往地上看去，餐桌脚下垫着个大钻戒，正熠熠生辉。

客厅里，傅予祯正攀着书架拿苏意许诺送给他的小飞机摆件，拿的时候他没站稳，带着边上的盒子一起掉了下来。

赵禹缙听见动静以为他摔了跤，忙跑过去看，小家伙没什么事，倒是把苏意盒子里的东西撒了一地。

但其实里面也没太多东西，一个到了一定时候人人都会有的红本本，还有一枚再简单不过，连个小钻石都没有的铂金戒指。

“干爹，这是你和牙疼阿姨的合照吗？”傅予祯懵懂地看向赵禹缙。

赵禹缙食指在唇边比了个“嘘”的手势，帮苏意把东西重新放回原位。在厨房手忙脚乱的苏意对外面发生的一切毫无察觉，笨手笨脚地把东西端上桌，丝毫没有注意到赵禹缙看向自己的目光。

苏意到底是顺利地蹭了赵禹缙的车，临下车前，她同和自己一起坐在后排的傅予祯耳语几句，而后满面笑意地同赵禹缙挥了挥手。

车子开出一小段路，等红灯的间隙，傅予祯攀上驾驶座，从空隙中探出小脑袋，献宝似的递给赵禹缙一盒感冒灵。

“苏意阿姨说你感冒了，让我盯着你喝。”

赵禹缙接过盒子看了一眼，药效主治风热感冒，对他这种风寒感冒而言，除了加重以外没有别的实质性作用。

但他还是笑了起来，堵车堵到寸步难行都毫不烦躁。

走路不大利索的苏意一进公司就在大厅遇到褚玉，褚玉看着眼前这个“伤残人士”眉眼含笑的模样，给她搭了把手后开始发挥职业八卦。

苏意但笑不语，很快整理好表情恢复到往常的精干。只是在没人注意到的时候，她用唇语对褚玉道：“晚上约饭。”

可俯瞰城市的空中餐厅里，苏意喝了两杯低度香槟后开始傻笑。褚玉摸不着头脑，看她的表情就像是在看一个大傻子。

在听八卦这种事情上，褚玉向来很有耐心，她由着苏意先乐呵着，自己则有一搭没一搭地回复着微信消息。

苏意确然是心情轻快的，但是也清醒，从她的角度看过去，褚玉就差在脸上写上“热恋中”三个大字。

她在褚玉面前晃晃手：“哪家儿郎勾走了我们大编剧的魂？”

褚玉抬头嗤她：“也不知道是谁少女怀春。”

苏意乐呵呵，笑了笑，又像是自我怀疑般冷静下来，问：“以你执笔多年的经验来看，一个男人对伤了他心的女人很照顾，但是又保持冷漠，那这个男的心里究竟是怎么想的？”

褚玉嚼了嚼牛排，答：“有仇报仇，有恩报恩呗。”

“所以你的意思是，他心里还是恨这个女人的，但是又欠了人情不好不还，所以照顾了些？”

褚玉撑头看她：“我建议你完整叙述事情经过，以便分析。”

在这种时候半点不精明的苏意把昨晚的事情竹筒倒豆子说了个透。

褚玉听完但笑不语，看了苏意好久。

苏意急道：“你别光笑啊，我这心里还七上八下的呢。”

“苏小姐，根据你的描述，我大概可以给你两个参考点。赵禹缙应该是对你旧情难忘的，但是作为一个旁观者来说，我觉得你对他实在很不公平，很过分，他要是恨你，也在情理之中。”

听完褚玉的分析，苏意也分不清是开心多一点还是难过多一点，未说出的话变成一口长叹，和杯中酒一起吞入腹中。

“你好歹给个解释也好。”褚玉诚恳建议道。

苏意把玩着酒杯，很无奈：“我想过解释的，他拒绝了我，事后我冷静下来，更明白有些话还不到时候是没办法说的，代价有多大，我也不知道。”

褚玉很赞同地点了点头：“我和你高中同班半年，大学同寝室四年，想知道我对你最直观的感觉是什么吗？你这个人太神秘了。这一点，我想和你更亲密的赵禹缙，在那段时间里感触应该深得多。”

她顿了顿，又接着道：“哪怕你是真的有难言之隐，在相处时，或是在离开的时候，你但凡多给他一点点提示，他或许都会比现在好受得多。”

这算是褚玉的肺腑之言了，苏意知道，她说的句句在理，但是又不知道该怎么解释这个复杂的前情。

用餐过半，苏意去了趟洗手间，回座位时路过餐厅柱子，仿佛看见楚桐和三爷爷的长孙一同走进VIP间，再要确定时，人已经进了门。

苏意回到自己的餐区时，对面的褚玉表情和先前完全是两个样子了。她的手机关了静音，电话却不停地打进来。

“不接？”

“无关紧要。”

话虽然这么说，但是接下来苏意明显感觉到了褚玉的心不在焉。

其实她已经吃到七分饱，于是问褚玉：“换个地方续摊，还是各回各家？”

“回家吧，社畜明天也是要搬砖的一天。”褚玉故作轻松。

苏意想打岔她的坏情绪，故意活跃气氛：“我有充分的理由怀疑你在暗示我什么。”

褚玉起身朝苏意飞吻一个：“我正经暗示你一下，再晚五分钟下楼，有惊喜也说不定。”

褚玉先行一步，走到电梯间终于忍不住接通了电话，十分暴躁地吼向电话那头：“你到底想要怎样？！”

苏意不解其意，手机上开始倒计时，一直到五分钟走完，她结账买单，没抱太多期待地到达楼下。

果不其然，楼下空空。

苏意勾唇一笑，沿着人行道慢慢往前走。身后车喇叭摁了三下她才意识到是在叫自己，扭头一看，早上搭乘的那辆私家车，正缓缓滑至跟前。

赵禹缙看到站在自己副驾驶窗前笑靥如花的姑娘，就知道自己被褚玉诓了。

十多分钟前他收到褚玉的消息，本来开车往父母家走，阴错阳差就在路口掉了头。

苏意眼见来人，心中暗暗称赞褚玉上道，她笑弯了眼睛，问赵禹缙：“这么巧啊？”

赵禹缙抿着唇，有些不自然：“路过。”

就在赵禹缙还没想好自己是请人上车还是直接开走的时候，苏意很自觉地拉开了车门，上车，关门，系安全带，一气呵成。

她全程用余光偷偷打量赵禹缙的表情，见他并不排斥，最终放下心来。

“没想到晚上还能蹭到你的车啊，你吃过饭了吗？”

他没回答，苏意就继续自己找话：“傅予祯回家之后没被打屁股吗？他父母是什么情况啊？”

“苏意。”赵禹缙的声音毫无起伏。

“嗯？”苏意带着些期待地看向他。

“你很吵。”

苏意的右手悄悄揪了揪自己腿侧一块肉，褚玉所言不假，要让这个男人消气并且原谅自己，道阻且长。

两个人一路无话一直到了小区楼下，车停下时，苏意的目光还落在赵禹缙扶着方向盘的那双修长的手上。

车停了两三分钟，赵禹缙扭头看她：“下车。”

苏意才不愿意承认自己看他的手出了神，强行狡辩道：“我是确认一下周围有没有人偷拍。”

赵禹缙喉结动了动，看她的目光多了几分“关爱”：“你今年是二十八岁，不是十八岁。”

苏意一听，皱起了眉，怼他：“你知不知道女性的年龄和体重，是完全不可提及的两大雷区？”

赵禹缙不再看她，淡淡道：“我的意思是，你成熟一点。”

仿佛找回了几年前两个人闹腾时候的些微状态，你来我往几句后，两个人俱是一愣。

苏意洗漱完回到卧室，想到方才的一幕还是控制不住脸上的笑意。她在被窝里滚了三圈，想了想又拿起手机，给自己挂了一个南川二院的号。

赵禹缙在车里坐了小半个小时，才下车回家。

他没打开家里的灯，洞开的落地门把外头的灯光都收纳进来，最近最亮的，就是正对着的苏意家的。

赵禹缙就这样默默注视了她家半晌，直到对面熄灯，他打开了家里久久不开一次的电视。

这电视还是当年苏意精挑细选了好久才选定的，价格恰好花完了他本科生涯拿到的最后一笔奖学金。

电视里正放着纪录片《地球脉动》，开完电视，赵禹缙靠坐在沙发上闭目养神。

思绪还来不及放空，电视中的旁白解说，就钻进耳中：

“一只雄性新西兰信天翁正在等待它的配偶，每年它们都有六个月彼此分离，远渡重洋。它们在此处重聚并繁殖，但今年，雌性信天翁迟到了……”

赵禹缙看过去，屏幕中海岛鸟类成双成对飞来往去，纷纷自得自乐。只有那只还没有等到伴侣的信天翁，站在悬崖边缘孤独守望。

再后来，不远处的天际逐渐出现另一只信天翁滑翔的身影，它等到了。

看着两只鸟从互相扭捏，到交颈起舞，赵禹缙又避无可避地想起了苏意。

他终于不再否认自己的内心，在这漫长的分离时光里，他没有哪一刻放弃等待过，直到现在。即使理智在命令自己放弃，但情感总是占据上风。

而他心里的扭捏，他却不知道要怎么样才能跨过去。

苏意睡到半夜，被枕边的“叮”声吵醒。

纵然在蒋家时家庭医生建议过她无数次，休息时最好不要把手机放在枕边，但她始终改不了这个习惯。

会半夜给她发邮件的人，有且只有一个。

苏意赶了赶困意，在思维逐渐苏醒的时候，打开了邮件。

屏幕的冷光静静打在苏意脸上，她逐字逐句地读完，指甲掐痛了手掌。

她一直知道自己出生的时候并不顺利。

从母亲苏玥肚子疼开始，便在医院整整住了三天。明明预产期已经过去了两周，但是苏玥肚子里的苏意始终没有要和这个世界打招呼的迹象。

苏玥怀她的时候，身体非常虚弱，自打怀孕后，苏玥就没有办法出去工作，养家的重担全部压在丈夫一个人身上。

但命运好像就是很喜欢捉弄这个本就贫瘠的家庭，还在跑车的丈夫听说苏玥进医院的消息，着急忙慌赶回来的时候在路上出了点小事故，虽然人没有事，但是一个月的收入全部赔给了对方，还被扣下了车。

一面是高昂的住院费用，一面是毫无进项的家庭收入。双重打击让这对年轻夫妇心中的愁多过新生命即将诞生的喜。

后面的故事，苏意十几岁时调查过一次。

像是打开了潘多拉魔盒，藏着的过去，让她想要张开浑身的刀子，淬满剧毒，狠狠捣向元凶。

因为难产，苏玥痛了三天，终于在主治医生的建议下注射了催产素，小小一支催产素，终于让苏意呱呱坠地，但最终也导致苏玥死于羊水栓塞。

这件事在当年闹出了不小的动静，社会影响很大。医院介入调查以后，判定是主治医生赵绅彦在催产素的使用上，存在剂量过度的失误，最终导致产妇死亡。

再后来，听说赵绅彦不再行医。

那时候苏意认定，自己所有的不幸都源于这个医生的错误。倘若不是他的话，她会在完整的家庭长大，哪怕生活清苦，却起码是可以有依靠与港湾的。

而这个叫赵绅彦的医生，更像是命运开好的玩笑，他是赵禹缙的父亲。

苏意承认，幼年的相识是偶然。可她在知道真相后毅然回国，转学到赵禹缙的班上，确实是奔着报复来的。

她关注赵家好几个月，深知这个独子对于赵绅彦来说有多么不同寻常的意义，他不希望赵禹缙走自己的老路，她就故意告诉赵禹缙自己希望他成为医生。明明知道蒋家早就安排好了她未来所有的一切，她偏偏要去招惹赵禹缙，让他爱上她，再让他失去她。

那时候，她是从黑暗中自己撕裂口子逃出来的，她想世界上所有的阳光和煦都不会同她再有关系。

但是她错了，她开始贪恋他的温柔，他的好，像是枕风宿雪多年的行脚客终于在无边雪原里找到了可以遮风避雨的屋子，推开门就是人间美好。

她以为无法原谅的那种恨意，终于在爱上赵禹缙的一瞬间被软化，然后在日复一日的爱情里，渐淡，消弭。

但她总是要为自己的任性付出代价的，蒋家不会任由她胡来还无动于衷。她自以为找到了生命的光，但到底被强制带回了她的归属地。

没有责难，但是有整整半年的豪华牢笼。她用尽法子，得到了一个谈判的机会，一赌就是这么多年。

可现在，苏意看着新到手的，大体相同却小有差异的调查报告。

除了苦笑，不知道还能做点什么。

“你确定吗？真正的问题不是催产素的剂量，而是我母亲本身的体质？”苏意的声音在暗夜中显得空洞。

“我查到的的确是这样，虽然这种概率非常非常小，但是很不幸，发生在你母亲身上。并且，当年的医生事后好像也知道了这个真相。”

苏意不解："如果他也是受害者，为什么他不继续从医？"

电话那头的人笑了起来，不知道是不是在笑话苏意这个问题提得幼稚："或许因为那时千夫所指，无辜的医生在还没被科学定罪的时候，舆论就已经'杀死'他了吧。"

# 第六章
## 花栗鼠

**苏意脑子里骤然闪现一个短句——馋他身子。**

偏僻的山路并不好走，深冬令漫山遍野稍显空寂，入目只剩枯荣。

苏意站在有些简陋的坟墓前，放下手中的蜡梅，注视着已经被年月侵蚀得有些斑驳的墓碑，一句话也说不出来。

周围零散分布着几个坟头，虽然同样简陋，但比苏意面前这个好得多，看起来还是有亲属定期打理。

苏意伸出戴着羊绒手套的手，拂了拂墓碑顶上的灰。

她深深吸了口气，微微扬了扬嘴角："很多年不见了吧，我已经记不得你的样子了，我也变了非常非常多，你肯定也认不出我来了。我以后会常来看你的，你千万不要觉得孤单啊，妈妈。"

下山比上山快了很多，苏意走到山路岔道的时候，遇着个身形有些佝偻，埋头往前的中年男人。

大概是苏意一身着装同这样的山野格格不入，男人本能地让了路，苏意低声道谢，男人抬头看了她一眼。

面对陌生人的打量，她点点头后就不再理会，倒是男人多看了她几眼。

回到颍川城区，已经临近中午。苏意直接回了办公室，刚坐下没几分钟，楚桐就敲门进来。

“我找了你一上午，你手机关机了。”楚桐说。

苏意这才想起来开机，解释了一下：“我上午有点事。不是已经下班了吗？你不去吃饭？”

楚桐忍不住笑意，直截了当告诉她：“上午川行国际打来电话，替他们老板和你预约商业会面的时间，并且特别说明了，是商讨瑞希和川行的战略合作。”

这倒是苏意没有想到的事情，从上次川行的慈善晚宴以后，傅淮川那边无声无息，几乎是让她以为这条路走不通了。

苏意小松一口气，问：“约的什么时候？”

“后天，地点在我们这儿。”

“好，你出去的时候顺便帮我给秘书室带个话，安排好当天的晚餐。”

楚桐点头：“放心吧，早就帮你交代好了。”

苏意笑：“知道你最贴心了。对了，前两天约你和褚玉一起吃晚饭，你说身体不舒服，现在好了吗？”

楚桐的眼睛下意识地往左边移了移，随即答道：“没什么事，就是胃疼而已，吃了药已经好了。”

“那就好，好好照顾自己。你现在可不能垮，我还需要你和我并肩作战呢。”苏意看向楚桐，满眼关切。

“放心吧。”室内安静了一会儿，楚桐又继续说，“蒋魏承回去了，短时间内，应该不会过来了。”

除非是苏意主动问，否则楚桐从不主动说起关于蒋魏承的事情，这算是两人之间的默契。

苏意沉默了片刻，应她：“好。”

一直到楚桐离开办公室，苏意手下的东西都没有再被翻页过。

她起身走到窗子前，打了个越洋电话，电话不过响了一声就被接起。

苏意还没开口，那头的声音就热情传来：“是窈窈吧，这个时候怎么有时间打电话过来？”

完全能够想象到电话那头的人兴奋的表情，苏意轻笑出声：“楚叔，是我。您和楚婶都还好吗？”

“我们都好，老爷也很好。他正在下楼，我把电话给他。”

外界人人都说，蒋成礼是商界枭雄，一直以来对外的形象，都让人觉得这个老爷子过于严肃。虽然的确是这样，但他和自己的管家关系亲如兄弟，却是很多人都想象不到的事情。

电话到了蒋成礼手上，苏意等不到那边开口，先叫了声“爷爷”。

蒋成礼回了个“嗯”，语气听起来倒是不那么严肃。

“我听说，你和川行国际终于要达成合作了。”

自己也不过是才知道的消息，不想老爷子已经知道了。

苏意有点找骂地问他：“看起来我好像有了点胜算，爷爷您盯得这么紧，是不是觉得自己要输了？”

都做好被挂电话的准备了，哪承想老爷子中气十足地笑了起来：“你这丫头想骗我露底牌，你还嫩着呢。你也别想着套我的话，我虽然远在这里，但如果对国内的一切都不知道，瑞希还等得到你过去？”

可不是嘛，谁能有您这么步步算计的。苏意在心里腹诽。

她也是完全接手了才发现，瑞希虽然一直是“亏损”状态，却不是一直在往外赔钱，严格而言，是对比蒋氏给所有子公司制订的目标来说，瑞希的成绩在蒋氏看来是“亏损”的。

从市场上看，瑞希仍在盈利，但通常赚个三千万，亏个两千五百万，始终保持着一个平衡点，就是吊着口气不上不下，要倒闭还差得远，想上市又差一点。

要说不是老爷子的计策，她才不信。

“我听魏承说，你见过你三爷爷了？”老爷子问她。

“和三爷爷吃了一顿鸿门宴，在傅淮川的慈善晚宴上也见到了三爷爷那边的人。我那些个表哥表弟，最近在颍川的商界倒是有些高调。”苏意漫不经心地说着。

那头顿了顿，苏意有些质疑自己出现了错觉，所以才会在老爷子的话中听出几分关心的味道：“你三爷爷那边有时候做事不计后果，你自己聪明着些，别吃了亏。我的手臂再长，隔着这么远，也很难随时护你周全。”

爷孙俩一直以来都是互呛，十几年里，少有这种温情的时候。

苏意习惯了气老爷子，一时之间有些不自在，别扭地回了句：“您自己也是，毕竟上了年纪，少折腾。”

电话挂断，楚叔看着蒋成礼，笑得欣慰：“窈窈虽然别扭，但是在关心您。”

蒋成礼嗔他：“我自己养大的丫头我会不知道，拉不下脸这性子，倒是和我年轻的时候一模一样。”

听老爷子这么说，楚叔不免想到一些往事，在老爷子转身上楼以后，他轻轻地叹了口气。

傅家和赵家难得在晚饭的时候聚了个齐，傅淮川却因为公事频繁离桌。

“什么事这么急，一顿饭都吃不清静。”

忍了许久终于忍不住的傅母朝傅淮川“开火”，因为前几天闹的事情，她气还没全消。

打成年后就没被训过的傅淮川有些突然，他想了想还是解释道：“明天和瑞希的负责人有个商业会面，手下人文件准备得有些缺漏。”

“和苏意那丫头谈合作？哥，你不怕被骗？”

傅和琛话一说完，傅淮川犀利的目光就扫向他。

“是上次也参加过慈善晚宴那姑娘？我后来听说那块原石就是她送的，这姑娘年纪不大，倒是很有手段。”傅母间接肯定了傅和琛的话。

赵禹缙搁下手里的筷子，开口：“上次傅予祯偷跑出去，就是苏意找到他并好好送回来的。为了这小子，那天她吃了不少苦。”

见他光明正大地给苏意说好话，傅和琛惊叹：“赵禹缙你是不是……”

“傻”字还没出口，傅和琛放在桌子底下的脚就被赵禹缙毫不客气地踩了下去。

埋头啃鸡腿的傅予祯很不满自家小叔的话，也跟着赵禹缙为苏意站队：“苏意阿姨很好啊，干爹把钥匙锁在家里回不去，还是苏意阿姨收留我们的。”

傅和琛惊了，赵禹缙面对苏意，果真就只有被动接受的份，宿命。

涉及自家儿子的粉色传闻，倒是赵禹缙的父母最为淡定。不知是谁另起了个话题，直到吃完饭，都没有人再提这件事。

饭后，两家父母例行组桌搓麻将，另外三兄弟无处消遣，在庭院里支了个茶桌。

历来都是傅和琛最八卦，现在长辈都不在，他便主动问起苏意的事情。

“我打不通你们的电话，钥匙在家，身份证在家，室外温度只有个位数，形势所迫。”赵禹缙理智分析借住苏意家的缘由。

比两个人年长几岁的傅淮川对八卦没什么兴趣，但是他低头喝茶时突然想起一件事，问向赵禹缙：“你读大三那年，参加我们公司举办的一个音乐节，打电话给我让我帮你请歌手找人，找的那个姑娘，是不是就是苏意？”

赵禹缙端着茶杯的手顿了顿，没有否认。

确实是有这么个事，那个时候他和苏意刚上大三，苏意被褚玉洗脑了半个多月，粉上了当时很有人气的民谣歌手。

得知歌手要参加当地的一个音乐节，苏意兴冲冲地早早买了票。可音乐节的时间偏偏不巧，正赶上赵禹缙他们专业选课。

不忍心苏意错过喜欢的歌手，他让她先去，等自己抢完课过去同她会合。

但赵禹缙到底低估了音乐节的规模，等他到的时候，正好赶上场地亮起大灯，天黑透了，两个舞台刚到转场的时候，人潮呼啦啦往一边挤。

他拨苏意的电话不通，就知道这个迷糊鬼出门前又忘了给手机充满电。可放眼望去都是人，想找到她，实在是一件十分低概率的事情。

偏巧轮到苏意喜欢的歌手最后一个上场，台下黑压压站满了人，整个音乐节的气氛到达最高潮，赵禹缙对着主办方的LOGO想了很久，走了人生中第一次后门。

苏意正是毫不拘束自己本性的时候，喜欢便放肆，很牛气地干站了一个下午，就为了蹲个前排看清偶像的睫毛。

她和人群一齐狂欢，直到偶像唱完最后一首歌。台下齐声高呼歌手的名字等待返场，按流程准备好的广播已经在提示“没有返场”，大家都打算放弃的时候，本已熄灭的舞台灯光再度亮起，退场的歌手走上台来。

所有人都沉浸在返场惊喜中享受完最后一首歌，却没想到这一次歌手没有急着下台，握着麦克风很坦诚地解释道：“本来今天是没有返场的，但是受人所托上来发个小小的寻人启事，苏意同学，你在不在？你的男朋友在音乐节邮筒边等你。”

说完，歌手借着舞台高也朝邮筒方向望了望，补充道：“他手里还牵着一只粉红氢气球。好了，这一次真的Ending了，晚安各位。”

谁能想到在音乐节还能见证这种事情，歌手下台后台下才开始有人高呼！

“苏意，你男朋友拿着粉红氢气球在邮筒边等你！”

一呼百应，一群正嗨的人充当实体喇叭，呼声不断。

间或还有人兴奋叫道：

“我好想认识一下这个苏意，感谢她男朋友找她还附赠福利。”

“甜甜的爱情为什么还没轮到我！”

被卡在前排动弹不得的苏意很焦灼，她发誓这么高调既能满足少女的虚荣心，同时又让她觉得害羞。

苏意正要悄悄离开人群包围，也不知是哪个搞事的高喊了一声：“大家都别动，看看谁着急往外走，没准就是苏意。”

话一出，四周果然不动了。

苏意卡在中间进退两难，没得办法，咬咬牙用手挡住自己半张脸，叫道：“麻烦让让，我是苏意。”

等人群分出一条路的时候，苏意着急忙慌往外跑，也不管身后起哄声口哨声，她一头扑进赵禹缙怀里，扯开他的外套挡住自己的脸，拽着他一齐出场。

赵禹缙被一扑一扯一拽，就知道某个脸皮薄的人害羞了，故意逗她：“明明之前还玩得不亦乐乎把我抛在脑后，现在投怀送抱是想色诱我原谅你？”

这话说完，本就害羞的人在灯光下整张脸红成了灯笼，手悄悄在他腰上掐了一记，语气却谄媚得很：“小哥哥，我错了，我们快去吃夜宵好不好？”

那个时候她就是这样，用老一辈人的话说，嘻嘻哈哈厚皮脸。和高三那年的她截然不同，和如今的她也截然不同，却是赵禹缙见过那么多面的苏意后，觉得最真实的一个。

冬天晚十点的颍川，大街上车流明显少了很多。许是上了年纪的缘故，打了一晚上麻将的赵家父母坐在车上略有些疲惫。

赵禹缙稳速开着车，贴心到每一个刹车都令人感受不到明显的作用力。秦素闭目小憩了一会儿，睁眼时正好看见赵禹缙的侧脸，外头橘色路灯打在他脸上，她却莫名其妙地从儿子脸上，看到了一点孤单。

后排坐着父母，前排副驾空空。如若这车里此时坐着的是一家四口，好像会温馨得多。

秦素酝酿了一下，问：“方才阿琛说的那个姑娘，就是你以前带到你外公那边的那个吧？”

赵禹缙目不斜视，手却紧了紧方向盘：“是她。”

“这么多年我和你干妈为你张罗了那么多姑娘，你都拒绝了，也是因为她吧？”

他可以欺骗自己，但面对父母的询问，却很少说得了谎。

“也是因为她。”赵禹缙语气平平，陈述事实。

秦素心里头叹了口气，心下便有了判断。显然两个孩子这段故事有些曲折，看起来自家儿子到现在也没走得出来。

“人这一辈子啊，说是挺长的，可这几十年也快，一天天的就没了。

有些人，你没开口留，她就会走，有些事，你不去做，老了后悔了，也就晚了。如果你还放不下，就索性拿起来，反正不要委屈了自己。”

车停稳在巷子口，逆光中的赵禹缙更像是在对自己说：“我觉得，我还需要再想一想。”

回到家中的秦素坐在沙发上思虑了许久，给傅淮川去了一个电话：“你投的那个度假村揭牌，是不是还会请些商业伙伴？合适的话，我和你干爹想认识一下那个姑娘。”

和川行国际的商业会谈，苏意看得很重。凡是与此有关的文件，她都要自己把一把关，看过一遍才能放心。

满打满算，和老爷子定下赌约到现在刚刚好过去半年，几个月的力挽狂澜，总算让瑞希各方面的成绩从不及格蹿到了良。虽然蒋厉行那边动了动手脚，导致很多合作最终解约，但解约被苏意处理得漂亮，反而在口碑上挽回不少，吸引来了更优质的合作伙伴。

拿下川行这个伙伴，就相当于拿到了一张通行证，往后的路走得好，她赢面很大。

苏意打了个呵欠，手边的咖啡已然空空。肚子不合时宜地“咕叽”一声，苏意不抱希望地翻了翻储物柜，连块小饼干都没有看见。

她疲惫地搓搓脸，走进休息室冲了个澡。一连在办公室睡了两宿，放以前这就是家常便饭，但现在她反而很惦记自己的家。

不过住在公司唯一的好处就是省了通勤的时间，饱和的休息会让她整个上午精力充沛。

开完会的苏意正享受着被干劲包裹的快乐，不想就有破坏心情的不速之客找上门来。苏意看着坐在自己办公室一副大爷样的表兄蒋晟，心里不情愿，但也还是给了个好脸。

实际上苏意和蒋家人的接触很有限，蒋厉行那边，除了他，苏意也就和眼前这个蒋晟接触得多一些。

不过都是些实在不怎么好的回忆，尽管缺乏证据，但前几年苏意吃的那次亏，他多半脱不了干系。

“到底还是颍川的水养人，你回来半年，看着比在外头精神得多，还是家乡菜对胃口吧？”蒋晟皮笑肉不笑地开口。

苏意在见鬼说鬼话这一块很有天赋，回话都不带想的：“你仔细这话被我爷爷听见，可有你受的。家里的厨师可是他让楚叔费了老大力气请来的，我可不敢说自家菜不对胃口。”

蒋晟哈哈大笑：“你这丫头。前些日子订婚也不见你给哥哥我捎个消息，你小时候我真是白疼你了。”

看他皮笑肉不笑的样子，苏意忍着逐客的冲动，继续敷衍：“外人只知道蒋家两个老人不和，咱们小辈又怎么会不知道他们已经到了老死不相往来的地步？虽然哥哥和我血缘难断，但关键时候亲疏有别，我在自己的订婚宴给我亲爷爷添堵，这不是不孝吗？”

苏意刻意咬重“亲爷爷”三个字，警告的意味不言而喻。但蒋晟不知是不是故意，好像没长这个脑子，继续道：“你母亲从蒋魏承进你家门就对他退避三舍，要是知道你和他订了婚，不知道会气成什么样子。”

“哥哥还有闲情操心我的事情，看来前阵子报道了一个星期，说嫂子和一位林先生在算计哥哥的财产，应该是谣言了。这些人也是，听风就是雨，平白害哥哥被笑了那么久。这些造谣的人，不知道哥哥打算怎么办，起诉的话，瑞希律师团刚好有擅长名誉案的律师，只要确实是造谣，胜算怎么着都有九成了。”

蒋晟妻子出轨这件事，在他们的社交圈早就算不得秘密。苏意自诩不算是什么善良的人，既然他敢上门来挑事，她也就不在乎要去顾全谁的面子。

她的话果然戳到了蒋晟的软肋，当即他的面目就要狰狞起来，不过又很快被控制住。

“难怪二爷爷一早就把位置给了你，他教大的孩子果真差不到哪里去。行吧，我来找你其实也是为你好，前些日子你的宣传部部长约我吃了顿饭，我想着这事得和你说一声，毕竟是自己家人，亲疏有别，外人到底是比不了。”

蒋晟说完就走，半点要多留的意思也没有。

苏意懒得起身送他。

接水时想到他特意跑来说的这句话，苏意冷笑，主动上门来挑拨自己和楚桐的关系，他真是小看了人与人之间的感情。

苏意这边刚刚坐定，内线电话就匆匆响了起来。

“蒋总，出事了。”

秘书安琦着急忙慌，也没有把事情交代清楚，苏意也只隐约听出事情和褚玉有关。

本来这些事不必上报到她这里，但她没在公司避讳过和褚玉的私交。

等苏意走到公司一楼前台的时候，褚玉脸上青青紫紫，嘴角还淌着点血。施暴者被保安控制住，嘴上骂骂咧咧，用词不堪入耳。

蒋晟还没走，站在边上看热闹。苏意厌恶他脸上那种愉悦的表情，直接路过他扶起了孤零零跌坐着没人敢管的褚玉。

瑞希自打成立至今，这种场面还是头一次，大概没谁想过还有人敢在蒋氏的地盘上搞事，围观者一时也分不清心里是好奇多一些还是震惊多一些。

好在安琦及时冷静下来，在苏意刚刚到达的时候，她就走到了苏意面前。

“报警，顺便鉴定一下褚玉身上的伤，联系我的律师，不构成刑事案件的话，我们提起民事诉讼。”

一听苏意要报警，施暴的男人更暴躁了，挣扎着就要甩开架着他的保安，瞧那架势好像要冲上来连苏意一起打。

他骂人的话实在太脏，一群受过高等教育的人都觉得，自己好像遇见了泼皮无赖，更不知道褚玉怎么会和这种人发生纠纷。

苏意也有些不解，可等她看清楚男人丑陋表情下的那张脸后，心中了然。

她安慰般拍了拍褚玉的肩膀，问她：“还好吗？要不要去医院？”

褚玉只觉得丢光了所有的脸，不敢哭，也不想作声，低着头摇了摇。

“安琦，你先带她去我的休息室，替她处理一下。”

苏意说完，走到被钳制的男人面前，当着众人的面，狠狠甩了男人一个耳光。

响亮的声音一发出，有人暗叹一句脏话，似乎不敢相信这是苏意做出来的事情。

“禽兽。”

被骂的男人笑得恶心：“我禽兽？那是她活该，是她上赶着被我折磨的。你算什么东西，管我的闲事。”

看来这人已经认不出自己了，苏意懒得多说废话，警告他：“这是我的公司，褚玉是我的员工，你别以为她没有靠山可以任由你欺负，有我在这里，你就别想动她分毫。”

“她老板，她老板好啊，她没有钱，你替她给我？”

警车准时到了，苏意看着警察走近，突然笑得妖冶："监狱豪华游，多人大居室外加铁栅栏观景区，还附赠精致银手镯一副，都给你，好好享受。"

苏意说完，走得潇洒。身后员工暗暗竖起大拇指，不知道为什么，护犊子的蒋总刚起来，又美又飒。

苏意回到休息室的时候，安琦已经差不多帮褚玉处理好了伤口，有眼色地离开了苏意办公室。

苏意看了看褚玉那印着几个鞋印子的裙子，从衣柜里翻出一套新衣服，放在了她手边。

褚玉经过了一点时间的缓冲，状态平静了很多。她问苏意："我是不是挺傻的？"

"是。"

苏意没有委婉，因为她算半个知情人。

刚才那人苏意见过几面，叫孙晨，是褚玉大学时候的初恋，以前赵禹缙晚上送她回寝室的时候，偶尔能碰到他在楼下等褚玉。

她们大学附近的学校多，孙晨就在附近一所普通本科读书。

大学时，同寝室两个人在学校男生组织的评分榜上也是有名的，苏意靠的是脸，褚玉靠的是才情。

因为苏意早早牵了赵禹缙的手官方撒糖，所以那个时候每周往寝室送的水果零食，全来自于褚玉的各个追求者。

但谁都想不到最后褚玉和方方面面都不如她的孙晨在一起了，原因就更让苏意不懂了，不过就是连着一学期不间断地给褚玉送豆浆油条，怎么就这样打动了她。

那一阵子苏意觉得，可能是褚玉油条吃太多，被明矾伤了脑子。

不过不能否认，刚陷入爱情时的褚玉，确实过得十分快乐，每天都能露出幸福的模样，倒也很让苏意为她开心。

苏意一开始觉得孙晨人品有问题，是因为她在褚玉生日时送给褚玉的包包。彼时还靠着勤工俭学养活自己的褚玉对奢侈品的了解一片空白，孙晨却一眼看出包包的价值，不知怎么从褚玉手上骗到手，转手就卖了出去。

实在忍不住，苏意提醒了褚玉，这才发现原来孙晨和她在一起两个月后，就花言巧语从她手上借走了很多钱，包括她兼三份职给自己攒好的学费。

再后来，苏意提醒了很多次，但每当孙晨站在寝室底下淋着雨上演苦情戏求褚玉原谅的时候，褚玉还是心软了。

一次一次被吸血，又一次次原谅他，一直到苏意离开颍川，都没实现见证这两个人一拍两散的心愿。

苏意叹口气，学着她以前安慰过自己的样子，轻轻抱住了她。

“你现在不要想那么多，如果彻底想要把这个人剔除出去，我帮你，但是你再也不要心软了。”

褚玉早就看穿了孙晨渣男的本质，却斗不过他的无赖，她有些恨自己没用地道：“我们早几年就分手了，可他知道我奶奶住在医院，威胁我如果我不给他钱，他就去告诉我奶奶这些年他都对我做过什么。你也知道我奶奶，辛辛苦苦拉扯我，这辈子最大的心愿也就是我幸福了，她要是知道这些，哪里受得了。而且……我男朋友要是知道，也会介意吧。”

每个人都有软肋，哪怕是曾经一个人扛起过一个家的褚玉。

怕褚玉一个人回家胡思乱想，苏意把她带回了自己家中。不过褚玉比苏意想象的要坚强一点，已经没有了白天颓丧的模样，找回了成年人该有的强大。

两个人开了瓶酒，坐在厚厚的地毯上有一搭没一搭地追忆过去，褚玉晚上兴致极好，一杯杯酒下肚毫不含糊。

苏意还面颊绯红的时候，褚玉基本已经醉了，手随意一挥带倒一片空酒瓶，酒瓶稀里哗啦碎了一地，褚玉想都没想就伸手去捡，结果惨痛收获三个血流不止的指头。

被这一吓，苏意酒全醒了。看着褚玉手流着血自己还不知道疼，苏意翻箱倒柜也没从家里找到半张创可贴。

十分钟后，苏意站在赵禹缙家大门前，摁响了门铃。

门铃响了三四遍，但门迟迟没有要开的迹象。苏意咬着指关节等得焦灼，明明他家亮堂堂的。

就在苏意准备放弃的时候，门豁然拉开。苏意对着眼前这幅“美男出浴图”，下意识地咽了咽口水。

赵禹缙头发湿漉漉滴着水，衬衫没扣全，上头两粒扣子开着，头发上的水顺着脖子一路下滑。苏意脑子里骤然闪现一个短句——馋他身子。

他把门打开后就往里头走，苏意站在门口不敢动，等着脑门的热度自己消退。

赵禹缙再出现时，顶着块干毛巾擦头发，这才问她：“有事？”

沉迷男色的苏意想起自己此行的目的，温声道：“可不可以，借我碘酒、纱布、胶带？”

赵禹缙把人上下打量一遍，确定不是她受伤，而后转身进屋。

苏意见他这样看自己，赶忙继续说：“不是我，是褚玉。”

看他没有要继续搭理自己的意思，苏意满心只有一个判断，是她自作多情了！

等赵禹缙把东西都拿给苏意，苏意道了谢，准备回去时余光扫了一眼半开的鞋柜，隐约看到一双高跟鞋的影子。

她心中警铃大作，正想确认，赵禹缙也发现了她的动静，上前一步挡住她的视线："不送。"

苏意再往前凑一点点，就势必撞疼鼻子。

赵禹缙在猫眼里看着她离开，步子踏得噔噔响，忽然觉得心情很好，哪怕今晚要通宵做课题材料，也一点都不难受了。

大晚上，一个刚洗完澡的单身男人家有一双高跟鞋！这正常吗？这太不正常了！

苏意在给褚玉包扎的时候，脑子里脑补了无数出戏。褚玉由着苏意折腾，本来没太在意，却不防她不大走心一个用力直接摁上伤口。

褚玉痛呼一声睁开醉眼，发现苏意整张脸气到通红。

处理完伤口，褚玉也因为痛感的刺激醒了一点酒，她看着提着一小袋东西准备出门的苏意，忙问她："你去哪儿？"

苏意步履匆匆，一句"去对面还药"说完，就消失在了门后。

褚玉眯着眼看了看已经没有灯光的对面，又看看墙上的挂钟，十一点半，她这是给自己借了什么珍奇宝药，这么急着还回去。

赵禹缙家的门这次开得很快，见苏意再度找上门，再看她的目光就带了几分审视。

苏意承认自己是冲动了，但并不后悔，只是看着眼前衣冠楚楚的男人，一时之间有些犯蒙。

"我来还药！"

好像多怕人怀疑她的动机似的，一句话被她说得底气很足。

赵禹缙接回袋子，打算关门。苏意的手却先他一步扶住门框：“那个什么，我记得我上次喝醉酒，好像落了一套衣服在你这儿，刚好我今天来了，我顺便取回去吧。”

“扔了。”赵禹缙一到晚上，声音就莫名其妙地带上了点磁性。

苏意四个手指下意识地点了点门框，笑脸勉强：“怎么能够，你可不是那种未经同意就乱丢别人东西的人。没事，我自己拿。”

她瞅准机会从赵禹缙身边钻了进去。

一阵熟悉的香味掠过鼻尖，赵禹缙抱着手臂倚在门口，就见她非常有目的性地直奔卧室。看见平整得连个褶子都没有的床，苏意待不到十秒就走了出来，边走还边拍脑门，面色惋惜：“你真的丢啦，那条裙子我还怪喜欢的。”

赵禹缙忍住想笑的冲动，出声戳穿她：“事实上，那天你穿的并不是裙子。你看起来也不像是来找衣服的，像是找别的什么，比如某个人？”

苏意被戳穿目的，一急声音就大了起来：“开玩笑，找人，没有不是不存在。哎呀，不知道褚玉在我家还流不流血，我回去看看她，抱歉打扰了，拜，拜拜。”

苏意跑得好像后面有狼在追她，一直到楼下才撑着膝盖喘匀了气，还好跑得快，要不指不定要被赵禹缙怎么嘲笑。

她敲敲自己的脑袋，自我批评：“苏意，你怎么遇上他就没有脑子呢！”

一直到坐回电脑前，赵禹缙的脸上都还挂着阳春三月般和煦的笑容。明明刚才视频会议被打断的时候他还皱着眉。

在学术上一本正经的乔森十分八卦地问他：“赵，刚刚我好像听见了女性的声音。”

乔森不懂中文，对话一句没听懂，但结合赵禹缙的表情，他心想，有猫腻。

赵禹缙看向屏幕里八卦的人，一口英文流利标准："你确定让我半夜牺牲休息时间同你讨论的不是课题而是这个？"

"OK,fine."有求于他的乔森立马噤声。

或许是好事多磨，经历了艰难的开头之后，和川行后续的讨论出乎意料地轻松。比起之前客套的傅淮川，这次见面，苏意觉得傅淮川好说话得多。

一次会议，一顿好宴，宾主尽欢。

楚桐陪着苏意把川行的人送到酒店门口，傅淮川拿出一早准备好的邀请函给她："投资的一个度假村后天挂牌，你有时间的话，欢迎来体验一下。"

苏意接下，扬了扬："乐意之至。"

目送一行人驱车离开，苏意和楚桐也走到了自己车前，她见着周围没人，放松地舒展开双臂。

"终于可以好好喘口气了，小姐妹，庆功酒喝一个？"

苏意看向楚桐，深知对方不会拒绝自己。

但没想到她今天判断失误，楚桐笑得有些抱歉："总部需要我提交一份文件，我还没完全搞定，这个酒只能下次陪你喝了。"

苏意略有些失落，替她吐槽："看吧，这个没有人情味的公司，就知道压榨我们敬业员工楚小姐，咱俩都好久没一起聚聚了。"

"我的继承人小姐，请不要对为你打工的员工说这种话，我有理由怀疑你是在反向暗示我多做点事。"

"天地可鉴，我是一个很有良心的资本家。行啦，你快去吧，忙完这阵我就动用最后一点职权给你放大假！带薪有奖金的那种！”

楚桐挎好包：“我谢谢您！走了。”

苏意摸着方向盘思考了一下，把车开向了美容院。

这是蒋家众多产业之一，所以会在这里遇到蒋晟快变成前妻的老婆，苏意倒是也不意外。

顾晴看见苏意，语气不亲不疏：“早听说你过来了，也没见着，一起吧？”

苏意和顾晴没打过几次交道，但她也不排斥和顾晴接触，就冲顾晴给蒋晟找了一堆不自在，她对顾晴倒是还有几分好奇的。

“倒是很巧，表嫂你今天也来按摩。”

顾晴闻言，嘲弄一笑：“可别叫表嫂了，我和他今天刚领离婚证，不然，我还不见得想和你打招呼呢。”

因着顾晴的直爽，苏意对她起了一点好感：“那我应该要恭喜你？”

顾晴讥笑道：“这可不是算解脱了嘛。你们这个蒋家，一家子也真算不上什么好东西，你除外。”

苏意被她直白的话逗笑：“看来你这豪门太太，当得不是很爽。”

“算是不得已做了几件昧良心的事情吧，往后你也别说见过我，我和你们蒋家人也不想再打什么交道，但你这个姑娘，我还挺喜欢的，不管你信不信，我都想提醒你一句，提防着点那家人，也提防着点身边人。”

苏意不置可否地笑笑：“这次我请，算祝贺你恢复自由身。”

傅淮川的度假村挂牌日子选得极好，虽然气温因为寒流降至零下，但太阳还是在重重乌云里钻了个缝露了脸。

气象预报提示说降雪概率百分之七十，但苏意眯眼看了看太阳，怎么都不像是会下雪的样子。

她把车停稳在度假村停车场的时候，正巧看见一位保养得体的中年女性因为护手霜掉进一旁的小水沟里面露难色。

“不介意的话，您先用我的。”或许是觉得阿姨面善，苏意主动搭了话。

秦素接下并道谢，正好赵绅彦从停稳的车上走下来。

看见已经不复照片上年轻的赵绅彦，苏意整个人僵了僵。

秦素把护手霜还给苏意，赵绅彦上前替秦素拢了拢领子，夫妻二人相携走远。

看着赵绅彦轻松又幸福的样子，苏意突然有些安慰，看起来当年被舆论“杀死”了的医生，似乎在家人的关爱里，找到了新的生命。

度假村陆续来了很多人，大部分都是有过接触的，苏意在这个场合倒是游刃有余。不过显然傅淮川邀请的也都更像是他的朋友，整体气氛轻松休闲，更像是朋友小聚。

当下，苏意不免疑惑起自己为何在受邀之列，还没来得及细想，就被不知从哪里钻出来的傅予祯抱住了腿。

“苏意阿姨。”小家伙嘴甜叫道。

紧跟在他身后跑来的是秦素。

苏意先前感慨完赵绅彦，这才反应过来秦素是赵禹缙的母亲。

秦素看着苏意，满脸慈爱：“原来你就是苏意，听小缙说，上次多亏了你。”

苏意也笑：“您客气了，我也是凑巧碰上，刚好也都认识。”

秦素状似疑惑：“你和小缙是……”

“我是他的病人。”不知怎么和他母亲说两人的故事，苏意挑了个最浅的关系说。

秦素恍然大悟般：“那是真的巧了，既然这样，晚上可要和我们一起吃个饭，都还没正式谢过你。”

说完几句话，秦素先带着傅予祯离开。

苏意在她走远后悄悄喘了口气，也不知道自己是在心虚什么，总之一和赵禹缙的妈妈说话，她就有点紧张。

苏意闲着无事时，稍稍研究了一下这个度假村的地图。说起来度假村还真算不得小，前临小清溪，背靠大森林，还有天然温泉和自然湖，地理位置极佳。

能忙里偷闲在大自然里放松，一群被西装束缚已久的成功人士开始想找乐子。大冬天可玩的项目有限，便有人提议两两结伴去“寻宝”，彩头自然不小，是山庄里带温泉的独院小别墅的半年免费使用权。

找东西苏意没什么兴趣，但带温泉的独院小别墅，她有点心动，赢来的东西绝对比自己掏钱更有魅力，于是也报名加入。

活动热火朝天筹备的时候，赵禹缙带着一对黑眼圈姗姗来迟，身边还跟着意气风发的傅和琛。

“形影不离。”苏意低声道，说完才反应过来，总是见到两个人一起行动，于是她看向傅和琛的目光也犀利很多。

傅和琛被苏意看得心头发毛，开始反思难道是自己总说她坏话被发现了？

“你们两个，怎么才来？”傅和琛的母亲问向两人。

傅和琛吊儿郎当地捏了个蛋糕往嘴里塞，另一只手指了指赵禹缙：“这不是接他嘛，不巧赶上他晚班白班连轴转，下了班才往这边赶。有活动啊？算我一个。”

赵禹缙本意是一下车就找个地方补觉，但看到苏意要和一群大老爷们寻宝，鬼使神差地也加入进去。

为了公平，两两组队的搭档靠扑克牌抽签决定，苏意看了看自己手里的小王，只听傅和琛在人群里问："谁是小王？"

赵禹缙看见苏意皱眉头，目光下移，果然她手里拿着张小王。趁没人注意，赵禹缙一把抽过傅和琛手里的牌，再把自己的换到他手上。

寻宝这种事情，实话说苏意差劲得很，本来出发后她指着赵禹缙带带她，却没想到这人一看就是疲惫得狠了，全程默默跟在她身后。

苏意看着给的地图提示，心想果然天下没有白吃的午餐，毕竟彩头不小，傅淮川哪有那么大方，在难度上可是下了大功夫的。

她本来还想着看地图，但发现这地图实在是有些看不懂，最后索性不看了，凭着感觉走。赵禹缙对她的决定毫无反对的意思，本来他也就没想着去寻什么宝。

等赵禹缙觉察出路线不对的时候，周遭已经从小路变成了树林。

他拉住往前走的苏意："好像走错方向了。"

"没有吧，你看这地图，是这个方向啊。"苏意把手里的地图递给他。

赵禹缙拿到后叹了口气，换了一个方向，指给她看："你地图拿反了。"

不知道是不是老天想要烘托苏意智商感人，风也起了，棉花雪也开始大朵大朵地往下落。一直在走还不觉得，停下来苏意就感觉到气温明显比他们出发时低了很多。

本来嫌热拿在手上的大围巾被她牢牢围在脖子上，完全不想让风钻进去。

"那，怎么办？"

苏意讪讪开口，这回是真的实锤了，她在赵禹缙面前就是没有脑子。

赵禹缙看了看四周，除了树，还是树："我们显然不在地图范围内，往回走吧。"

雪下起来，林子里的能见度就低了，方向也更难判断。赵禹缙在心里估摸了一下两个人出来的时间，离度假村应该不会太远。

虽然是这么乐观地想着，但是在又转了快一个小时以后，赵禹缙不得不承认，他们在林子里迷路了。

天色渐晚，雪却越下越大，不多时就积了一层。这下苏意不用赵禹缙说，也知道两个人现在处在一种什么境地，这种时候的树林，最危险不过。

手机信号差得不行，赵禹缙打了好多电话，最成功的一次，是在"嘟"一声后信号中断。苏意走得有些累了，却也内疚是她连累他在雪地里受冻，一句话都不敢说。

赵禹缙心中也有些紧张起来，但还是稳着苏意的心，整个人比往常温柔不少："别担心，我们再找找路，起码先去一个开阔的地方。"

苏意脸上的抱歉一目了然，赵禹缙看她深一脚浅一脚地走着，还是把手递给了她。

娇软的手被握在手心，是意料之中的冰。赵禹缙就这样一言不发地拉着她往前走，两人总算看到了一条小路。

天色全黑，唯一的光源就是苏意手机的手电筒，赵禹缙拿着她的手机在前面带路，看看屏幕，连电量都是预料中的低。

到这里，赵禹缙心里腾起几分淡淡的庆幸，还好是他和她在一起。

小路尽头不是两个人想象中的度假村，而是一间显然有一阵子没人居住的木屋。唯一好的是，赵禹缙的手机响起，他们走到了有信号的地方。

赵禹缙接完电话，皱着的眉还是没有舒缓：“和他们报了平安，但是下雪气温骤降，路上开始结冰，天也黑透了，他们来找我们风险很大，我们需要等一等看看情况，有可能要天亮以后。”

苏意对他的话表示赞同，这种时候别人来找他们，往大了说就是担着生命危险，而他们的情况也还算不得危急，起码找到了遮风避雪的庇护所。

赵禹缙打开了小木屋的门，里头虽然落了点灰，好在并不凌乱，物什也还牢靠。

“这应该是守林人落脚的地方，等天亮估计不用他们来找，我们也能找到路下山，你怎么想？”

苏意指了指放在墙角的铁盆和木柴：“没必要让人担着风险来找我们，在这里躲一个晚上应该也还安全。”

于是，赵禹缙给傅淮川回拨电话，大致说了两个人的情况。傅淮川那边也松了口气，顾念着苏意的身份，对众人撒了点谎：“他们走到村民家了，在那边借宿一晚，明天我派人去接他们。”

赵禹缙打完电话，回头看苏意拿着个有些讲究的打火机正在生火，她看着在野外的生存技能不怎么样，生火却很熟练。火盆里的木柴很快燃得热烈，火光瞬间照亮整间屋子。

赵禹缙擦了擦积灰的两把竹椅，和苏意一起坐在火堆前。

肚子“咕叽”叫起来时，苏意想到了习惯性放在口袋里的水果糖，掏出来一看刚好四颗，她递了两个给赵禹缙，自己剥了一颗放嘴里。

不多时，她兀自笑了起来，道：“想到了电影《远山恋人》。”

赵禹缙呛她：“我可不记得里面的女主角会抽烟。”

想不到他观察入微，苏意小声辩驳：“虽然随身带着，但也只是偶尔用来提神。”

赵禹缙看着火光映在墙上的她的影子，明显嘟着嘴：“糖果和烟草，对牙齿都会造成很大的损伤，实话说你的牙齿现在算不上很健康。”

这职业病一上来，赵禹缙就习惯性地下医嘱般嘱咐起来，不想他话还没说完，昏昏欲睡的苏意脑袋已经靠在了他的肩上。

疲惫了一天的赵禹缙没打算把她推开，反而是借着她给自己也找到了一个比较舒服的姿势。临睡着前，他想到了苏意所说电影的结局，故事最后，女主角放弃了婚约，奔向男主角身边。

火盆里的炭发出一声“哔啵”响，一向浅眠的苏意睁开眼睛，外头天色还未透亮，时不时有树上的雪落到地上的声音，但静下来时，耳畔能听到赵禹缙平稳的呼吸声。

以别扭的姿势坐着睡了一晚上，其实是十分不舒服的，但他仍没有要醒来的迹象，苏意知道他肯定是累极了。

被他倚着，苏意也不敢动，盯着火盆中的小火苗和发红的炭出神。在她困意又悄悄跑来时，耳边响起了一声极轻的问句：“你后悔过吗？”

苏意打起精神的时候，赵禹缙已经坐直了身体，仿佛刚才那声低问只是幻觉，他没再说话，兀自起身从屋子里找出个不锈钢盆，独自出去，盛了一大盆干净的雪回来。

沉默的气氛在两个人之间流淌，赵禹缙默不作声地化着盆中的雪水，苏意坐在一旁摆弄着自己的手指，间或往盆里添一点柴。

“天还没全亮，昨晚的雪下得有点大，等天大亮了，我们就往山下走。你洗漱吧。”

没想到他一早上忙活的所有事都是为自己做的，苏意心里百感交集，话几次涌到嘴边，却又害怕破坏这几次好不容易缓和的关系。

大雪以后是个明媚的晴天，虽然气温很低，但是天空很敞亮。路边的树枝上还挂着冰凌子，苏意从未见过这种林间雪景，被困山林的不快被这种新奇感取代。

她拗下一挂冰凌，在手上把玩，等冰因为她的体温全部化成了水，她又团了个雪球，两只手交换抛着。

明明手都被冻得通红，长时间根本拿不住雪球，但就是舍不得丢，赵禹缙看她这样，抿着唇不想管，但是又过不去自己这一关。

苏意跟在他身后往前走，不防他一个转头，很是强势地把她手里的雪球丢往一边，拉过她冷冰冰的手就往前走。

苏意这下是真的察觉到了他别扭的内心。或许自己再靠近一点点，总有办法去慢慢弥补这个裂谷吧？

循着路走，总算是走到了开阔地，两个人下山时，早有车停在路上等候。

傅淮川亲自开车来接。

参加别人的挂牌仪式结果还添了这种麻烦，苏意有点不大好意思，坐上车后，就非常郑重地道了歉。

回到度假村，只剩下傅淮川的家人和赵禹缙父母。苏意还没想好等等要怎么解释和面对这种场合，楚桐着急忙慌的电话就打了过来。

苏意接完电话已经变了脸色，同她一起往度假村餐厅走的两个男人看到她的表情，对视一眼。

苏意看向赵禹缙，有些纠结地咬了咬唇。傅淮川审时度势，把空间留给了两个人。

“公司出了事，影响很负面，我得马上赶回去。如果昨天的事情会给你造成一些不便，改日我会向叔叔阿姨解释，对不起。”

这是她第一次就自己的离开做出说明，赵禹缙顿了顿，点头："路滑，慢点开。"

一句话便让眼前表情严肃的姑娘露了笑："好。还有一句话，"她上前走了几步，贴在他耳边，低着嗓音说，"对不起，这五年日日夜夜，我都在后悔。"

贴面而来的气息在鼻尖久久不散，看着苏意的车消失在视线里，赵禹缙突然在想，或许自己不应该放任她一个人开车回去？

"大侄子，小叔新教你的成语你背给你干爹听听。"傅和琛贱兮兮的声音从身后传来。

傅予祯完全不知道小叔的套路，虎虎地开口："夜黑风高、荒山野岭、孤男寡女……"

赵禹缙一个眼神杀过去，傅和琛赶忙捂住了傅予祯的嘴："我发誓啊，我只教到第二个，第三个和我没关系啊。"

"你留着和大哥解释吧，他要是知道你教了他宝贝儿子这些，我估摸着你接下来的休息时间都会在相亲中度过。"

赵禹缙走进屋内，长辈们都在壁炉前烤火，他上前和父母报了个平安，就听秦素问："苏小姐回去了？"

赵禹缙点点头："都走到门口了，但是公司有急事，赶了回去。"

看到自家父母噙着的笑，他这才回味出自己刚才的话里袒护她的意味有多重。

赵绅彦站起身来，拍了拍自家儿子的肩膀："先去吃点东西吧。"

苏意着急忙慌赶回公司，关于那日她掌掴孙晨的视频不知被谁掐头去尾，在所有社交平台上正传得火热。

评论区全部一边倒，纷纷指责起苏意。一时之间，与瑞希有关的产品，也受到了网友的联合抵制。

苏意本来是不打算轻易放过孙晨的，但毕竟褚玉才是当事人，最终走完所有程序，孙晨被行政拘留十日，苏意以不起诉他为条件，替褚玉拿回了把柄。

按理孙晨还在被拘留，三天后才能放出来，就算他出来了，凭他的能力也翻不出这么大的浪。

苏意不傻，自然知道有人在背后推波助澜。

了解完事情缘由，苏意把宣传和公关都叫到了会议室。

“联系保卫处把完整视频拷贝出来发布到网络上，对造谣传谣、恶意抹黑者，我们采取法律手段。”

苏意果断给出处理办法。

楚桐看着她欲言又止：“这样的话，可能就把褚玉的事情全部曝光在大众面前了……”

苏意没想到这一块，却也因为楚桐的话陷入犹豫。

短会最终没讨论出结果来，散会后，公关部长有些不解地问楚桐：“楚部长，从公司的角度来说，孰轻孰重，好像一目了然，你怎么会……”

楚桐的笑容带着些杀伤力：“按照你的意思来说，为了成全蒋副总的名誉，就要牺牲褚玉的名声？她不是这样的人。”

公关部长被楚桐的话刺得语结，人走后才嘀咕道：“可是蒋副总做的，好像也没毛病啊。”

# 第七章
## 满天星

**“苏意，回来吧，我们重新开始。”**

一整天，苏意的电话成了热线，打来的都是新的合作方。那边的态度倒还算好，只是委婉地提示苏意放任事态发展下去，造成的损失会不小。

这些苏意自然都知道，这个事件好像就是抓着她的软肋来的，用老爷子的话说，她在个性上太板正了一些，偷奸耍滑是断断做不来的，而且太讲义气，狠不下心。

褚玉的情况她最清楚不过，一旦澄清，褚玉需要面对的不会比自己好多少。起码指责自己的只是无关紧要的陌生人，可对褚玉来说，到时候伤害的就是至亲与至爱。

突然觉得头疼，苏意抚着额头，还没想到更妥帖的办法，就接到了蒋成礼的指示：“这件事情你不必管，魏承已经在去处理的路上。”

以前分明是她四处奔波替蒋魏承救火，现在倒是颠倒过来。不过在脑子里过了一遍，苏意就想清楚了其中关节，对于蒋魏承来说，这是他巩固在蒋氏地位的机会。

本还如临大敌的苏意这回轻松下来，当即收拾了东西回家休息。

还是清晨，蒋魏承的电话就准时打了进来。毕竟人是来救火的，也或者是苏意最近心情好。林部看到苏意上车时拎着三袋加热过的鲜奶，破天荒地递给了蒋魏承。

也有份的林部受宠若惊，只觉得不可思议。

蒋魏承倒是给面子地接下了，接过就随手放在一边，而后看向她：“你怎么想？”

苏意想都不用想，脱口而出一个名字：“蒋晟。”

“爷爷和我的意思是，你最近避免和那边接触，这件事我来处理。”

必须承认，短短一段时间，他身上就已经有了蒋成礼的影子，比起一开始被局限住的状态，他游刃有余得多，说话也硬气得很。

一直定义自己是在单打独斗的苏意，忽而觉得好像爷爷给了她一些依靠，可她又迷茫得很，不是还在赌局之中吗？

“爷爷他……最近还好吗？”

蒋魏承可以算是见证了苏意和爷爷十多年的针尖对麦芒，听她关切起老人，多少有些意外。他明显感觉到，回归半年的苏意身上的刺收敛了许多，不再是冷冰冰硬邦邦的样子，有了些温度。

“你要是关心，可以自己回去看看。”

苏意背地里撇撇嘴，果然还是不能指望他会给自己透露什么消息，问他做什么。小时候他可是眼看着自己犯错都不会出声提醒的那种人，不仅如此还落井下石，好几次连累她吃了不少苦头。但凡他以前做个人，她现在也不至于这么不想搭理他。

两人一同出现在瑞希，最惊讶的人莫过于楚桐。按照以前的习惯，苏意是不愿意直接和蒋魏承联系的，更多时候都是林部联系她，她再向苏意转达。

在苏意准备进办公室的时候，蒋魏承叫住她：“我行程很紧，处理完这件事情就立刻回去，如果你有什么东西需要转达，联系林部。”

事实就摆在苏意面前，老爷子让他专程来处理这件事，目的很简单，是蒋家保护她的手段，也是在提醒那边有个限度。

“被保护”这三个字和蒋家，以前在苏意心中，是无论如何也不会联系起来的。苏意走进休息间，拿出了自己回来这几个月四处收集的茶叶，交到了林部手上。

颍川是蒋家的故土，到蒋成礼那个年纪，正是乡愁浓厚的时候，也许，多少会带给他一些慰藉吧。

蒋魏承的处理办法和苏意最先提出的一样，苏意知道后，想去阻止已经完全来不及了。

褚玉在苏意想去找她之前先敲了苏意办公室的门，表情却比苏意想象中轻松很多。

“我都知道了，你为了我差一点放弃陈述事实。”

苏意心疼地看着她：“你别把我想的那么伟大，我只是犹豫了一下，到最后要是真的被舆论骂死，我……可是还是这么做了，你，还好吗？”

褚玉往苏意手臂上轻轻打了一巴掌：“你这不是缺心眼嘛。你又没做错什么，这种一脸抱歉的表情是要怎么样？其实我昨晚就已经和我外婆说了这件事，至于男朋友，这种事情就是存在的，是既定现实，他要是接受不了，好聚好散未来没隐患。何况，蒋总也把我打马赛克了，并且公司内部的邮件也发了，我可是被保护得很好呢。”

苏意笑得有点苦：“你总是对这个世界以德报怨，很辛苦吧？”

“所有负面的情绪，从开始产生到结束，直接受害者都是自己。生活已经这么多意外了，起码要学会放过自己吧，共勉啊。”

手里的笔转了一圈落在桌上，苏意前思后想，自己历来是个睚眦必报的性子，有苦肚里吞也太不是她的作风了。

她联系了顾晴，开了些很是诱人的条件作为交换，半小时后，她收到一摞顾晴的甜蜜出游照。

被她叫来的楚桐看着手上的照片，不大确定："你真的要这么做？"

"这不是圣诞节快到了嘛，怎么的也要给我这不找事就不痛快的表哥准备个惊喜礼包吧。"说这话时，她眯了眯眼，狡猾得不行。

楚桐无奈点头，想走但还是没忍住问了问她："他……"

苏意理着手上的东西，回答得很随意："功成身退回去了呗，接下来他不会经常过来了，今年年底的股东大会，就是他的第一场大考了。"

话说到这里，苏意明知伤人，却还是想要提醒一下这个被她真正放在心上的朋友："慈善晚宴的事情，你可能要客观一点去想。你不陌生的，早几年我为了给别人下套，类似的事情也不是没有做过，这是我们家家庭教育的一部分，钓鱼的人要学会放饵。"

楚桐果然被苏意的良言刺到，叹了口气："你说的我都知道，只要能帮到他，我都愿意做，我分得清。"

苏意有些惋惜地感慨："要不是我和他关系太差，兴许我还能为你助攻一下。"

楚桐轻声一笑，没再和苏意贫嘴，正好安琦敲门进来，她便先行一步。

"蒋副总，您下午的日程安排。"

苏意接过来一看，突然有些期待。许多事一打岔，她自己都忘了前几天挂了赵禹缙的号。

南川二院一如既往地热闹，苏意戴着口罩坐在候诊区，突然觉得自己所在的地方，是一个浓缩了人很多情感的地方。

人在生病的时候，会有许多情感需要表达，这里有新生，有安慰，有鼓励，有拥抱，也有死亡、无助、绝望、离别。

丁雨霏在来来往往的时候，总是下意识会看一眼候诊区那个眼睛很好看的女性，有些好奇她口罩下是怎么一张脸。

轮到苏意的时候，她摘了口罩走进诊室，和以前打过照面的护士姐姐碰了个正着。

护士姐姐有些惊讶，看了看她又看了看还在给医嘱的赵禹缙："是你呀，牙齿又不舒服了？"

苏意不大好意思地笑了笑："想把龋齿消灭一下。"

护士姐姐从初见时，就对苏意的语不惊人死不休印象深刻，这次看她更觉得她性格活泼，和性格沉稳的赵禹缙倒是挺互补的。

赵禹缙早在系统里看到了苏意的名字，看到她也就不意外了。

苏意驾轻就熟地在治疗床上就位，赵禹缙这一找不要紧，好家伙，好几颗牙都有龋。听到结果的苏意一点都不郁闷，反而挺开心地问他："这一次需要几次治疗啊？"

赵禹缙同随诊护士说完自己需要的工具，回苏意："这几颗牙都还不是很严重，一次就能全部帮你做完。"

"一次就行？"这莫名其妙的失落是怎么回事？

显然护士姐姐也听出了苏意语气中的失望，背过身偷偷笑了起来。

赵禹缙警告般看了苏意一眼，不承想她胆子倒是大了，朝他吐了吐舌。

接下来的治疗过程，对苏意来说是享受，对赵禹缙来说就有点折磨了。

她的目光太过直接，完全盯着他的眼睛。治牙本来就是个细致活，需要精神高度集中，可她这么看着他，不免让他有些分心。

没办法，赵禹缙开口："苏意，你是想从我眼睛里确认一下自己张大嘴的样子吗？"

护士姐姐这下完全憋不住，趁着自己还没笑到不行，赶紧找了个借口出去。

苏意窘红了脸，这下不看了，圆溜溜的眼睛，瞪他。

丁雨霏端着托盘走回护士站，就看着同事姐姐笑得不行，身边闲着的小护士赶忙打听。

护士姐姐指了指赵禹缙的诊室，说："你们觉得，三个词形容咱们赵医生，可以用哪些？"

"专业、沉稳、话少。"一旁的小护士精准总结。

护士姐姐又问："赵医生如果调侃一个姑娘，说明什么？"

小护士立马掌握其中精髓，压低了声音问："里头那个，是赵医生的女朋友？"

"八九不离十，两个人倒是很配，郎才女貌一静一动。"

丁雨霏听得有些难受，越发好奇，于是她问护士姐姐："李姐，待会儿我替你进去呗，也让我看看是什么大美人'攻略'了我们赵医生。"

毕竟是抬头不见低头见，丁雨霏的心思是大家公认的秘密。以前知道赵禹缙单身，大家倒是起过撮合的念头，不过赵禹缙完全没那个意思，大家也就知道这注定是个流水无情的故事。

弄好苏意的四颗龋齿，长期保持一个坐姿的赵禹缙有点腿麻，他扯了张纸擦干净苏意嘴边的水，示意她可以起身。

苏意站直身子，晃了晃脖子，想到了怎么报他刚刚让自己犯窘的"仇"，于是腿刚麻完的赵医生，猝不及防听到苏意来了一句："你工作的时候还挺帅的。"

她撩得简直不要太明目张胆，但赵禹缙又怎么会在她面前露怯，纵然这种话很不是他的风格，他还是一板一眼地回了句："谢谢夸奖。"

苏意被他噎了噎，暗叹一定是傅和琛这几年把他带坏了。她还在心里嘀咕傅和琛的坏话，眼前人就朝她摊开了手掌。

苏意不明所以，脑子宕机地伸了个手指在他手心戳了一下。

“拿来。”赵禹缙语气带着点不容拒绝的强势。

知道了他的意思，苏意不情不愿地掏出了口袋里的水果糖放在他手心。

赵禹缙眯了眯眼，很好，居然有一小把。

接着，他又伸出一只手，眼神往苏意另一边口袋偏了偏。

被管的苏意又甜蜜又难受，不情不愿地掏出另一边的薄荷烟和打火机。

没收了东西的赵医生转身就把东西锁进了抽屉，背过身时忍不住地嘴角上扬。

“糖别再吃了，烟也戒了。”

苏意露出只在他面前出现过的委屈表情：“那我低血糖怎么办？”

赵禹缙看着她浑身上下找不出一点肥肉的身材，瘦成这样，可不得低血糖。

“按时吃饭，不要节食。”

无理取闹的人得到回应，更大胆地问了一句：“那我要是困了没东西提神怎么办？可以想你吗？”

本来端着淡定写病历的人手一抖，走字底被拉得格外长。苏意见好就收，没再刺激他的神经。

苏意是赵禹缙下午最后一个号的患者，她出门的时候，赵禹缙刚好一起走了出来。两个人一前一后，总算是让存了满心好奇的护士小姐姐们得到了满足。

从视觉上看，这一对 99 分；从甜度上看，虽然藏得很好，但是赵医生看向身边人的目光，确然是藏着深情的。

调戏了赵禹缙的苏意心情极好，看见护士姐姐时朝她笑着挥了挥手。

全程只有丁雨霏非常认真地把苏意正脸打量了好几遍。等赵禹缙再走回来的时候，就听到丁雨霏小声问身边的人："你有没有觉得，赵医生女朋友的脸，虽然不明显，但像是整过？"

若是一般人，兴许看不大出来，但丁雨霏的父母都从事这一行，从小耳濡目染，看人整没整过容这一点，她倒是很少看错。

她的话让赵禹缙心生疑惑，同时，一个隐藏已久的想法终于蠢蠢欲动。

蛇打七寸，苏意的反击十分到位地给蒋晟添了堵，当然她自己也没能摘得干净，蒋厉行一个没什么事情的电话打给她，明着是关心，暗着是敲打。

这一对比还是自己爷爷段位高，坐镇后方指点江山就好。到底是那边的蒋家子孙不够争气，在让人抓错处这方面一骑绝尘。所以蒋厉行才会着急的吧，好不容易在孙子的数量上占据了优势，却始终夺不了自家哥哥的权。

苏意脑子里过了一遍事情，躺在被窝里准备入梦。这时家门口却传来细碎的声音，好像有人在撬她的锁。

她绷着神经打开了家里的大灯，声音戛然而止。苏意探头往猫眼看了看，黑漆漆一片，什么也看不清。

大脑这个时候自动给她匹配了曾经看过的一个故事，大致是说一个独居的女生半夜听到门口的动静从猫眼里看，结果发现一片漆黑的时候才知道，是门外的人也正盯着猫眼。

苏意被这个设想惊得汗毛竖起，赶紧合上猫眼盖子，确认了好几遍门锁。所幸往后门再没有动静，她也就在极不安稳中睡了过去。

第二天晚上，苏意下班回家，家门口放着个快递盒子，她拿起来看了看，上面的信息是她本人没错。但她存了个心眼，没有把快递盒带回家，从厨房拿了剪刀在门口剪开了快递盒子。

不过只是剪开了一个口子，一群又大又黑的蟑螂争先恐后从缝隙钻出。

苏意面对一只蟑螂还算冷静，面对一群就完全承受不来，她一声尖叫，对门的阿姨就立马打开了门。

看着地上的蟑螂，阿姨眼疾手快地堵住盒子的洞，把其他的蟑螂踩死，又叫了丈夫出来，连同整个盒子都点火烧了。

阿姨帮着处理完这些东西，苏意尚且有些惊魂未定。虽然邻里之间还没说过什么话，但是阿姨多少关注过对门独居的这个姑娘。一个人住，经常披星戴月地回来。

阿姨好意提醒："姑娘，是不是得罪什么人了？这阵子自己多当点心，晚上早些回家。"

苏意吓得整张脸发白，许久才回过神道了谢。有些脱力地进了家门，苏意看看手里的剪刀，一阵反胃，急忙扔进了垃圾桶。

有了恐怖快递，苏意一整晚的情绪都紧绷着。刚到零点，门口又传来昨晚窸窸窣窣的声音。

她是真的害怕了，躲到阳台抖着手给赵禹缙发消息："好像有人在撬我家门。"

赵禹缙在小区住了多年，这个小区虽然老，但是连盗窃案都没出过。他只当是苏意找他说话的借口，回了个"早点休息"。

他消息发过去，苏意的电话立马打了进来。电话里，苏意带着哭腔：“赵禹缙，你快来，有人撬我家门。”

赵禹缙起身往苏意家看了看，她正穿着薄薄的睡衣蹲在阳台的角落里。

他忙打电话到保安室，自己快速下了楼。仿佛听到了动静，门口的声音停了，一串急促的脚步声消失在楼梯。

赵禹缙到苏意家门口的时候，门锁被撬的痕迹已经十分明显。

他拍了拍门：“苏意，是我，开门。”

门一打开，苏意几乎是整个人扑进赵禹缙怀里的。跟来的保安面面相觑，不约而同地一个看灯，一个看地板。

等苏意情绪稍微平稳下来，保安才开始致歉：“蒋小姐，真是抱歉，这个事儿您放心，我们一定会查清楚。”

保安离开后，赵禹缙看了看已经不再牢固的门锁：“找人来接你，还是我送你去酒店？”

苏意躲在阳台的时候想起了很多往事，正是完全没有安全感的时候，她仰着头泪眼蒙眬地看着他，十分可怜地扯了扯他的袖口：“你可以收留我几天吗？”

赵禹缙拿过她丢在沙发上的毯子披在她肩头，温声安慰她：“没事了，你收拾些必需品，我们过去。”

一直到赵禹缙家，苏意整个人的状态都不算乐观。但凡家里有稍微大一点的动静，她都会被惊得抖一抖。

赵禹缙读懂了她的欲言又止，在她进房间后，一直坐在客厅看教案，直到她睡着。他不是很放心，悄悄进去看了看她，一侧的枕头被泪水打湿，梦中的姑娘时不时惊吓般动一动。

他轻轻擦去她眼角挂着的泪，心里的情感在反复沸腾。他很想对她说“咱们好好的，重新开始吧”，可每每话到嘴边，心里就有一根弦扯得生疼，让他不知道究竟应不应该说。

夜里，合上门后，男人悄悄叹了口气，背靠着苏意房间的门板，站了几分钟后，他才迈步回房。

苏意天还没亮就醒了，其实还困，但是一个晚上噩梦缠身，滋味实在难受。静坐发呆了一个小时，她稍微调整好了状态，反复告诉自己，她早已不再是没有任何实力无法保护自己的小姑娘。

房门的门缝中漏进来一点光，苏意走到门口，门前一盏小灯开着，显然是赵禹缙特意留给她的。

苏意在他家慢慢逛了起来，这才发现家里很多东西其实都没有变过。墙上的记事框，本来是她留着要记两个人所有纪念日的，现在磁饼卡着他一周的工作安排。

鞋柜上摆的多肉盒子有些褪色，但依旧是她买的那个，不过多肉好像不再是以前的多肉，现在里面养着“巧克力方砖”。

苏意目光在鞋柜上停留片刻，她轻轻拉开柜子门，一众男式鞋里，一双高跟鞋尤为突出。她眯着眼认了认，原来是她的鞋子。

在她终于确定他不是真的把自己剔除出人生以后心脏好像突然被完全填满。

赵禹缙从主卧出来，一眼就看到开放式厨房里忙碌的身影。他时常叮嘱自己的患者要重视三餐，规律饮食，但自己很少做到。

这一周他的早餐基本都是一袋冷牛奶、几片面包。

苏意把做好的三明治端上桌，就看见赵禹缙斜靠在门口，看着她走神。

“发什么呆呢，洗漱吃早饭了。”

不算上有傅予祯那次，这是苏意回颍川后，第一次和他面对面单独吃饭。两个人心里都装了很多事，各自拘着。

赵禹缙清了清嗓子问她：“昨天的事等我上午的课结束，陪你去报警？”

苏意摇摇头：“我现在不能报警。视频的事情给瑞希造成了一定影响，我这阵子对外界，最好是隐身状态。”

出于对她决定的尊重，赵禹缙没再强求，但还是不放心地叮嘱她：“这两天最好不要独自出门，晚上下班晚了，给我打电话。”

苏意撑着手，问他：“开始管我的话，你会管到底的吧？”

赵禹缙没有回答她，起身从钥匙架上取下备用钥匙，给她：“如果你要回去拿东西，不要自己去，等我回来陪你一起。”

晚上，赵禹缙拎着苏意的行李箱从苏意家出来，正好和对门的叔叔阿姨碰了个正着。多年老邻居，赵禹缙他们自然是认识的。

夫妻俩看了两人一眼，便已经了然。阿姨是个热心肠，看到这个情景忙说：“这就好这就好，有小赵阿姨就放心多了。姑娘，你找没找到是谁给你寄的那盒蟑螂？”

赵禹缙迅速抓住关键词：“什么蟑螂？”

阿姨闻言“哎哟”了一声：“这种事情你怎么还自己忍着。小赵啊，阿姨和你说，你最近别让女朋友落了单，昨天晚上她回来，不知道谁在她家门口放了一盒大蟑螂，得亏我和你叔叔听见动静出来看了，你说这么一个娇滴滴的姑娘，怎么可能不怕。”

赵禹缙礼貌道过谢，扛着苏意的箱子下了楼。苏意跟在后面，摸不准他怎么比女人还善变，明明今天一整天都很温柔，到了现在却生起了闷气？

苏意没忍住，戳了戳他的腰：“你生气了？”

对，气她不把这种事情告诉自己。但赵禹缙不准备承认，闷闷应了一声：“没有。”

一头雾水的姑娘拧起了眉，洗完澡才想起来可以找褚玉讨论一下。

听完完整经过的褚玉，像极了吃瓜上头的热心网友，一连砸来好多问题，诸如：你为什么被盯上了？所以你现在住他家？你们这算是重新在一起了？一间房还是两间房？

苏意挑着问题回答她：“我现在也不知道我们算是什么关系。男女朋友，算不上，他有时候对我爱答不理的，不知道在别扭什么。”

褚玉发了个提刀的表情包：“冷暴力，渣男！”

苏意咬咬手指，回她：“但是他很照顾我，再忙都来接我下班，感觉像是在时刻保护我。”

褚玉又发了个提刀的表情包：“拒绝秀恩爱！”

恩爱？这哪里算，明明以前两个人秀起来是可以齁死一片单身狗的啊！

赵禹缙从书房走出来的时候，就看见苏意窝在沙发角落咬着手指若有所思，刚洗完的头发被毛巾裹在头顶，整个毛巾都湿透了。

“不吹头发，想感冒？”他冷着声音问。

来了来了，又是这种“苏意我看你很不爽”的语气。

苏意无辜地摊了摊手：“我没有吹风机，你家好像也没有。”

赵禹缙气笑了：“所以你大冬天也是湿着头发就睡？”

不知道为什么，但是很心虚的人傻笑了一下，她强行狡辩：“有时候睡得晚，头发已经干了，也不是很长。”

赵禹缙冷笑着出了门，是不长，但是她的头发又细又多，吹都要吹很久，还自然干。他这下倒是可以笃定苏意所谓的婚约，是两个没有感情的人拉郎配了，要不然，谁会放任她这么不爱惜自己。

赵禹缙提着新买的吹风机回来，苏意已经靠在沙发上睡着了。丁雨霏那天的话突然从脑海里钻出，赵禹缙凑近了细细打量着她的脸。虽然痕迹不明显，但他确实从中看出了整容的痕迹。

凭他对她的了解，她绝对不是那种为了好看就会在自己脸上动刀子的人，更何况她小时候的底子本来就好。

也是职业习惯，所以他下意识凑得很近，近到可以数清楚苏意的睫毛。苏意的眼睛睁了一点，好似要醒来，赵禹缙猛地往后退，没站稳跌坐在沙发的另一边，苏意要是现在醒来，就可以看到他略显狼狈的样子。

不过吓唬人的苏意只是换了个姿势继续睡。本以为自己内心已经淡定到一定境界，却差点在她面前崩盘，赵禹缙自嘲地笑了笑。

赵禹缙替她拿下了头顶的湿毛巾，开低风速为她吹起了头发。

苏意迷糊转醒的时候，就能感受到温柔的手指和风一起从自己发间穿过。彻底醒来果然看见自己的头发被赵禹缙握在手里，细细吹着。

这种感觉怎么说呢，苏意感觉自己就像是只慵懒的猫，被主人温柔挠着下巴那样地满足。

见她醒了，赵禹缙出声："脑袋抬起来，吹另一边。"

苏意笑得很讨好，看到他拿着号称吹风机中的高奢时，苏意问了一句："出门随便买了个这么好的吹风机？"

被这个不解风情的女人气到，赵禹缙板着脸回她："一共两千九百九十，记得还我。"

苏意已经开始习惯他越来越不稳定的情绪，捞起被她丢在一旁的手机，很豪气地一连给他转了六次，每次都是刚刚好的"520"。

不承想赵禹缙比她更不解风情，收了所有钱，然后把多的一分不少给苏意退了回来。

苏意看到他的操作，简直佩服，但是给他吹干头发的男人功成身退，留给她一个潇洒的背影后再没从房间出来。

次日，面对面吃瓜的褚玉捧着肚子笑足了三分钟。笑完，她拍了拍苏意的肩膀，问她："你觉不觉得，你和老赵两个人的关系，次序有点颠倒了。大学那会儿，你们两个像是如胶似漆的小两口，现在你们像是谈恋爱闹别扭。"

苏意愤愤地叉起个草莓往嘴里送："难道不是我单方面被别扭吗？"

褚玉一拍桌子："该。你现在可不就像是追女朋友的愣头青，日常就是献殷勤和被嫌弃。"

两个年纪加起来快六十岁的成熟女人，在街边小店笑得毫无形象，但这份快乐好像会传染人，因为一天工作很疲惫的店员看着她们，也笑了起来。

解决完下午茶，两个人开车在市区瞎逛。车辆随着车流转入主干道后，苏意看着后视镜，一辆黑色大众果然开始尾随自己。

从她住进赵禹缙家开始，那人找不到她的住所，开始往公司寄东西给她。不过苏意的快递都是要秘书室检查以后才会送进去的，这样一来，吓到的就是无辜的秘书们。

和公司几个高层商量过以后，一致的看法还是报警。那人不找出来，就相当于自己的身边始终埋着个隐患。但警察在公司蹲守总归还是高调了一点，苏意想了想，还是把人引出来再抓住，更稳妥一些。

两个人出来是有意为之，车往近郊开，也是和警方讨论好的。

苏意的车停在了近郊的湖边，两人下了车，紧跟着的大众也停了下来。孙晨一脸凶相地从车上下来，拿出了藏在身上的水果刀，逼近两人。

“撬门的是你，寄恐怖快递的，也是你？”褚玉看见人，已是满腔愤怒。

孙晨隔着一段距离把刀指向苏意：“就是这个女人，害我进了局子，没了工作，在网络人人喊打。我威胁她怎么了，我还要毁了她呢！还有你，你这个女人，我对你那么好，花你点钱怎么了？我大学一整个学期起大早给你买早餐，花你点钱你就要和我分手？”

面对孙晨三观尽碎的言论，苏意低声问褚玉：“他是不是脑子不太好？”

褚玉点点头并回答她：“我觉得我脑子也不太好，喜欢过什么渣渣。”

见两个人不把他放在眼里还在低声交谈，孙晨怒火更甚，整张脸扭曲到丑陋。

“孙晨，我家的地址、我的信息，凭你一个人查不到的吧，谁在你背后提供帮助，你如果说出来，我可以考虑让我的律师对你手下留情。”

孙晨眼睛先是不自然地瞟了一眼别处，随后狠狠吐了口唾沫：“我呸！我查你信息用得着别人，你别看不起我！”

没人指使孙晨这么做，苏意断不会相信，却不想孙晨也算警惕，三言两语套不出话来。没有耗下去的必要，苏意背着的手打了个手势，早已埋伏好的警察将孙晨围住。

孙晨被制伏后骂骂咧咧，平生最恨被别人威胁的苏意走到他面前，一阵严词：“你可能想不到我在什么环境长大，但我要告诉你，你现在玩的这些，是我早就看烂了的。机会给过你了，你没有抓住，这一次，你就不会那么好运了。”

孙晨笑得恶毒，看起来有些癫狂，临被带走时，他朝苏意高呼一句：“你不记得自己的身份了吗？”

你不记得自己的身份了吗？你是谁？你凭什么？

记忆深处的黑暗被放了出来，在耳边循环过的鬼魅声音从脑海中钻出，苏意霎时变了脸，却狠狠掐了自己一下，等到耳朵边不再出现幻听，她用只有自己能听到的声音，语气笃定道：“我当然知道我是谁！”

湖边重归宁静，褚玉抱歉地看向苏意：“到底是我连累了你，对不起。”

找回状态的苏意朝她笑得妩媚：“没有你，我铁定住不到他家去。那我是不是要对你说一声，谢谢？”

褚玉笑了起来：“也算是因祸得福。好吧，祝咱们早日拥有新生活。”

不给她更多感慨的时间，苏意催她上车。

褚玉看苏意就像看着周扒皮：“你千万不要和我说我们现在要赶回公司上班！”

“不，我要赶着回家炖汤！气象局发布寒潮预报，晚上开始降温，我要赶着给今晚值班的赵医生献殷勤。”

见证都市女总裁沦为煲汤小妹的褚玉轻轻叹了口气，这该死的爱情……好令人羡慕。

气象预报十分准确，天开始黑的时候，赵禹缙家的推拉门已经被风吹得“哗哗”作响。苏意把他的花草都挪进室内，看着自己家的阳台开始惆怅。

理论上来说，危机解除，她其实没什么理由在他家继续住下去。

但是虽然只有短短几天，她却贪恋这种有人在家的安全感，就像每个晚上始终亮在门前的那盏小灯一样，让她知道害怕的时候可以第一时间扑向哪里。

锅里的汤开始发出“咕噜咕噜”的声音，苏意突然想起中学时的英语周报，上面有个小故事。大致是很冷的冬天，小猪独自在家等待家人的归来，窗外风很大，小猪很害怕，于是找了一块豆腐做汤，打发时间。豆腐汤在雪夜里“咕噜咕噜”，熟了的时候，小猪等待的家人也准时回到了家中。

虽然现在想起这个故事有点无厘头，但是苏意想她或许懂得了这种感觉，寒夜，热汤，归人，组合在一起变成的那个词，叫作温馨。

苏意把汤妥帖地装进保温壶，看着赵禹缙挂在墙上的工作安排，把车开到了南川二院。

这是苏意第二次来到夜晚的医院，人依旧和之前一样，不见得少。但相对而言，赵禹缙值班的科室还算安静。

苏意敲门的时候，他正在专注地看着手上的书。

没有想过她会过来，赵禹缙有些意外。

“你上午出门穿得少，晚上降温了，我在家很无聊，所以就跑过来给你送点东西。”苏意把围巾递给他，汤放到桌面。

对自己手艺不是很有把握，苏意纠结了一会儿，说：“汤是路边买的，不好喝不关我的事情啊！”

赵禹缙打开盖子，鸡汤浓郁的香味扑面而来。他用勺子搅了一下，鲍鱼、党参，也不知道大晚上哪里买得到用料这么足的汤。

他尝了一口，故意道：“这家店不错，还挺好喝的。”

“真的吗？”苏意兴冲冲问他。

他眉头一挑，反问她：“又不是你做的，好不好喝你这么激动？”

内心开始后悔的苏意在心里吐槽自己三秒，只能嘴硬：“好喝说明我买汤的审美在线，能买到好喝的汤这可不是概率事件，这是一种能力。”

赵禹缙看看墙上的挂钟，十一点半，她带来的温暖，他全部收到了，灯光下，他的脸上流露出久违的温柔：“回家吧，不早了。”

从他嘴里说出的家敲在苏意心上，她也笑，笑得别样好看。

“我回去了，你记得喝光啊。”

“苏意……”

赵禹缙突然叫住在门口的她，那句话又在嘴边翻滚。

“车开慢点。”

到底还是没说出口，但这一次他明白一直阻挡着他的是什么了，他怕他完全给自己希望以后，她再度消失在他的世界里，这无关他是否会原谅她，而是他知道自己再承受不了她多一次的离开。

冷空气是真的来了，苏意在停车场拿到车，就发现路上已经起了大雾，能见度很低。

她缓速开着车，打起比平常多两分的精神。但路上的能见度真的太低了，不夸张地说，她感觉自己深陷雾都。她对颍川路况不熟，想了想还是先在一旁停了车，等着雾散去一点，再做打算。

苏意刚在路边的停车位把车停稳，不远处的路上就传来巨大的撞击声，紧接着，撞击声又接连响起。

冬夜人少，路上根本没有行人。路过的私家车纷纷停车，不多时就听到有人在喊：“出车祸了，快打120，快报警。”

好几辆车接连追尾，事故现场一片混乱，交警赶到时开始寻找报警人，早就候在一旁的苏意简单说明了一下情况。

第一辆出事的车是辆旅游大巴，雾太大，司机变道的时候没看清楚前面的车，刹车时车子侧翻，后面的车也就接二连三地撞了上去。

哭声、哀号声此起彼伏，交警忙着救援，忙着把伤者送往医院，现场力量有限，苏意和一些私家车主自发加入救援。

比较严重的是旅游大巴，事故发生时，很多乘客还在车上睡觉，危机来得突然，许多人都没有做避险措施。

苏意帮着医护人员把重伤者送上担架，伤势严重的女人突然用力抓住苏意的手："求求你，我的女儿，七岁，叫……叫诺诺，在，车上。"

"你放心，我会把她带去你身边的。"苏意宽慰她。

苏意找到诺诺的时候，她的胳膊和腿都在流血。苏意陪着她一起上了救护车，在有灯光的车内，苏意才发现自己的白色羽绒服不知道什么时候，沾上了大片血迹。

车祸发生后两分钟内，南川二院作为距离最近的医院，收到了消息。住院医师全体待命，以最快的速度准备好一切必需品，准备救治伤员。

知道事故发生地后，赵禹缙就揪着心，那条路是苏意回家的必经之路。

很快伤员被陆续送进来，医院忙碌但有序，每个人都是分秒必争。

苏意和诺诺一起下救护车的时候，赵禹缙正好带着护士接另一辆车的伤者。他看见苏意的衣服上全是血时，心被揪成一团，令他喘不过气。

等到所有伤者都得到救治，终于可以喘一口气的时候，值班的医生护士就见到平常少有慌乱的赵医生没有理智般一间一间找着人。

直到他看到坐在椅子上的苏意，他几乎拿出了毕生跑得最快的速度跑向她，将苏意从椅子上拉起，确认她没有受伤后，他把她紧紧抱在怀里。

今晚的经历让苏意百味杂陈，她第一次直面生命的脆弱，这种感觉太可怕了。

此时在爱人怀里，她得到些许安慰。她轻轻拍着赵禹缙的背，亦安慰起他："我没受伤，我没有事，不要担心我。"

这个拥抱可能有一分钟，或者更久。等赵禹缙松开苏意的时候，她意外发现他眼眶通红。

他拉着她的手一直把她带到自己的休息室，叮嘱她："待在这里，不要走，等我忙完，有话和你说。"

苏意反握住他的手，对他承诺："去工作吧，我就在这里等你。"

一切都归于平静，已经到清晨六点。赵禹缙面露疲色站定在休息室门口，还不等他敲门，门已经被苏意从里面打开。

他还未开口，苏意就已经给了他一个很大很大的拥抱，她把脸埋在他胸口，说："见证了，所以更明了，你们比我想象的平凡，也比我想象的伟大。"

赵禹缙把苏意带到了天台，高层看得更远，正是旭日东升的时候。

新的一天的第一束光打在脸上的时候，苏意听到他对自己说："苏意，回来吧，我们重新开始。"

苏意流着泪看他："我还是一个有很多秘密的我，我不保证什么时候可以对你说出这些秘密，我也许还会因为突然的情况临时离开，但是我会告诉你，我会回来，可以吗？"

他把她拉进怀里："只要你不再突然消失就好。"

这是他唯一一次暴露自己的脆弱，从她失踪后，他疯了一般找她，到疯了一般也找不到她。然后他越发沉默，把更多的时间和经历放在专业和工作上。

所有人都说他沉稳、可靠，那是因为他所有的脆弱和情绪，都在这个叫苏意的姑娘身上。

他不敢再回想看到她浑身血迹从救护车中下来时自己的心情。他终于认清楚了自己的心，并不是害怕她离开自己的世界，而是他根本不能接受世界里没有她。

回到家的时候，太阳已经爬得老高。绷紧的神经一旦松弛下来，连绵的困意也不请自来。苏意照了照镜子，才知道自己一身根本没办法看，这也就算了，一脸疲惫的样子哪里还有颜值！

想到赵禹缙是对着这种形象的自己告的白，苏意懊恼地头顶着墙蹭了蹭，好想申请重听一次。

赵禹缙冲完澡从房间出来，就看到苏意在和自己家的墙壁过不去。他上手拍了拍她的发顶，催她："快把衣服换了，洗个澡去睡觉。"

苏意看他，心中更是不平衡。同样是熬了个通宵的人，为什么她的眼袋都快垂到地上了，他却还是一副风度翩翩的样子。

等苏意磨磨蹭蹭洗完澡，赵禹缙煮好的两碗面已经有些坨。他坐在餐桌边等她，一手还握着文献。

"你等这么久怎么不叫我？"

赵禹缙一笑带过，放下手里的文献，催促着她快点填饱肚子。坐在餐桌前等苏意的时候，虽然拿了个文献装装样子，但他一个字都没能看进去。

浴室的门隔音不算太好，隐约能听见花洒的水声，在他等她的这一段时间里，他觉得有些不甚真实，好似还不敢完全相信，自己是真的一路牵着苏意的手回来的。

不晓得他复杂的心理活动，苏意有了自己发愁的事情。之前狼吞虎咽的时候吃得太快，几筷子就饱了，但显然赵禹缙是按照自己的饭量给她盛的面条，她看着还剩大半碗的面条，开始发愁。

不吃完好像不太好，全吃掉好像又办不到。

早早发现她盯着碗里的面条那纠结的样子，赵禹缙慢条斯理地喝光了碗里的面汤，然后把苏意的碗端到了自己面前。

熟悉的画面一下子把她拉进了回忆，大学时，好像这种场面，在南川大学的食堂里，每几天就会上演一次。

颍大食堂大师傅的水平和南川大学大师傅的水平，是不在一条线上的。苏意自打跟着赵禹缙在南川大学的食堂吃过一次饭，对本校的食堂就再也没有感情了。

有一阵子她疯狂迷恋南川食堂的爆浆鸡排，一口下去外酥里嫩，芝士流心，诱人的味道能把隔壁小学的孩子馋哭。可是爆浆鸡排是限定销售的，必须搭配米饭套餐才能买到。

可她的小鸟胃，过嘴的东西充其量只能算是尝个鲜，每次下单的时候她都信誓旦旦地拍着胸口，对赵禹缙保证一定可以吃完，但每次一份的三分之二都要靠赵禹缙解决。

赵禹缙和她在一起不到两个月，囤积的幸福肥险些令他失去男神光环。然后就是苏意的苦日子了，他和她约法三章，他替她解决吃不完的食物，她每天早晨六点起床陪他晨跑。

吃了嘴馋的亏，整整一个学期，苏意再也没有感受过睡到自然醒的快乐。

苏意双手托着脸，完全不矜持地看着赵禹缙吃完两碗面，然后就听他边收拾餐具边对苏意说：“明天开始，六点。”

手没托稳，苏意的脸差点砸桌子上。她满脸苦大仇深地问他：“我每天都忙成这样了，你不怜惜怜惜我吗？”

没了那层犹疑，赵禹缙不再压抑自己想要亲近她的想法，他端着碗低下头看向装可怜的姑娘："嗯——不怜惜。"

一个"嗯"被他拖得余味深长，放大在眼前的俊脸让苏意的脑门又开始升温。

逃不过赵禹缙的男色诱惑，苏意一大早就从温软的被窝里被挖了出来。苏意顶着冷冰冰的冬风跟在赵禹缙背后，浑身上下的细胞都在叫嚣着后悔。

工作状态下，她是一个时间精确到秒的自律人士，但是回归生活，她满心惦记的就是瘫在沙发上一动不动。

苏意正在想说辞和赵禹缙耍赖，不承想迎面跑来个身材五颗星的妙龄女子，看起来还十分熟稔地和赵禹缙打起招呼。

苏意的敏感小天线早早支棱起来，人都跑出去老远了，她还频频回望。

大学的时候，赵禹缙只认真做了两件事情，一件是学习，一件是和苏意在一起。由于他过于洁身自好，苏意从来没有过为他吃醋的经历。

一边跑步一边分心在苏意身上的赵禹缙暗自体验了一下苏意吃醋的样子，他十分快乐。

憋了整整一百米，苏意没憋住，问他："怎么没在我们小区见过呀，是邻居吗？"

赵禹缙一本正经地给她解释："住隔壁小区，比你小两岁，是我们小区对面那个瑜伽馆的老板。"

哟，知道得还挺详细。苏意咬着唇，突然就气了，本来还慢吞吞的她陡然加速，然后她给赵禹缙留了个冷漠的背影。

身后传来压抑的笑声，苏意愤愤转头，果然看见这男人嘴角扬得老高。

“哼。”

她高冷地发出个鼻音，扭过头继续加速。

诚然，在腿长这方面，苏意和赵禹缙是不大有得比的，她憋着劲儿好不容易甩开他一大段距离，却很快就又被他追上。

苏意起了较劲儿的念头，却不想被他拉住了手。终于笑够了的腹黑赵医生不再逗她，继续和她解释：“她老公是我的病人，后来经常能在晨跑的时候遇到。”

意识到自己被涮了，苏意决定在手上找回场子。还不等她把罪恶的小手伸出去，险些被掐的赵禹缙提了速，然后转过头，极其无耻地冲她喊：“加油！”

苏意跑得脸通红，眼看着他在转角处没了影子，原地停下开始叉着腰喘粗气，前一天还浓情蜜意地把她抱在怀里，今天就敢迈着大步把她甩在身后，呵，男人。

她慢步往前走，不防赵禹缙从转角突然现了身。

一个早晨一直被突然幼稚的他耍着玩，苏意不客气地捶了他一拳，可他用手掌包住了她冷冰冰的拳头，另一只手变魔术般递给她一小枝盛放的梅花。

“这样的早晨，很好。”他轻声道。

跑到赵禹缙他们科室插科打诨的傅和琛还没和人说上话，就感觉到了整个科室今日的气氛十分反常。

他敲敲护士站的台子，八卦地问道：“你们科跟过年似的，什么喜事？”

护士长指了指他身后，悄声道：“赵医生从上午上班开始到现在，嘴上的笑没有停下来过。”

傅和琛哪能放过这机会，趁赵禹缙闲了就凑到他面前去：“说说吧，今日喜从何来啊？”

赵禹缙抬眉看傅和琛一眼，完全是讲正事的口吻：“你来得正好，我有件事托你帮个忙。”

历来只有他麻烦赵禹缙的份，什么时候见赵禹缙有事求自己的，傅和琛觉得新鲜，一脸“你且说说，我且看看”的欠揍表情。

“苏意五年前不见的事情，好像另有隐情，我知道你有办法，你帮我查查看，那个时候她是不是被威胁离开的，有没有受伤。”

否则他还真想不到，有什么理由会让她离开，又让她像这样努力地回到这里来。

傅和琛掏掏耳朵，不可置信：“都开口了，你就只查苏意受没受伤？既然都是要查，你把所有的事情查查清楚，不是更好吗？”

赵禹缙有条理地说着自己的分析：“她在特定的情况下会表现出应激障碍，我怀疑是不是那个时候，她受了威胁留下阴影。至于其他的，我想等她自己告诉我。”

傅和琛一脸佩服地朝他比了个大拇指：“她以前那么对你，你还能尊重她到这个地步，我服气。等着吧，我想办法帮你查查。”

蒋氏庄园里，刚到家的蒋魏承就被叫进了书房。

蒋成礼负手站在窗户前留给他一个逆光的背影，从光影的缝隙里，蒋魏承突然觉得，这个从他进这个庄园以来，就始终把握绝对权威的老人，如今已有些颓态。

“你三爷爷那边，指使了人去恐吓那丫头。虽然人已经被抓了，但想必她吓得不轻。”

他说这话的语气和心情蒋魏承品不出来，但从老人手上鼓起的青筋看，蒋魏承猜他有怒意。

“蒋晟那边，确实给苏意下了很多绊子。”蒋魏承就事论事。

蒋成礼转过身来，拄着拐杖走到他面前：“你到现在还不肯承认她的身份，到底存着什么念头？”

鹰隼一般的目光直直盯着蒋魏承，他面不改色，口吻平淡不已：“我怎么称呼她，并不影响她的身份，您认为她是谁，那她就应当是谁。”

蒋成礼好像将要发怒，但只是又背过了身：“你是在替她抱不平？”

蒋魏承欠了欠身，态度恭敬：“您看得明白，我和她曾经是恨不得把对方踩在脚下的关系，我怎么可能替她抱不平。”

老人笑出声来：“你和她都是我教大的孩子，谁是什么品性，我比你们自己都要清楚。你别着急回答我，你看完桌子上的东西再说。”

蒋魏承打开桌上的文件袋，里面是厚厚一沓照片，不同的场景不同的动作，唯一相同的就是每张照片上，苏意都笑得自然真实。

蒋成礼有些唏嘘：“我从没见过她开心成这样，三年前，她凭自己的本事坐到你现在这个位置的时候，不同的，也只是晚上多吃了一碗饭而已。”

蒋魏承把照片原样放回，一副与自己无关的态度：“这些落到三爷爷手里，苏意有苦头吃了。”

“我的孙女，就算是犯了错，也由不得外人插手。现在我问的，是你的态度。”

蒋魏承从始至终情绪毫无波动：“与我无关的事情，我没有任何态度。”

“唉！”老人重重叹口气，走回椅子上坐下，“你去休息吧，叫你楚叔进来。”

“我活了这七十多年，差不多有五十年的时间，是说一不二、无人敢反驳的。没想到临了遇上这两个，一个刺猬般自损八百也要扎我一下，一个行事滴水不漏但该违背的，也不曾犹豫过。”蒋成礼和楚叔感慨。

楚叔认同地点点头，随后宽慰他：“虽然窈窈喜欢和您反着来，但这孩子面冷心热。魏承从小到大性子过于阴冷，却也是很孝敬您的。”

“这偌大的家业，眼红的人不知道有多少，我自以为一直在庇护他们，但又何尝不是因为我，他们才需要承受常人承受不了的压力和苦处。”

哪怕服侍了蒋成礼多年，楚叔也很少看见过他这种时候，像是疲倦了又像是在质疑自己，数得过来的，只有三次。

一次是窈窈的父母车祸去世，一次是窈窈被绑架，还有一次是今天。

蒋成礼站起了身，对楚叔交代了三件事：“借着股东大会的机会，把那丫头叫回来一阵子，还有那丫头喜欢的那个孩子，想办法让他见我一面，另外，明天把孙律师叫过来。”

楚叔有些震惊地看向他：“您是要……”

蒋成礼摆了摆手，示意他出去。

孙律师是蒋氏律师团的一把手，他所有的工作里，最最重要的一项，就是立老爷子的遗嘱。

走到花园时，楚叔抬头看了眼落日，余光虽足，但改变不了缓缓下沉的现实。

# 第八章
## 七月花

**“没想到你耍起流氓来，也还挺流氓的。”**

坐满了人的阶梯教室里，坐在最后排的苏意听着自己一窍不通的内容，有些无聊地偷偷拿出手机，偷拍认真讲课的赵禹缙。

赵禹缙当老师的样子，苏意还是第一次见。但她想，要是她上大学的时候，给自己上课的老师像赵禹缙这样，那她肯定堂堂不落。

他本来就是衣服架子，不管是白大褂，还是今天的烟灰色呢大衣，总能被他穿出旁人没有的气度。但如果说视觉是一百分，那听觉上就是一百二十分。赵禹缙声音清朗，一口标准普通话，加上他逻辑缜密条理清晰，这哪里是上课，这分明就是享受。

和她隔着几个位置的女生看在眼里，替她着急——赵禹缙虽然是年轻讲师，但是练就了一双火眼金睛，这么拍，是会被发现的啊姐妹！

热心同学想了想，冒着被批的风险扯了张纸给苏意递字条。

在赵禹缙转过身写板书的时候，苏意被纸团砸了个正着，看清上头的内容，她笑了，提笔回了热心同学，还往纸团里塞了颗小糖果。

大概是一颗糖果，让热心同学和苏意建立起了友情。在知道苏意只是来陪人上课以后，误以为苏意对赵禹缙很有好奇心的同学，开始主动给她分享赵禹缙的信息。

没想到赵禹缙还有这么可爱的学生，信息嘛，不听白不听，两个人便开始你来我往地传起了小字条。

突然，前排传来窃窃私语，有字写得快记完笔记的同学抬了个头，就看见从来不在课堂上碰手机的赵老师正拿着手机，好像是在发消息。

苏意放在桌子上的手机“嗡嗡”振了两下，她解锁一看。

我男人：“上课偷偷拍我可以，但不要影响我的学生听课。”

被抓包的苏意草草结束了和热心同学的字条交流。

终于等到了下课，苏意避开人流和赵禹缙在约好的地方会合。赵老师沾着粉笔灰的手还没来得及洗，抱着一沓讲义站在秃了头的树下，身形笔直。

她刚站定在他面前，他的手就像装了自动识别装置似的，精准无误地从她口袋里掏出两颗水果糖。

下一秒，苏意的脑门就被他弹了一下：“牙齿不要了？”

摸着额头的苏意打算来个绝不认账：“不瞒你说，我也不知道自己的口袋里有糖果！”

“是吗，是谁把糖果藏在纸团里，分享给别人的？”

这也被看见了？苏意一脸不可置信：“一个教室一百来号人呢，我坐最后一排你都能看清楚，我突然不知道该羡慕你的学生还是该替他们惋惜。”

苏意忙着感慨，没注意赵禹缙脸上一闪而过的不自然。

两个人约了今晚在外吃饭，可他下午三节大课，晚上又在医院轮值，先忙完的苏意就溜到了她的课上等他。

打她坐在教室里面起，认真讲课的赵禹缙在思维停顿的间隙就会下意识往她那边看去，虽然在他的课上学生开小差被抓的概率是百分之七十，但是苏意那些细微的动作都能被他发现，真相是他一直都在关注着她而已。

苏意挽着赵禹缙的手和他一起往停车场走，还没走出几步，傅和琛欠揍的声音就从身后响起。

自打苏意成了正牌女友，总算有了把傅和琛当“情敌”的底气。毕竟自从他知道两个人复合之后，就没少干硌硬苏意的事情。

护短的赵禹缙也拦过他几次，可怎么都想不到这个无赖的男人每次的态度都是不听不听。

次数多了，两人的梁子也就结下了，此后但凡是碰上，都免不了互呛几句。单论嘴皮子，傅和琛不见得会输，但他亏就亏在赵禹缙明显偏心，而苏意除了赵禹缙，还有个褚玉做帮手。

结果傅和琛回回一挑三，回回惨败。

听说两个人要去吃火锅，傅和琛的眼睛立马就亮了，意在蹭吃蹭喝的他偏偏场面话说得漂亮：“两个人吃火锅多没意思啊，火锅这种美食，就是要人多抢着吃才有味道。”

谁是奔着吃火锅去的啊喂！你知道两个忙成狗的人要过二人世界多不容易吗！

苏意很想找块豆腐一掌把傅和琛拍飞，却听见赵禹缙对她说：“你不是说褚玉今晚要在公司加班到很晚，叫她一起出来吃个便饭怎么样？”

他冲苏意眨了眨左眼，苏意目光在傅和琛身上扫了扫，顿悟。

几日后的某个晚上，手捧一杯热牛奶的苏意窝在沙发里，屈着手肘戳了戳陪在她身边，但是目光就没从电脑上离开过的赵禹缙。

“你说，傅和琛对褚玉，是几个意思？”说完，她抿了一口牛奶，浮在面上的奶泡沿着她的唇围了一圈。

赵禹缙看着她恍若未察的模样失笑，犀利道：“大概是你一直以来，对我的那个意思。”

苏意瞪圆眼睛：“他要追褚玉啊？”

闻言，赵禹缙挑挑眉，支着右手状似为难地揉了揉太阳穴：“哦，原来你一直在追我啊。”

都追到手了谁要承认这个，尤其他那拉长了语气的“哦”，分明存着故意要她害羞的坏。

苏意转移话题：“傅和琛没少得罪我，我一定要当他追褚玉路上的绊脚石！”

她对着空气挥了挥拳，样子要多傻有多傻。说出去谁会信呢，蒋氏雷厉风行的继承人，业界传闻继承了蒋成礼七分狠三分辣的孙女，谈起恋爱来像个小傻子似的。

细碎的灯光打在苏意脸上，一圈奶白泡沫格外打眼。赵禹缙眯了眯眼，一手抓住她盘在头顶的丸子，把她的脸扭了过来。

他指了指自己的嘴唇提醒她。

苏意疑惑地眨眨眼，这暗示，是要她献吻的意思吗？

虽然恋爱早就谈了，结婚证也打过了，但毕竟中间差了那么几年，破镜重圆没几天就……还怪不好意思的，而且他……怎么变得这么直白了，当年明明是牵个手都要她主动的啊！

见她毫无反应，赵禹缙又点了点嘴唇。

苏意咬咬牙，严格来说，当年没领离婚证，两个人的关系至今都受法律保护，亲就亲吧，拘泥个啥。

仿佛是抱着只要速度足够快，时间就记录不了她主动亲他。苏意蓄了个力，眼疾手快揪着赵禹缙的衬衫前襟，一拉，他的脸就凑到近前，一亲，苏意的奶白胡子完美复制粘贴在赵禹缙脸上。

也不知这大冬天的，怎么突然这么热，苏意抬手扇了扇风，趁赵禹缙还在发呆的工夫，打算躲去房间透个气。

人才刚站起身，赵禹缙有力的手就把她拉到了自己身边。灯光下她的脸透着绯红，煞是好看，薄薄的嘴唇错愕微张，赵禹缙没有犹豫，捧着这张脸，吻了下去。

苏意觉得自己有点缺氧，像是踩在轻飘飘的云端，像云团拖着她往上飘去，飘离了大气层，飘进了太空。

她一睁眼，宇宙的星星转着圈圈发着光，映进眼中，星光璀璨。

群星璀璨里，是赵禹缙晶亮的眼睛，苏意读着里面的情感，有珍视，有呵护，还有爱。

从没被这么亲过的苏意在赵禹缙放开她的时候，斜靠在赵禹缙身上喘气。

她夸他："没想到你耍起流氓来，也还挺流氓的。"

被流氓的赵禹缙又揪住了她头顶的丸子，一脸明明就是你调戏我的表情："不是你先下口的吗？"

嘿，做了还不敢认了嘿！苏意大胆上手掐住赵男神的脸蛋："是谁点着嘴唇一直暗示我的？"

赵禹缙抓住她的手，十分诚实道："其实我只是想提醒你擦掉嘴唇的奶沫。"

哦，敢情是自己会错了意。苏意假咳两声："其实，以后你直接说，会更明白点。"

只见赵医生在胸前环起手，有点懒懒地斜了斜身子，看上去七分风雅三分邪魅："好像你误会起来，我也不算吃亏？"

你这分明是赚了，你还得了便宜还卖乖。这回美男计也不管用了，不反击不是她苏某人的作风。

于是，苏意很板正地问了一句："其实我有一点点好奇，不多，就一点，你亲我的时候，会想到我张大嘴巴被你治龋时候的样子吗？”

旖旎暧昧顷刻间荡然无存，赵禹缙端茶杯的手顿住，而后那杯茶再也没端起来过。扳回一局的苏意伸了个懒腰再慵懒地窝进他怀里，还不忘指使他：“给我手机打个电话呗，我好像找不到它了。”

手机铃声从沙发缝中传出，赵禹缙看着屏幕上跳动的“我男人”三个大字哭笑不得。忘了这茬的苏意赶忙抢回手机，再回头就看见他支着手看她。

苏意脑中飘出一句话，她想都没想就说了出来：“亲都亲了，你还不认啊！”

她以为赵禹缙会回答点什么，却不想换来了他的沉默。

气氛突然冷了不少，直到苏意的电话响了起来。

她接起电话走到一边，也没避开赵禹缙，低声唤了句：“爷爷。”

电话那头，老爷子不再中气十足，语气有些倦怠：“让你楚叔给你订了下周的机票，一会儿航班信息会发到你邮箱。”

“是出什么事情了吗？”苏意感觉突然。

“你回来就知道了。”

蒋成礼电话挂得干脆利落。

苏意回头去看赵禹缙，他已经又把精神集中在了电脑上。

乔森轰炸般一连给他发了十几条消息，每行三个词，并且以三个感叹号结尾。

连起来看，就是他和赵禹缙一直尊为神话的行业前辈下周在乔森他们学校开一个学术级的交流研讨会，而乔森很给力地为赵禹缙要到了参加研讨会的邀请函。

这对他来说，着实是个很诱人的机会。但他看向苏意，有些踌躇，那时他也是跟着老师去参加了一个交流会，新婚第二天，再回来她就不见了。

苏意看着他面上来回切换的复杂情绪，尽管抱歉，但还是开了腔：“我爷爷召唤我回趟家，挺远的得出国，这一趟要回去多久我也不是很确定，可能几天可能一两周……”

“去哪里？”他问她。

苏意说完国家名，赵禹缙面色柔和许多：“下周在那里有一个学术研讨会，我也会去参加。”

他的话让苏意瞬间开心起来，但是开心不过几秒她又有点颓丧：“我们可以一起去，但到机场就得分开走。可能，我也不能经常溜出来和你见面，在那边，我一言一行受关注得多。”

见她如此坦诚地对自己解释，赵禹缙心中阴云散开不少，他拍拍她的额头：“我是去学习的，兴许比你还忙。”

知道他是在反过来安慰自己，苏意头枕在他的腿上，感慨：“要是以后还有机会的话，我一定要好好带你逛逛那里。下午三点海岸线浪花泛白，一杯啤酒作陪，可以在海边待到黄昏。夕阳开始红的时候，就会有很多新婚夫妻在那里拍婚纱照。我也很想有一天，大大方方牵着你的手，光着脚在那片沙滩上，从日落时开始走向灯塔，走到灯塔底下，正好是灯塔亮起来的时候。”

她像是在勾勒一个美好的梦境，声音越说越低，再后来她也沉入梦里。

赵禹缙把人打横抱起，抱回客卧。

一个人返回后，他查起那个国家，原来她不见的五年里，就是生活在这个看似和他毫无牵扯，却也能联系起来的地方。

虽然不知道被临时叫回去的原因，但无事不召是苏意和老爷子的一种默契。

瑞希的事物不再那么冗杂，但苏意不保证要去多久，也只能多做打算，一连几日都忙着先处理好要紧的事物，而赵禹缙也调了班，两个人一时之间比之前忙了不少。

好不容易下班早，苏意拎着小手包路过楚桐办公室，她正伏案不知忙些什么。

苏意靠在门框上敲了敲，随后走了进去。

“感觉最近你比我还忙，是不是我给你们的压力太大了？”

楚桐笑着合上了电脑：“也就是装装样子，总不能你在加班，我们比你走得更早吧。”

“少来。”苏意拨着她桌上的摆件小球，“老爷子叫我回去，你要不要趁这个机会和我一起？你也许久没回去了吧？”

楚桐看了看桌面的日历：“算上今天，满两年了。”

“想家了吧。我给你订机票，楚叔楚婶看到你回去，不定多高兴呢。”

苏意拿起手机打算订票，楚桐忙阻止了她：“别了，你跑了，我再跑了，一堆事情可就真容易乱了。你安心回去，我在这里给你坐镇。”

“那我可真的完全没有后顾之忧了，你要是有要捎回去的东西，我帮你带。”

楚桐推着她往门外走：“不必啦，看你这满脸欢喜的样子，赶紧去享受下班后的幸福生活吧。”

等苏意走了好一会儿，楚桐才重新打开电脑，等她把邮箱里的东西一一看完以后，她独自一人静坐了半小时。半小时后，她拨出一个电话：“见一面吧。”

离出发的日子还有三天的时候，帮赵禹缙收拾行李箱的苏意对着他款式统一的半箱子衣服纠结良久，还是拉着他跑到了商场。

作为天生的衣服架子，不多穿一点好看的衣服怎么行呢，既对不起身材也不能惠及大众审美。

买衣服从来是三分钟搞定的赵禹缙久违地陪苏意逛街，被她硬逼着试了七八套衣服后，他开始理解傅和琛每次被抓去陪他妈妈逛街时那种悲壮的表情。

苏意看着不同颜色款式的大衣穿在赵禹缙身上，只觉得看了一天文件的眼睛在一瞬间被洗了个干净。

付款时她毫不吝啬，掏出银行卡就是一通刷。

导购小姐从业多年，通常见的都是霸道总裁拿出一张卡，给女朋友刷长长一单，倒是少见有女性这么给先生买单的。

“苏・霸道总裁・意”付完款后，看着面露疲惫的赵禹缙，问他：“要不再给你买几双鞋？我觉得你的鞋子都不太长在我的审美上。”

一时之间，赵禹缙觉得导购小姐看自己的眼神更怪了。

他拎起七八个纸袋，揽着苏意的腰把她带出门店。

“再买下去，我一年的工资都被你花完了，这些衣服，平常工作也不是很方便穿。”

苏意拍拍胸脯：“我给你买的嘛。”

感觉自己被包养的赵禹缙腾出手捏了捏她的鼻尖：“钱多也不是这么花。”

苏意持反对意见地摇摇头：“以前我穷得只剩钱，但现在不一样了，我有你呀，所以我不对你好对谁好。”

一句“我有你呀”完美地取悦了赵禹缙，而他不知道的是，苏意后来又在心里默默补了一句：或许以后，我就只有你了。

蒋魏承走进蒋氏庄园大门时，正巧看见孙律师提着包离开。两人在阶梯打了个照面，便见孙律师面色凝重地离开了。

蒋魏承走进家中，正见老爷子从书房走出，坐在了客厅的壁炉前。

窗子外已经开始飘雪了，老爷子看起来有些疲惫，掀起眼皮看了蒋魏承一眼，交代他："窈窈明天下午的飞机回来，你去机场接她。"

似乎是没料到老爷子临时把人叫了回来，蒋魏承停顿两秒反应了一下，答了一声"好"。

晚上用晚餐，趁着老爷子独自去庭院散步的时候，蒋魏承把楚叔叫到了自己的房间。

"老爷子最近身体还好吗？"

他虽然年轻，可眉宇之间有着一股子霸气，饶是把他当半个晚辈看的楚叔，在面对他问话的时候，偶尔也免不了被他的气场震到。

"前些日子刚看过体检报告，老爷身体一切都好，您不必太过担心。您是因为遇见孙律师才问的吧？"楚叔的表情看不出任何端倪。

蒋魏承头也没抬，吩咐他："以后老爷子的体检报告，让医生给我这里也送一份。他的饮食，让营养师再多上点心。"

等楚叔快走出门的时候，蒋魏承在后面嘱咐他："今天说的，别告诉老爷子。"

楚叔面上带着笑，这爷孙三人，倒还真都是一个脾气，面冷心热。不过，蒋魏承倒是挺令楚叔意外的，他原以为这个孩子早已经没有了心。

飞机高度稳定在平流层底部的时候，苏意塞起耳机，拉下眼罩开始睡觉。

实在是因为太无聊了，本来以为赵禹缙坐自己边上，她能拉着他一起看个电影什么的。没承想赵老师勤学好问，为了给参加研讨会做准备，在家都整理那么多资料了，却连在飞机上的时间也不放过。

耳畔传来平稳的呼吸声，赵禹缙按铃叫来空姐，给苏意拿了一条毯子。

苏意一觉睡得精神十足，直接睡到了前一天的下午。她喜欢时差的这一点，就是往地球自转反方向飞的时候，总觉得时差的那几个小时是自己赚到的。

身边的赵禹缙不知道从哪里拿出来一副眼镜戴着，本就文质彬彬的样子看起来更是斯文，越发有社会精英的样子了。

机内广播开始提醒飞机即将降落，苏意看着包里的墨镜叹口气，好像到了这里，就又背上了枷锁。

两人按照原定计划，下了飞机就不再同行。

机场熙熙攘攘，赵禹缙一走出来，就看见乔森很高调地举着牌子等他。乔森是在颍川留学时和赵禹缙认识的，毕业后就回了国，算起来，两人也有两年多没见过面。

习俗问题，乔森见到久别老友也不管他适不适应，当即就给了他一个热情的拥抱。在两人叙旧的同时，只见一直蹲守着的几家媒体开始兴奋起来。

赵禹缙循声望去，正见比他落后一些出来的苏意正戴着墨镜大步走出。她好像补了个口红，偏正红的颜色让她气场大开，整个人迈步出来的时候，就已然成为镜头的目标。

苏意稍稍拿开了一点墨镜，在赵禹缙看着她的时候，快速朝他眨了眨眼睛，随后又把墨镜戴好。不等记者上前采访，就已经有事先在出口等候的保镖自动把她护在中间。

蒋魏承的气场很难让人忽视，所以苏意在和赵禹缙眨完眼睛以后，便看见了他。机场即秀场，见她走来，蒋魏承很自然地接过她的行李箱，亲自帮她拖着。

哪怕苏意事先再三强调，告诉赵禹缙他所见的一切都是按照剧本作的秀，但亲眼见到以后，赵禹缙觉得，有点不爽。

这边苏意和蒋魏承坐进了车里，先前的温馨秒散。

苏意摘了墨镜随手丢在一边，问他："老爷子叫我回来为了什么，你知不知道？"

一般蒋魏承对这些问题是不会理的，但是他过了一会儿，回答她："前几天碰见孙义成拎着包从家里出来。"

"孙义成？你的意思是，老爷子立了遗嘱？"苏意略拔高了一点音调。

回到庄园的时候，草坪上还立了个胖乎乎的雪人，一看就是给她立的。苏意虽然表情很冷，但眼中带笑。

她一看就知道，这是楚桐母亲的杰作。刚到这里的时候，她排斥一切，觉得自己孤零零凄惨得很，又成天被锁在屋子里，正赶上个寒冬，从窗子看出去，除了雪连抹绿都看不见。

后来楚婶就带着楚桐在院子里堆了一个雪人，一直到冬天结束，雪人都在她看得见的地方，陪着她。

抬步迈入熟悉的大门，苏意感慨这个大厅的金碧辉煌始终如一。老爷子坐在壁炉前等她，不知是不是烤火的缘故，看起来满面红光，精神矍铄。

"爷爷。"苏意叫他。

平常严肃的老人今天好似心情不错，他拄着拐杖慢步走到苏意面前，脸上还带着点笑："回来啦。"

哪受过这种待遇呀，苏意都有些受宠若惊，一直扶着老爷子陪他走到了餐厅。

苏意回家正好赶上晚饭，许久没被启用的大餐厅里，一尘不染的长桌上被摆得满满当当，上面放着十二副餐具和远远超过三个人分量的食物。

看这阵仗，苏意不解地想从蒋魏承那边得到一些解答。不想当她看过去的时候，蒋魏承那张冰山脸上也浮着一层疑惑。

蒋成礼在主位上坐下，他看着自己面前还无人落座的长桌，想起了很多年以前的画面。

那个时候，这张长桌也略显空荡，全家人都坐下了，但还是缺了很多位置，可没有现在给人的感觉空。

苏意和蒋魏承分别落座以后，蒋成礼招来了忙碌的楚叔楚婶，让他们一同入坐。

尽管为蒋家服务多年，但是很少和老爷子同桌吃饭的两人收到邀请之后，本能地忐忑。苏意摸不准家里现在唱的是哪一出戏，安安静静坐在位置上，静观其变。

她总感觉这种架势，老爷子像是要宣布大事，却没想到这是一顿连句交流也没有的晚餐。

家中大厨的水准一直在线，苏意这顿饭吃得心满意足。可毕竟当她踏上这块土地的时候，浑身的细胞都已经做好了“战斗”准备，不管什么时候都要做到眼观六路耳听八方，这已经成了基础技能。

她看着整张长桌，楚叔楚婶坐的是客席，她和蒋魏承虽然挂着未婚夫妻的名头，但是没按照那样的身份坐在一起。

就餐完，蒋成礼叫了楚叔陪同去庄园内散步，楚婶重新忙碌起来，只剩下苏意和蒋魏承大眼瞪小眼。

“今晚的这顿饭，你有没有一点看法？”苏意问他。

蒋魏承施舍了苏意一个目光，淡淡道：“你心里不是有答案了吗？”

苏意挑了挑眉：“你也这么想？”

蒋魏承松了衬衫第一个扣子，整个人看起来随意了一点：“用了整整十五年没有用过的家族聚会长桌，十二套餐具，他，祖母，你的父母，她，你，我，我们三个各自的家庭成员，楚叔楚婶。”

“你确定是这个意思？”

蒋魏承像是看白痴一般看了她一眼：“要确定的答案，你该去问老爷子。”

苏意冷笑，不再尝试和他交谈，直接回了房间。

算起来苏意也有好几个月没有回来过，久没人居的房间倒是依旧干净整洁，明明一连下了好多天的雪，但枕头被褥好似有阳光的味道。

苏意的房间里没什么与少女有关的摆件，和卧室相连的书房里全是书，步入式衣帽间里全是衣服，但大部分都是定期送来但她从不触碰的。

苏意的手在衣服上一一滑过，在这种时候，她总是会有不真实的感觉，就像是一场梦。

几不可察地叹了口气，苏意拿了睡衣走向浴室。楚婶在浴室放了新的熏香，味道很好闻，就像盛夏太阳炙烤后，海面吹来的风的味道。

她整个人滑进浴缸里，透过清澈的水看向顶上的玻璃灯，不由自主开始想，如果是她的话，在这个家里，是一种怎么样的状态呢？

是自在随意，还是像她一样，找到个机会就想把自己藏在角落，苏意把头伸出水面换气的时候想，应该是前者吧。

她光着脚走回卧室的时候，赵禹缙的消息发了进来。

大概是他提过的乔森正在热情招待他，他给苏意发了一张夜景照，苏意认得图片上的地方，是个环境不错的空中酒吧。

想了想，苏意回他：“我刚洗完澡，准备睡觉了。”

她消息刚发出，赵禹缙的电话就打了过来。她秒接，却发现他那边不是想象中的热闹。

“回家还好吗？”他在电话那头问她。

听到他的声音，苏意就觉得心中糅杂的那些乱七八糟的情愫淡了很多。她不自觉地带着点笑：“好像还好，虽然今天发生的一些事情有些不同以往。”

“他，也在？”

“谁？”苏意没懂他有些迟疑的问句。

反应了一会儿，苏意才想到他问的是蒋魏承，也算坦白地说：“他十岁的时候就被爷爷收养了，这里算是他的家。不过我们从小到大的关系都很差，所以……”

那头的赵禹缙轻轻地笑了起来，风马牛不相及地说了一句：“我好像有点醉了，乔森比读书的时候能喝。”

“你明明一点都不能喝。”三杯就醉的人哪里有什么酒量啊。

被她吐槽的赵禹缙心情好像更好，开始给她交代自己的行程：“明天会和乔森一起去他家农庄，后天开始研讨会，一共三天。研讨会结束以后，会再留一天，就要返程了。”

苏意没漏掉他说完以后短暂的沉默，像是在给安全感一般，明知有点难，但还是问他：“研讨会结束第二天，我们要不要……约会？”

好像只是从她的话中，就已经得到了自己想要的答案，赵禹缙放低的声音透过听筒传来，撩得苏意耳朵酥酥麻麻。

“好好睡，晚安。”

时常在这张床上睁眼到天亮的苏意，这一觉睡了很久很久。

她下楼时，已经快到午饭时间。蒋魏承意外地没有去公司，正坐在客厅和老爷子下象棋。

从没有在这个庄园睡到自然醒的苏意总觉得老爷子要瞪她了，但没想到他只是看了她一眼，又专注起眼前的棋局。

楚婶倒是满脸疼惜小辈的慈爱表情，见苏意起来了，端出了一直温在厨房的早餐。

这气氛未免太过奇怪，苏意咬着包子的时候暗自琢磨，这种场面有点像……对了，像是家中爱睡懒觉的丫头起来，看见自己的爷爷和哥哥在下棋，没有人责怪小姑娘起得晚，好像这只是许多个早晨里的一个。

家？她居然会有这种不可思议的感觉。

盘中的早点楚婶减了分量，应该是怕她吃得太饱错过等会儿的午餐。等苏意吃得差不多了，那边的棋局也散了，老爷子起身时唤了她一声：“到我书房里来。”

苏意站在书房，这里面的摆设多年如一日，唯一多了的，是墙上挂着的一幅芭蕾少女油画。

“您找我回来，是有什么事情？”

可能是老人愈见花白的头发让苏意不忍，终于在他的面前乖觉起来。

蒋成礼看着苏意，虽然她脸上的表情和以前一样，看起来是冷漠的，但这一辈子识人无数的蒋成礼，还是明显感觉得到，这丫头的心不再像以前那样，如石头一般。

“看来你在颍川，过得不错。”

苏意抬了抬眼，诚实道：“确实比在这里自在一些。”

“哪怕你三爷爷他们想着法子害你，你也觉得比在家里好？”

“您都……知道了？”

老人拄着拐杖，略有些费力地坐到书桌前：“以后遇到了这种事，不用你自己出面解决，那边不比家里安全，瑞希，你就不要再管了吧。”

“不行。”苏意急声拒绝，“您和我打赌了的，一年的时间，根本还没有到。”

老人审视她：“还是因为那个男孩子？他有那么重要吗？”

“蒋氏之于爷爷有多重要，他之于我比这重要十倍。”苏意掷地有声，说得很绝对。

好像原本还好的气氛又被她的反应破坏，不是她的本意，所以她有那么一点点后悔自己语气强硬。

但蒋成礼没再继续这个话题，反倒是从抽屉里拿出一个邀请函给她：“芭蕾舞学院寄给你的。出去吧，既然回来了，就好好休息几天。”

苏意可以断定，好像这次让她回来没有任何原因，基本上可以算是想叫就叫了。

她翻看着邀请函往房间走。这十五年来，芭蕾舞学院每年都会给她寄一张邀请函。原因再简单不过，因为这个芭蕾舞学院是老爷子创办“舒窈基金”资助的一所非营利学院。

学院的孩子很特殊，都是无声天使，无法说话也无法倾听。十五年来，这所学校帮助很多因为先天缺陷被父母抛弃的孩子实现了人生价值，而芭蕾舞学院的出名不仅仅是因为蒋氏，更因为最近在国际上颇负盛名的芭蕾舞演员乔安娜。

苏意打开了自己许久没有打开过的柜子门，一套绣满了碎钻的芭蕾舞裙被妥帖收纳在里面。

她晃了晃手上的邀请函，最终还是决定出席。

下午时分，赵禹缙一个人在这个陌生的国度闲逛，街头的异国音乐，挽着绅士的优雅女士，还有环境安逸的深冬公园悉数闯入眼中。

赵禹缙寻了一条长椅坐下，正对着公园喷泉。雪还未有要化的迹象，所以公园几乎成了孩子打雪仗的乐园。

无需思考的时光是最惬意的，赵禹缙闲适地看着孩子们在雪地追逐，一位老人步伐吃力地走到了他面前。

赵禹缙本能地往一旁让了让，给老人腾出大半椅子供他坐下。

“谢谢。”老人很绅士地对他说道。

没有什么比在异国听到母语更令人感到亲切，赵禹缙看着老人，笑了笑算是打过招呼。

老人主动打开话匣：“你是华人？”

自己说话时，赵禹缙始终很有礼貌地看着自己，这让老人对他的印象不错。

赵禹缙笑着解释：“我只是来参加一个研讨会。”

“哦，你是个学者。”老人恍然大悟般点点头。

“您误会了，我只是个需要学习的医生。”

“是医生啊，很伟大的职业，但一路成长起来，不可避免地会见证很多生命的流逝，很辛苦吧？”

赵禹缙没有和陌生人交心的习惯，但对方是位慈眉善目的老人，他还是很谦逊地回答：“我们其实也只是平凡人罢了，只是敬畏生命，尊重生命，尽可能地挽留或是延长生命。”

两个萍水相逢的人在长椅上有一句没一句地聊着，很多时候都是老人问，赵禹缙回答。慈祥的老人让赵禹缙想到了自己的外公，所以面对他时，也格外地有耐心。

只不过老人看起来对他的好奇心很强，看似普通的问句，却好像都是在挖掘他这个人一样。

许久，老人站起身来，准备离开。

不远处，调皮的孩子扔雪球失了准度，眼瞅着就要砸向步履蹒跚的老人，赵禹缙快速起身，替老人挡了一下，不料这个雪球的角度刁钻，不偏不倚砸在了他空空的脖颈上。

雪循着衣领钻了进去，冰得他本能地抖了抖。赵禹缙不忙着清理衣服里的雪，而是扶着老人，护送着他走到了没什么积雪的大路上。

“年轻人，谢谢你。”

老人朝他扬了扬帽子，表示感谢。

赵禹缙微微欠身，目送老人离开。

在家养了两天精神，苏意开车去了芭蕾舞学院。以前凡是工作上遇到比较棘手的问题需要冷静思考的时候，她都会跑来这里，所以这里可以算得上是这个国度最让她感到自在的地方。

她刚走进舞蹈教室，一群正在练基本功的“小天鹅”就朝她跑了过来。她们不会说话，所以就用最灿烂的笑容表示对她的欢迎。

正在教导基本功的乔安娜见到苏意，也很热情地走上前来，给了她一个十足友好的拥抱。

苏意朝乔安娜打手语：听说你又获得了一个奖项，恭喜你。

乔安娜比画着回她：见到你真的很高兴，这一次的汇报晚会，如果你不介意的话，能否来担任我们的开场演员？

苏意吃惊地张了张嘴：以我的实力，我担心我会搞砸整个开场。

乔安娜笑，拿了苏意尺码的舞蹈服和鞋子递给她：虽然你没有选择成为芭蕾舞演员，但是你的实力不输专业舞者。

苏意盛情难却，尤其是乔安娜发动“小天鹅”们眨着亮晶晶的眼睛助阵。

见苏意答应，孩子们用鼓掌和蹦跳代替欢呼，拉着苏意的手，邀请她加入接下来的舞蹈排练。

许久没有跳舞，但好在她一直坚持练瑜伽。当她换上衣服以后，许多年前就被她扼杀在心底的梦想终于可以偷偷跑出来逛逛。

苏意这个下午过得很快乐，赵禹缙给她打电话的时候，他可以透过她的笑声，脑补出她眉眼带笑的画面。

“真的这么开心吗？”

苏意在雪地里转了个圈：“你想象不到跳舞的时候有多美好，身体轻盈得让我觉得自己可以飞起来。”

赵禹缙很想问她，既然喜欢的话，为什么一开始没有坚持自己的梦想。却又想到了高中那次，两个人关于未来的对话。

“我决定为汇报演出开场，你要来看吗？”

他虽然不明白她究竟有什么难言之隐，但还是为她考量：“我可以去吗？”

其实自己最希望的，就是在精美的舞台上，跳一次舞给他看。不是高中那次的随意，也不是大学时候的别有目的。

苏意看着天空又碎碎飘下的雪花，回答他：“我最想跳给你看。”

到了汇报晚会那天，赵禹缙早早到了剧院，苏意给他留的位置很低调，但视野极好。苏意候场的时候从幕后偷偷往外看了一眼，果然自己还是一眼就能找到他。

但令她意外的是，爷爷居然也来了。明明基金是他设立的，资助也是他的决定，但这么多年他从未在汇报演出的观众席露过面，因为和芭蕾有关的一切，关系到他的一个心结。

正式候场的时候，苏意找回了她的状态。

今天演出的这台芭蕾舞剧，对她来说意义有一些不同，虽然这是个大家从小都听过的童话——《灰姑娘》。

整个舞剧，是乔安娜编排过的，和故事的发展不同。苏意所跳的开场，是单独被拎出来的，灰姑娘因魔法变成公主的片段。

当舞台漆黑一片时，苏意趴在冰冷的地板上，几乎不用情绪的带入，她就觉得她是在跳自己的故事。

与煤灰和小鼠做伴的灰姑娘，终日辛劳，舞步仓促却有序，在道具间回旋。她灰头土脸，仿佛被世界遗弃。热闹的舞会、精致的糕点、华丽的衣裙通通与她没有干系。

舞台留给她的是黑暗，像是生活，也像是未来。

空中撒下银粉，优雅的仙女教母挥舞着魔法棒，许诺要给她一个美好的夜晚，她会成为吸引所有人目光的公主，由豪华的马车送入皇宫，英俊帅气的王子会朝她伸出手，带着她在众人面前翩翩起舞。

她还会成为话题的中心，所有人眼中的焦点，一直到魔法结束。

赵禹缙目不转睛地盯着台上，苏意在他看来，像是误入黑暗的天鹅，在灯光中张开翅膀，旋转，大蹲，分腿跳，每一个动作被她跳到她所能的极致。

她足尖点入盛满金粉的玻璃盆，跃出时，脚尖在空中画出一道金粉构成的弧，灰姑娘得到了她的水晶鞋，将要开启一场人人羡慕的梦。

但赵禹缙没有看错，也是这个时候，有一滴泪从她眼中滴落。

童话里，灰姑娘是希望参加舞会的，而她不是。

苏意觉得自己好像完全跑进了故事里，心中压抑了多年的委屈随着舞蹈难度的增加越发膨胀。

她问自己，倘若她是童话中的灰姑娘，那她真正想要的是什么？

好像无关所有的华丽与梦幻，她羡慕的，是灰姑娘有做梦的权利。

灯光在头顶不停地变换着角度，舞台陷入短暂的黑暗，苏意退场，芭蕾舞剧正式开演。

或许这是自己最后一次登台的机会，苏意有些不忍换下舞裙。她坐在化妆镜前，看着镜子里头戴羽毛的自己，眼前浮现出另一张脸，和镜子中的自己重合。

她笑，她也笑。

她说，我恨你；而她说，谢谢。

短暂的梦幻终究要在现实中清醒，化妆间的门被叩响时，已然是一副精干面貌的苏意穿着一套干练的洋装，走了出来。

来人在苏意身侧低语几句，继而苏意从侧门走到了观众席前排坐下。

从赵禹缙的角度，正好看见她和一个头发花白的老人交谈，心知那便是她的爷爷。可他也疑惑，当年落魄到时常填不饱肚子的苏意，究竟为什么摇身一变，成了如今这光鲜亮丽的样子。

向来吝啬夸奖晚辈的蒋成礼在苏意坐定后开口："跳得不错。"

苏意有些错愕，回的是另一句话："我以为这种场合，您不会来。"

当年自己十几岁开始学习芭蕾，是他逼着学的，但从不观看她表演的，也是他。苏意明白老人这么做的原因，反抗只是因为自己心里的那股韧劲，不希望被磨灭掉所有的个性，可没想到她会真的喜欢上芭蕾。

仿佛被苏意的话触及内心，老人叹了口气："到了我这个年纪，有时候会开始质疑，自己以前做过的一些事情，究竟是对，还是错。”

从不曾低头过的人居然也会反思，苏意觉得稀奇，想要再问点什么，老人却又把注意力重新放回了台上。

一个多小时的舞剧，说长不长，说短也不短，等全场灯光亮起时，苏意没漏掉老人脸上的一丝疲惫。

果然岁月对任何人都很公平。

芭蕾舞学院毕竟不是盈利机构，也多少有老人的授意，这场舞台剧针对的都是实实在在喜欢芭蕾的观众，没有宣传，也没有采访。

难得不用应付镜头，苏意乐得自在，但还是下意识地搀扶着老人上车。以往外界对她的定位都是乖觉孝顺的孙女，所以在外人面前，这是她的职责。至于人后，苏意晓得，老人身边是不缺人的，没有她，也有的是人表忠心。

但是这一次，苏意清楚且明白，她好像在某一个瞬间，确确实实地把老人当成爷爷去孝顺。

会有这种想法，苏意自己也觉得不可思议。毕竟在她被作为接班人培养的日子里，从来没有拥有过的，就是亲情。

把老人送上了回家的车，苏意悄悄给赵禹缙发了信息。

赵禹缙到苏意说的地方时，眼见着她又换了一套衣服，宽宽的围巾遮住半张脸，不似跳舞时优雅，也没有后来那么精干，变得日常又真实。

舞剧结束的时候，苏意上台和演员们合了个照，那时候她笑容得体，举止都带有名媛该有的气度，但赵禹缙最懂她，他读懂了她眼中的情感，像是演员在完成自己的戏份。

下了舞台，苏意就很想见他，在确定自己现在的样子不会被人认出以后，苏意毫无顾虑地跑上前，扑进了他的怀里。

赵禹缙被她的举止惊到，却也觉得很受用。他到达了他所不知道的这个，关于她的神秘世界，他的到来应该是隐秘的，而她没有顾忌地奔向了自己。

他把怀里的人圈紧，吻了吻她的头发。

苏意好像在撒娇，蹭了蹭他的手臂，瓮声道："我好累啊。"

赵禹缙失笑，哄她："你今天特别好看，比那年新生晚会上的你还要好看。"

这是他第一次主动提及过去，苏意怔忪间，说出了心里话："其实，我一直很想像今天这样跳舞给你看的，很早以前就想了。"

她前几天就说过一次，赵禹缙虽然不解其意，但仍顺着她的话说："嗯，我知道。"

"我觉得，如果可以选择，那会是我想要的人生，可如果不是现在的人生，我好像没有机会接触到那个想象中的人生。"

就是这种时候，她像是周身笼罩迷雾。明明可以触碰到她，却不知道她背后藏了多少故事。每当这时，赵禹缙就觉得自己有些无力，能做的只是把她的手握得更紧。

两人牵手漫步在异国街头，苏意觉得自己今天实在感慨良多。但这是多难得的一次约会经历，合该做点什么。

想了想，苏意问他："你想不想去喝酒？"

见她兴致冲冲，赵禹缙没有拒绝。但他想不到，她所说的喝酒，竟然是在他叫不出名字的山顶公园，喝从便利店买回来的平价起泡酒。

山上风大，气温比山下低不少，赵禹缙想着把自己的外套脱下来给她披上，不防她开了瓶盖就抱着酒瓶钻到了他怀里。

感觉今天的她分外不拘泥，以前虽然明戳戳撩过他不少次，但最多也就是主动拉起他的手，投怀送抱还是极其少见的。

赵禹缙打趣她："平常怎么不见你这么热情？"

苏意咽了酒，咂咂嘴："你真的不能多待几天再回去吗？"

原来是他明天要回国，她舍不得。

不想承认，但不可否认，和苏意在一起，他其实是很没有安全感的。有时候恨不得把她牢牢拴在自己身边，一抬头就能看见她，可他又十分清醒地知道，不是他想，就可以走到她的面前。

是否能如此亲近与密切，决定权在她手中。

苏意干了一小瓶酒，解下围巾蒙住了赵禹缙的眼睛。他任由她捣鼓，直到她说话。

拉下眼前的遮挡，入目是簇簇盛放的小焰火，她就站在贴地的焰火丛中，对他笑出了一口白牙。

赵禹缙大步走向她，她牵起他的手，在他左手食指上，套上了一枚很简单却很精致的戒指。继而，她像献宝一样掏出藏在衣服里的项链，对他晃了晃："我的在这里。"

仿佛被求婚，赵禹缙难得地受到了震惊。他张了张嘴，半天说不出一句话，回神时，只记得苏意说："如果有一天我一无所有了，你一定一定不要放开我啊。"

远程航班最终还是把赵禹缙带回了自己的国度，没他在，好像冬天的城市就失去了一半生机。尤其是她每天赋闲在家，无所事事，最大的任务就是陪老爷子打五禽戏。

偌大的蒋氏，由蒋魏承一个人顶着，三餐都不一定有时间吃，常常半夜回来，黎明出去，平常那么冷漠的一个人，好像被倦意消磨了些气场。

不知是谁的意思，连她主动打电话到瑞希，相关的负责人都只是说：“公司一切都好，您尽管安心休假。”

仔细琢磨了两三天，苏意终于发现了不对。趁着老爷子午睡醒来的工夫，她开门见山：“您遣我回来，是有什么计划吧？”

老人审视的目光在她脸上转了转，语气不知算夸还是算骂：“反应过来了？倒是也还不算晚。”

需要她不在才能完成的计划，苏意脑子里过了一遍，能得出的答案不多。要么是算计她，要么是算计别人。

虽然还拿未来打着赌，但苏意笃信老人不会违背自己的原则，不是算计她，那么就是算计别人。

苏意脑中灵光一现：“三爷爷？”

老人答非所问：“你被欺负的事情，为什么不说？”

好像说了就会有用似的，明明她需要承担的这一切，都是蒋家继承人这个身份带来的，不管是好是坏，她都只能一并接纳。

像是看穿了她的心事，老人叹了口气：“瑞希那边，我会尽快找人接手，你如今就暂时在家里好好休息吧。”

“我不同意。”苏意语气坚决，“您和我的赌局还没有结束，何况当前的局势，我赢面很大。”

老人声音也严厉起来：“那你想没想过，他们要是对你下手，你全身而退的概率又有多少？”

苏意看起来有股子傲气：“十年前的事情，我还没找机会算账呢，这一次但凡他们再做点什么，我可要连本带息讨回来。”

这股子天不怕地不怕的闯劲，是蒋氏继承人需要有的，但是，蒋成礼比谁都知道，硬碰硬的下场往往是两败俱伤。

苏意执意要回去，原因不必多说。

老人叹了一口气，问她：“那个人对你真的那么重要？他知不知道你为什么出现在他的世界，知不知道你为了回到他身边，究竟面临着什么局面？”

见老人语气有所软化，苏意也终于说了一回心里话：“爷爷，在没有他的任何一个地方，我都觉得，心是冷的。有的东西，蒋氏给不了我，钱也给不了我，除他之外的任何人，都给不了我。”

老人背过身去，不再看苏意。本以为这场谈话很徒劳，但苏意没想到第二天，自己拿到了老人给她的机票。

苏意为能够立马回去见到赵禹缙而开心，但心中总是莫名其妙有一种异样的感觉，这种感觉在见到蒋成礼时尤为特别。

辞行时，苏意揪着衣摆，暗自酝酿了很久，才道出发自内心的关切：“您在家，多保重。白天也少喝茶，要不您晚上总是睡得少。饭也多吃点，要是传出去富可敌国的蒋老先生顿顿吃得还没一个小姑娘多，可有的是人笑话您了。”

老人板着张脸，语气半点不客气：“赶紧走吧，啰唆。”

不让她回去的是他，现在赶她的也是他，苏意算是体会到了为什么有人说老人如小孩儿。

车子驶离蒋氏庄园，送苏意出门的楚叔走回来向老人汇报：“车子已经开出去了，您如果不想让她回去，赶在去机场前，还能拦得住。”

老爷子是真的累了，声音小得像是在自说自话：“那天在剧院，她跳舞的时候，我第一次看她那么难过，也第一次看她那么快乐。”

赵禹缙下班回到家，天已经擦黑。上楼时他没注意看，一打开门，家中灯火灿灿，暖色调的灯光把整个家都烘托得异常温暖。

苏意围着个围裙，在厨房忙碌，奈何水平十分有限，端上桌时，也就是两碗热气腾腾的面条。

从看到她开始，赵禹缙连日来因为她不在身边而空荡荡的心终于满了起来。

在她还在准备配面条的小菜时，赵禹缙走到她身后，搂住了她的腰。

苏意觉得自己和他突然有了点夫妻的味道，其实这也是她想象过无数次的画面之一。

他的脸埋在她肩胛，说话时呵出的气让她有些痒。

“偷跑回来的？”前几天她还告诉他爷爷的态度不明。

苏意躲了躲脖子的痒痒，挥着锅铲很是嘚瑟：“我可是光明正大回来的。”

发现了她怕痒，因为恋爱变得有些幼稚的赵医生故意对着她的脖子呵了好几口气，她躲不过，和他闹了起来。

正是温存的时候，却不料家门传来了动静。秦素提着给赵禹缙送的食物走进来，就发现自己好像进来的时机不对，自家儿子的手还搂在姑娘腰上。

虽然已经是个年纪不小的成年人了，被母亲看到这种场面，赵禹缙登时觉得浑身上下都有些不自然。最为尴尬的当然还是苏意，她也不知道怎么解释。

好在秦素善解人意，但她看向苏意的目光远不如之前友好。她放下东西，也不打算多留，只嘱咐了赵禹缙一句，让他明天回家一趟。

“感觉今天的阿姨对我好像不是非常满意。”

赵禹缙也察觉到自家母亲的不对劲，但还是安慰苏意：“别多想。”

两个人中规中矩地吃完面条，苏意把自己家的钥匙交给了赵禹缙。

“房子我租了长期，一时半会儿退不了，家里前阵子养了些花草，你有时间替我照料照料？我最近可能要住酒店。”

最近两个人相处时，苏意比以前坦诚得多，能解释的一一不落，不能解释的，她不说，赵禹缙也就不再问。

虽然内心满是猜测，但他还是接下了钥匙，应允了她。

苏意心里是一百个不愿意住到酒店的，本来住得这么近了，两个人见面的时间也有限得很。

可自打知道自己可能又要被对付了，保险起见，苏意还是觉得自己要暂时和赵禹缙保持一点距离，起码不能让他走进那些人的视线中，换个地方住，那些人的视线就不会集中在这个小区。于她自己而言，毕竟是自家酒店，护着她的人总是更多一点。

但苏意想不到躺在酒店大床上的她竟然辗转反侧了两个小时，都还没睡着。思前想后，她给赵禹缙发消息：“离赵医生13千米的第一天，想他想他想他。”

他的电话立马就打了过来。

苏意看看床头的电子钟，凌晨三点半，她怯怯开口：“我是不是吵醒你了？”

他确实已经睡着了，但她的消息一进来，他就被特别提示音惊醒。尽管如此，他还是极力否认：“没有，我还没睡。”

低哑好听的男声从听筒传入耳朵，苏意拢了拢被子，朝他道：“我睡不着，我们聊天吧。”

尽管是她说的聊天，却迟迟没有开腔。赵禹缙起了话题，说着说着，两个人就说到了她不在的时候，他都做了什么。

赵禹缙低声和她说起这五年自己的生活，是她好奇的，所以开头她听得很认真，但奈何他的声音实在催人，她听着听着，就在低哑嗓音的撩拨下，萌生困意。

到最后，赵禹缙听着电话那头的呼吸声失笑。记得大学时，她和同学去外省参赛，比赛前一晚认床睡不着觉，两个人就各自焐在被窝里小小声说话，也是她先睡着。

后来他骗她说，她在梦里打起小呼噜，自己还录了音，唬她乖乖陪自己去图书馆自习了半个月。再后来褚玉揭穿了他的谎话，气得苏意追着他跑了半个操场，他哄了许久才哄好。

如今两个人的情感好像都在朝那个时候趋近，那时纯粹的初恋与悸动，不加掩饰便能够让对方充分接收到爱。

赵禹缙觉得自己心底软成一片，十分珍重地和她说了一声晚安，而后把未挂断的电话放在枕边，再度睡去。

第二日，赵禹缙奉母命，回了趟家。

他到的时候，父母都在等他，家中气氛有一些严肃。

赵禹缙坐在父母对面，看着这有一点三堂会审的架势，坦然地先开了口："我确实恋爱了，和苏意。"

秦素看着自家儿子的目光有一些复杂，这一切缘起于赵禹缙这次出国时，自己在傅家无意听傅予祯说漏嘴，她才知道原来五年前，赵禹缙就偷偷和苏意领了结婚证。

后来她逮着傅和琛问了半天，这一问，那些事情就全都知道了。

怪不得赵禹缙曾莫名颓废过一阵子，原来是因为这个姑娘突然失踪。

"她现在有一个未婚夫，你知不知道？"赵绅彦拿出了严父的架势。

"我知道……"

自己的孩子是个什么样子的人，他们最了解。历来想到他，做父母的都是骄傲的，因为这世间很多美好的词汇都适合他。可他居然因为一个姑娘，妥协到这种程度，两个人心疼得不行。

秦素和丈夫对视一眼，得到了对方肯定的目光。纵然知道话一出口定会伤害到他，但她还是咬咬牙，问了出来。

“那你，知不知道，苏意的母亲就是你父亲那场医疗事故中的死者？”

秦素知道这个纯属巧合。赵禹缙让傅和琛帮忙去查些事情，惊动了傅家长辈，得到了母亲的授意，傅和琛查起事情来高效得多。

还没得到这些消息的赵禹缙乍一听到母亲这么说，脸上的表情难以形容。还是决定把选择权交给他自己，秦素权衡再三，十分客观地叙述事实。

“你高三的时候，那个姑娘转学到你班上，目的也并不单纯。”

赵禹缙从家里走出来的时候，沉默非常。有了这样的事实依据，当年苏意的很多举止都有了合理解释。

她对所有人冰冷，却唯独对他热络。在他把她当成很重要的人以后，她又突然冷漠起来。

赵禹缙不愿深想，脑子里却不受控制地产生了许多疑问。

那年她高调地出现在他面前，接近他，让他爱上她，领证后又消失得毫无痕迹，是她报复的一种方式？那现在呢？现在她的归来，是不是她意犹未尽的另一场报复？

# 第九章
## 月见草

**她问他：“你会放开我的手吗？”**

一连多日，苏意联系赵禹缙都变得有些艰难。虽然她的电话他不忙时无一漏接，但每次他的声音都透着一股子疲惫。本逐渐升温的感情好像又莫名其妙地冷了下来，让她一时之间有些迷茫。

心早就飞到他的身边去了，奈何躯体还不得离开。和川行第一阶段的合作取得了不错的效果，大半年的努力，终于让瑞希这棵被虫子咬过根的大树开始开花结果。

一大早开完高层会议，从会议室走出的每个人面上都挂着喜色。苏意留在空无一人的会议室抻了个懒腰，浑身上下说不出的畅快。

这种感觉很早以前有过一次，那时候是她第一次在蒋氏所有董事面前证明了自己的能力，终于让所有质疑她的声音变小。

从财务部做的半年度财务报表上看，瑞希等待的这个时机，显然已经到了。苏意看了看电子日历，时间不多不少，刚好九个月整。

离她功成身退，只剩下三个月了。那时，便是天高海阔。

消息一早便传到了地球的另一端，正坐在花园晒太阳的蒋老爷子看着纸质报表，脸上是不加以掩饰的赞许。

楚叔跟在身边，脸上也满是笑意，他紧着老人的心意夸：“窈窈在商业领域，果真得您真传。”

老人想笑，但是先咳了起来，等气息好不容易平稳后，才道：“当年我们闯这商海，是要敢想、敢做、敢拼。出手要快，要刀刀落到实处。这丫头眼光毒辣，也有耐心和毅力，这一点倒是青出于蓝，可惜心不够硬，软肋就多。魏承和她恰恰相反，如若两个人联手，偌大的蒋氏在他们手上，定然会有更好的前景。”

楚叔跟在老人身边多年，早就琢磨透了老人每个表情每句话底下的情绪和意义。

这样看来，苏意这个继承人的位置，怕是她想抛下，都未必能如愿。

不出楚叔所料，三天后，苏意就收到了一份股权转让书，数额不大，百分之三，但加上苏意手上现有的股权，她已经是仅次于老爷子的最大股东了。

十分突然的股权转让，让苏意完全摸不到爷爷的套路。正在和苏意讨论下一阶段宣传重点的楚桐看到股权转让书也蒙了，问她：“你上次回去，就是为的这件事？”

苏意摊手耸肩：“我回去在家足足休养了两个星期，连蒋氏大厦的门都没进过。你说这难道是爷爷体恤我多年操劳，给我的年终奖？”

楚桐笑得十分勉强：“我怎么看，都觉得这个大饼是要坐实你继承人的地位。”

对这一点苏意倒是很放心，她拍拍楚桐的肩膀，笃定道：“怎么看这个赌都是我赢，你担心的事情不会发生的。”

下午还要出席一个活动，现在正是瑞希塑造品牌形象的黄金时期，苏意不敢马虎，回了休息室亲自挑选起出席活动的装束。

等她的身影消失在休息室的门内，楚桐有些颓然地垮下脸。

活动是和川行共同举办的，重要程度可见一斑，两家的老板都到了现场。傅淮川在人群中始终保持着成功人士该有的样子，与他并肩而立的苏意虽然年龄小他一些又是女性，却也不遑多让，整个人全程气场在线。

香槟沿着香槟塔潺潺而下，二人轻轻碰杯，苏意同他感慨：“和你一起喝过很多次酒，感觉这次最痛快。”

在傅淮川眼中，赵禹缙和傅和琛一样，都是自己的亲弟弟。自打知道苏意和赵禹缙的关系，他就时常观察起苏意。

他太知道像是苏意她们这种世家千金，喜欢和婚姻，往往会迫于家族压力，被要求分得清楚。实话说，在他看来，其实苏意并不算是适合赵禹缙的人。

如果她不想，赵禹缙就抓不住她。可他又太清楚赵禹缙的秉性，从一而终被赵禹缙贯行到底。或许多少是有点同病相怜的经历，两兄弟在感情这个话题上交流得多一些，傅淮川也知道原来赵禹缙在苏意失踪的几年里始终如一，是因为早就做好了，即使她不再出现，他也不想再去爱任何人的打算。

这种年代还有这样的人，傅淮川觉得，确实是难得到让人觉得犯傻了。

但没有哥哥不希望自己的弟弟好，最近的事情在傅淮川脑子里过了一遍，他还是忍不住出声提醒：“我听说，禹缙已经连续一个多星期，都没怎么好好休息过了。他的科室，少见有忙成这样的时候。”

苏意知道赵禹缙忙，从两个人通话时间越来越短就开始察觉了。但她没想到他会忙成这样，打定了主意晚上要去找他，却不想刚准备出门，就被酒店门口突然蹿出来的两个保镖拦下。

两个人的出现吓了苏意一跳，直到弄清楚这两个人是爷爷安排来保护自己的，这才觉得哭笑不得。她也不是身怀巨款或是粉丝千万，居然还有了私人保镖的待遇。

看来上午收到的股权转让书，就是老爷子抛出来的诱饵了。到底是准备动手除去蒋魏承一路上最大的威胁了。只是居然会顾念到自己的安危，这让多年来不晓得为蒋魏承挡下多少冷箭的苏意，心头乍然有些不适应。

保镖的态度很坚定，完全贯彻老爷子的指示，委婉提醒苏意，近期内最好减少在外界活动的次数，活动范围越小越好。

苏意觉得老人有些过度紧张，嘴上答应着回到了酒店套房，心里却在盘算着要怎样悄悄溜出去，看看赵禹缙才好。

思来想去，救兵也就只有楚桐一个。往常对老人的指示毕恭毕敬的楚桐这回倒是很讲义气，拖着刚加完班的身子跑了过来，给她指了“走后门”这么一条明路。

苏意偷偷跑出来以后，内心雀跃。感觉有点像是青春期的少女背着家长偷偷去找恋爱对象，想着他见到自己的时候有多惊喜，现下心里就有多开心。

晚上八点，苏意到了赵禹缙家门口。在楼下时她张望了一番，屋子里黑漆漆的，她索性坐在台阶上等他。

赵禹缙披星而归，正巧看见坐在楼梯上的人，哪怕心中对她情绪复杂，但还是憋不住关切：“这种天气，地上多冷。”

苏意满心都是见到赵禹缙的快乐，毕竟是热恋时隔了快半个月才见上一面，她也不矜持了，当下就抱住了赵禹缙，语调很是轻快：“见到我你开不开心？”

赵禹缙没回应她的热情，开门把她带进了屋子，而后兀自走向洗脸池。苏意只当他是有些累，也不在意，自己在沙发上找了个舒适的位置坐下。

茶几上还摆着她专用的马克杯，苏意盯着看了一会儿，突然想到了不久前沙发上的那个吻，登时觉得面颊发热。

她敲了敲自己的脑袋，暗骂：“苏意你是女流氓吗？”

这时候，洗漱好的赵禹缙走了出来。家门口看得不仔细，现在在客厅的大灯下，苏意肉眼可见赵禹缙面色憔悴，看着像是很久都没有好好休息过一样。

她心疼地絮叨了很多话，起身拉着赵禹缙在沙发上坐下，又自告奋勇跑去厨房煮了一碗面条给他。

从进门到苏意煮完面，赵禹缙一言未发，沉默非常。饶是再理解赵禹缙疲惫的苏意也终于察觉到了不对，她看着对眼前的面条迟迟不拿筷子的赵禹缙，不大确定地问他：“发生了……什么事情吗？”

赵禹缙心中天人交战，这些天里他一面想着她，一面又非常担心接到她的电话。只要一闲下来，许许多多的想法就在大脑里横冲直撞，让他脆弱也让他害怕，所以他尽可能地让自己忙起来，却还是在很多个夜晚睁眼到天亮。

问，还是不问？

如果她的回答和自己心中最不愿面对的那个相同，他不敢保证自己能够做到冷静自持。

眼前苏意在追问，因为他的状态太过反常。

赵禹缙看着她的脸，最终做了决定。

还是问吧，若终究有个结局，长痛不如短痛。

“你的母亲是苏玥。”

淡淡低哑的嗓音，肯定的句式，让还欲关心赵禹缙的苏意整个人静止下来，许久才找回自己的声音。

她抿了抿唇："对，苏玥是我的母亲。你……调查了我？"

苏意不知道如何言说自己当下的心情，一个声音在说"他似乎都知道了"，另一声音却说"原来他并没有真正信任过我"。

赵禹缙的表情很淡，有点像两个人在医院第一次见时，他问诊自己的模样。

"高三那年，你转到我们班，是冲着我来的对吗？"

室内安静了几分钟，苏意有了决定，既然他已经知道了，那么她就解释。

"是，那时候我已经关注了你大半年。"

赵禹缙觉得自己的心被她的话扎了一下，忍着疼继续问："后来你突然冷淡，到大学时一直追在我身后，也并不是因为你喜欢我。"

苏意很想否认，但他说得不错，她点了点头。

赵禹缙突然抬头看她，直视着她的眼睛，仿佛想确认她没有在说谎："那你是什么时候喜欢我的呢，或者，一直到现在你都不曾真心喜欢过？"

"不是的！"苏意抓住了他克制到握拳的手，"虽然不知道你为什么会知道这些，但是我承认，那时候接近你，是我动机不纯。可后来，我没有按照原先的打算走下去，是因为，我发现，自己喜欢上你了，离不开你了，不想要再去报复谁了。"

赵禹缙像是累到极致，连声音也陡然弱了下来："离不开我的你，也离开了我整整五年。"

本来见到他满心欢喜的苏意，感觉像是被一盆冰水浇了个透心凉，她所有的少女情怀在此时通通消失，取而代之的，是她最厌恶的那种蒋舒窈该有的笃定与了然。

"你……不相信，对吗？"

沉默在两人之间流淌，久久。

苏意把他的手握得更紧："其实，我回来以后，重新查过了的……"

重新查过，那就是到现在也未必彻底释然。

赵禹缙有些难过地闭上了眼睛，打断了苏意的话："我觉得，我们都需要一点点时间，来审视一下我和你之间的种种恩怨。"

像是绷着的弦毫无预兆地断裂，苏意有些反应不过来，内心被恐惧牢牢裹住。

她问他："你会放开我的手吗？"

赵禹缙被她的问题问到苦笑，难道不是应该他来问，如果我想抓紧你，我有可能做到吗？

他站起身，手从苏意的手心滑出。

"不早了，我送你回去。"他说。

苏意早就知道，自己早晚有一天会要和他坦诚所有一切的。也能料想到，他知道一切以后，会生气，会怀疑或愤怒。所以她一直在等待一切尘埃落定的时候，把这个很长也很复杂的故事慢慢说给他听。

她相信那个时候知道一切的他，会谅解她，但不是现在。她和赵禹缙走到这里，已经是两个人费了很多努力，耐心修补出来的，好像真的很甜，却也足够脆弱。

毕竟她始终没有给到他很有说服力的信心，现在，或许丁点也没有了吧。这样，她好像再无计可施。

苏意觉得自己再面对他，可能会忍不住哭出来。

她伸手摸了摸他疲惫的脸，笑得有些妖娆："我自己回去就好，你好好休息，如果你想好了，告诉我。如果，你不想再相信了，我……"

到底说不出口，苏意连落在沙发上的包包都来不及拿，快步跑出了赵禹缙家。

晚上九点多，路上稀稀拉拉几个人，迎面吹来的风很狠劲，刮得人面颊生疼，痛觉神经带动全身，好像哪里都不舒服起来。

这大抵就是背负着秘密的人的无奈。她背负的秘密太多了，所以一下子解释不过来，也无法解释。

苏意做了好几个深呼吸，自欺欺人地安慰自己："不打紧的，误会会解开的，他只要再等我一小会儿就好。"

很累，想躲到角落里大哭一场。

苏意随手拦了辆车，坐上后座，低声交代了去向。

车子中控落锁，副驾驶突然转过来一个人，蒋晟笑得有点鬼魅，像是毒蛇吐出芯子："堂妹，这么晚在大街上闲逛，无处可去的话，一起喝杯茶怎么样？"

赵禹缙在客厅里站了很久，天知道看着苏意跑出去一副快哭了的模样，他多想追上去把人圈在怀里。

可他的理智一直在警醒着他，告诉他，自己经受不住的，比起她突然不见的痛，更让他承受不了的，是她说，她不爱他，从没爱过。

与她的一切都历历在目，她的娇嗔，她的害羞，都让他几乎确信，这是相爱的模样，但他还是害怕，很害怕。

手机来电提示刺耳，走去拿手机的时候，赵禹缙发现自己站了太久，已然双腿发麻。

电话是苏意打来的，他犹豫了两秒，接通。

听筒里传来交谈，多数是一个男人的声音，那声音听着让人觉得很不舒服。

隔了一会儿，他听见苏意怒喝："蒋晟，你这是绑架！"

紧接着，电话中断。

赵禹缙再拨过去，电话已经显示关机，大脑飞速运转，联系到苏意突然住回酒店，赵禹缙暗道不妙，一颗心慌到狂跳，几乎是夺门而出。

气氛诡异的车内，蒋晟抢了苏意的手机，瞥了一眼通话界面，随后把苏意的手机关机，在车子驶上大桥时，随手抛进江中。

“‘我男人’，呵，平常看你和蒋魏承那貌合神离的样子，原来连这个都是在做戏，你们两个还真的有情。”蒋晟冷嘲热讽。

见他没有怀疑通话人的身份，苏意放下了心，他以为自己打给蒋魏承就好，这样赵禹缙就不会有危险了。

但其实，方才确实应该打给蒋魏承比较好，可不知怎的，这种时候她想到的只有他，因为潜意识里，她知道自己只有他。

苏意脑子里飞速想着对策，一面和蒋晟周旋：“我想，为了避免到时候场面闹得太难看不好收场，喝茶这种事情，还是选个白天好一些吧？”

“呵，”蒋晟不屑冷笑，“堂妹是在嫌弃我面子不够大吧。”

“想来，你是蓄谋已久了，怎么，已经忍不住，到了要撕破脸的时候了吗？”

越是不知道蒋晟要做什么，苏意反倒越是冷静，这种时候她最大的目标，是要自救。

蒋晟十分市井地吐了口唾沫：“等一会儿我倒是要看看，你究竟凭什么本事，敢有这么大的底气和我说话。如果你爷爷知道，因为你，他把持了一辈子的商业帝国将拱手让人，他会不会恨不得杀了你呢？”

到底还是为了蒋氏，那便不只是蒋晟自己这么点本事能做出来的事情了，苏意神色冰冷，眼中带着点狠意：“是我低估了你们，原来已经不择手段到这种地步了。”

蒋晟叼了根烟：“我劝你现在闭上嘴休息一下，到时候，有你说的。”

赵禹缙跑了整条街，都没有找到苏意的影子。电话持续打不通，又因为没有确凿证据不能贸然报警，他忙联系了傅淮川。

通过傅淮川，赵禹缙联系上了被老爷子遣来颍川刚下飞机的蒋魏承。

彼此都知道对方存在的两个人从没想过会这样产生联系，可赵禹缙顾不上其他，压制住心头的担心，回归理智，简明扼要地告诉蒋魏承：“苏意好像被绑架了，电话里她叫那个人蒋晟，时间是晚上十点二十分左右，地点我无法确定。”

谁都没有料到，多年前的事情会再度重演。

苏意被带到了郊区的大宅，她细细辨认了好久，才认出这是蒋家翻新后的祖宅。爷爷和三爷爷早年分了家，祖宅给了三爷爷这边，她也只是偶然一次，在老人珍藏在笔记本中的照片上看到过这栋建筑。

如今这里比照片上看起来恢宏，但因为是晚上，也透露出些恐怖的氛围。

老宅前堂，蒋厉行坐在一把太师椅上，早已等候多时。苏意进去时，见他皮笑肉不笑地坐在那里，眼睛泛着不友善的精光，登时让她觉得自己怕不是进了什么毒蛇窝。

苏意笑了起来，不慌不忙地道：“三爷爷这架势，晚辈就有些看不懂了，你是我的长辈，若是要见我，只管找人打个电话就是，我肯定会主动上门，何必弄出这种阵仗，不知道的还以为你要拿我威胁什么人呢。”

“哈哈哈！”蒋厉行越笑表情看起来越阴森，“丫头，和我装什么傻啊，若非有了十足的把握，我也不会把你叫到这里来。”

“三爷爷越说，我越不明白了。什么把握，是您想夺了蒋氏的把握，还是想被人说为老不尊、欺负晚辈的把握？”既然他们不是善茬，苏意也就不再掩饰。

蒋晟一听这小妮子说话如此不尊重自家爷爷，狠狠瞪起眼睛，看架势好像随时都要教训苏意一样。

狩猎者的乐趣，就是喜欢看着猎物在陷阱里挣扎。蒋厉行毫不着急，不急不缓地开口：“丫头，你想不想知道，当年，你的母亲为什么会选择拉上你父亲一同自杀？”

苏意把头一别，冷笑道：“三爷爷怕不是老糊涂了吧，我父亲母亲明明是在去郊区别墅度假的路上，因为山坡转弯弧度过大，车子失控出了车祸去世的。自杀，这说法可真荒诞。”

蒋厉行也不逼她承认，仿佛是笃定以后没有人会再相信她说的话，因此不遮不掩地亮出底牌。

“是吗，当初关于你父亲出轨的证据，还是我亲自命人寄给你母亲的呢。”

苏意看着太师椅上的老人，明明和爷爷一样，已经是颐养天年、含饴弄孙的年纪，却还狠得这么令人怖畏，半点不见慈祥的样子。

苏意轻声笑了起来，下了自己的判断：“看来，三爷爷为了抢不属于自己的东西，也是煞费苦心了。但您可别忘了，蒋氏是要交到我手上的，股权把握在我的手里，总裁是我亲爷爷，副总裁是我未婚夫，您，抢得走吗？可别竹篮打水一场空，到时候自己什么都落不下。”

蒋厉行用拐杖撴了撴地面：“笑话，凭你个名不正言不顺的丫头，也来和我叫板，你当你自己是谁，蒋舒窈吗？”

苏意高傲地仰起头颅，字字铿锵：“我唤您一声三爷爷，我不是蒋舒窈，还能是谁？我爷爷只有父亲一个儿子，而我是父亲的独女，蒋氏唯一的继承人，这件事，世人皆知！”

蒋厉行很有耐心，不急着和苏意周旋，而是对一旁的蒋晟吩咐道：“把你妹妹远道请来，夜也深了，先让她回房间休息吧。”

打早些年经历过那件事情之后，苏意便明白，论心狠手辣，这三爷爷一家是不遑多让的。她现在一个人，被带到这里，知道的人不多，如果赵禹缙没在电话里听到她最后一句话的话，只能等天亮，保镖发现她不见。

而她现下的处境，既不知道三爷爷究竟掌握了什么，亦不完全肯定他们拘了自己的目的，唯一能做的，只有周旋。

苏意跟着上到二楼，长长的走廊没有开大灯，昏暗的壁灯莫名营造出几分恐怖片中的独特气氛。她揪了揪身侧的衣料，悄悄深吸一口气。

蒋晟回头看她，见她模样还算镇定，轻蔑地笑了笑。

苏意被他的笑容冒犯到，语气冰冷：“你就没有想过，如果我爷爷知道了，你们的下场会是什么？”

蒋晟凑近她，紧紧盯着她看了十几秒，突然一笑：“你还是先想一想，怎么过了今晚，再说吧。”

说完，苏意身侧的门开了一条缝，蒋晟一手揪着她的头发，另一只手突地把她推入门中，她头皮一痛，反应不及，厚重的大门已经合上，任凭她怎么努力，都无法打开。

苏意在商场也叱咤了几年，虽然年轻，但给人留下的都是没有弱点的女强人形象。可她其实有一个弱点，怕黑。

眼前一大片空寂的黑暗，让苏意整个人下意识地打了个寒战。她整个人贴在门上，被冷冰冰的门板刺激，注意力集中了几分。

“噗”的一声，绿莹莹的光分散地在墙壁上亮起。

似曾相识的场景唤醒了苏意一直逃避的记忆，她的眼中浮现几分惊恐神色，直直盯着墙壁上绿色灯光下的照片。

照片里全部都是同一个少女，或是站在露台上淋雨，或是在花园里静坐发呆，又或是在追光下身着华丽芭蕾舞裙起舞。不同的场景，同一个人，脸上也总是同样的表情——阴郁。

尖锐的音乐声在室内环绕，和她十五岁那年被绑架到暗室的画面如出一辙。

明明心里是恐惧的，苏意却分身开始倒数，三二一，果真有一道熟悉的声音响了起来：“你是谁？你为什么要抢走我的人生？还给我，把我的人生还给我！”

心中分明知晓，这不过就是运用科技手段合成的声音，但心中的噩梦还是跑了出来。

是谁？苏意把脑门抵在门上，躲避身后的画面。

她喃喃自语：“我到底是谁？”

藏在暗处的摄像头把室内的一切全部送到屏幕上，蒋厉行坐在红木椅上，看着画面中的场景。

“时隔十一年，你又让这丫头重新进了这么一个屋子。”他对蒋晟说道。

蒋晟微微欠身，语气满是笃信：“十一年前，那丫头回去之后大病一场，我买通了她的心理医生，这件事情在她心中从来没有过去。再来一次，她未必有当年的心理防线。”

他摊开手心，那是从苏意头上扯下来的一缕头发，继续道：“到时候有了视频，又有了 DNA 报告，偌大的蒋氏帝国就是我们的了。”

蒋厉行有些疲累，拄着拐杖起了身：“你爷爷我活了一把年纪，这件事是一生里做的最冒险的，你好好盯着，出了纰漏，就不好收场了。”

蒋晟目送完自己的爷爷，目光又转向屏幕上。

他也意外，自己的爷爷居然会答应自己的做法，毕竟苏意已经不是当年容易拿捏的孩子了。

比起苏意所在屋子里的恐惧，另一个室内，气氛便微妙许多。

之前在川行的慈善晚宴上远远见过一次，但是面对面打照面，对赵禹缙和蒋魏承来说，倒都是初次。

以两个人的身份，见面似乎有些尴尬，一个气场凛冽，一个低调沉稳，林部夹在两人之间，目光悄悄游走，心想，果真活得久了什么场面都能见到。

不消赵禹缙说什么，蒋魏承就完全感受到了他周身散发出来的担心。蒋魏承本也没有必要去说什么，但顿了顿，口吻平淡道：“我的人已经在查她的下落，赵医生你可以先回去了。”

这便是最让赵禹缙觉得无力的时候了，她遭遇困境，而他能做的，只是找她的未婚夫寻她。

赵禹缙走下楼，傅淮川的车停在路边等他。

傅和琛在关键时候义气得很，匆匆下了车，问他：“怎么样，有苏意的消息了没？”

赵禹缙摇摇头：“她未婚夫在找她。”

傅和琛看他这样子，心急地挠了挠头：“你别是又打退堂鼓了，虽然我一直挺不待见苏意的，但是你让我查了些许事情之后，我反倒开始相信，她有难言之隐了。如若她真的只是为了报复你，何必赔上自己的名声冒险啊。”

“我知道。”

听见的看见的，有时候未必就是真的，但是切身感受到的，时间久了，自然会让当事人分清楚，究竟是真情还是假意。

以前暂且不说，但这一段时间，他不质疑苏意情感的真实性，因为她看着自己的时候，眼睛里是有光的。

赵禹缙坐上了车，看向傅淮川：“大哥，可能我还要麻烦你。”

或许是因为自己的感情太过遗憾，傅淮川倒是打心底里希望苏意和赵禹缙好。他话不多，但是早安排好了一切。

“苏意这事报不得警，闹出太大动静对她来说并不好。蒋晟这个人，本事不大但是手段不少，他肯定猜得到蒋魏承那边在找她，定然是各种防备的，相对来说，我们这边找苏意，会更容易一些。”

苏意整个人靠坐在门边，抱着自己的头，不断地在给自己做心理建设。

这是蒋氏老宅，爷爷少年时生活过的地方，有什么好怕的。

她想无视眼前的黑暗，逼着自己转移注意力，哪怕就这么睡一觉也好啊，反正天总会亮的。

可一直紧盯着苏意的蒋晟似乎知道了她的意图，把声音调大了一些，而后开始和她谈判。

“为什么要撑着呢？我已经拿了你的头发去做亲子鉴定，要不了多久，你是谁就会被公布于众。如果我是你，我就先说了，早点解脱。窈窈，哥哥答应你，只要你说出真相，我保证你没事，让你过上平平淡淡的生活。”

本还心存阴影的苏意，倒是因为蒋晟自作聪明的一番话，打起了精神。

她知道正有摄像头拍着自己，仰起头，在黑暗中，神色难辨：“你不是已经从称呼上，肯定了我的身份吗？”

在这之前，苏意从不知道，一个人恐惧到极限，如果没有崩溃，其实会进入一种无惧的状态。

她可以肯定，蒋晟和蒋厉行不敢伤害她。现在故技重施，只是在给她心理上施加压力，诓她上当罢了。

苏意深吸一口气，靠着门板站了起来，耳边依旧是鬼魅般质问的声音，眼前莹莹绿光上的照片，看起来依旧有些瘆人。

但她突然了悟了，其实她早晚是要面对这一天的，她可以逃避一阵子，但从她穿上洋装，出席在高档场合的时候开始，她就应该要给那个人，一个交代。

她站起身来，走到墙边看着照片，这是一张证件照，里面的人明明是盯着相机的，但是这样面对面看久了，就好像在直视着她。

许多画面在苏意的脑海里回闪，久久，她伸出手，摘下了照片。

蒋晟继续向她施压：“我们蒋家人，骨子里就是有仇必报的，你不明不白地占了她的身份，那你知不知道她是怎么死的？

“那是一个狂风暴雨的午夜，整个蒋氏庄园因为停电，一片漆黑。下人早早回房休息，她穿上了她最喜欢的裙子，站上了露台的围栏。对，就是你房间隔壁的那个露台。”

说到这里，蒋晟停了停，短暂的沉默像是在拉扯人的神经，苏意伸向下一张照片的手定格在原地。

“砰！”蒋晟继续操着恶心的声音说，“本来那个高度，她不至于死的，但是那天天气糟糕，园丁的推车里掉下来个铁耙，正好和她的脑袋磕在一起。”

“呵呵呵……”

暗中的苏意突然笑了起来，也不知道是谁吓谁了，恰巧今晚苏意穿着白色外套，长发恰到好处地凌乱，她面向墙壁的时候，留给蒋晟的背影有些瘆人。

苏意的手指拂过照片上的人，在她手腕处停了停。仿佛多年的疑惑在这一刻得到了解答，苏意把照片安稳拿好，猝不及防转头，狠狠看向摄像头。

“我十三岁那年，和你的关系还算不错。独生子女嘛，总是有些时候会希望自己有个哥哥姐姐，照拂一二。那一年，爸爸妈妈因为车祸离世，爷爷大病一场，闭门谢客，连我都不见，没有任何人关心我，你那时候来安慰我，我起先也是感激的。”

苏意彻底转过身来，用手指揩了揩唇上的口红，继续道：“那个时候你多大？好像也就二十出头吧？你对我说，如果真的很难过，要学会让自己解脱。”

她的声音轻飘飘的，却让蒋晟陷入自我怀疑当中。这番话只有他和蒋舒窈本人知道，为什么她会知道？

苏意在接受心理治疗的那几年，总喜欢提前一个小时到心理医生的治疗室。因为那一个小时，是那段时间里，她唯一属于自己的时间。

无聊是无聊了点，但足够她把心理医生书架上的书籍看一个遍。在攻心上，只怕蒋晟未必有她厉害。

苏意总算在黑暗中捕捉到那点藏得有些深的红光，她亦步亦趋地逼近，反问蒋晟：“如果，那时候我真的死掉了，那现在要报仇的对象，也是一直心理暗示我让我自杀的你吧？”

苏意承认，自己有赌的成分在。但是当她看到照片中的手镯，一些很细枝末节的记忆就回到了脑海。再加上，蒋晟一本正经的胡诌。

那确实是一个很恐怖，让所有人都不忍心看第二眼的画面，但那不是发生在露台，而是在她的浴室。

至此，蒋晟知道苏意确实不是当年心思脆弱的少女了，但他很快也就无所谓起来，反正把她带到这里，用这个房间吓唬她，很大一部分原因也只是报复她给自己找的那些难堪。

亲子鉴定才是他手上握住的王牌。

想到这里，蒋晟笑得又狠又恨，不再与她周旋："好好享受这个黑夜吧，天亮的时候，你再嘴硬也没什么用了。"

总之蒋晟没打算让她好过，很坏心地关掉所有的灯，在漆黑一片的屋子里，放起了恐怖音乐。

苏意摸索着找到了墙角坐下，身后和两边都抵着坚实的墙壁，稍稍带来了些安全感。

她握紧了手里的照片，紧盯着黑暗，用很小声很小声的声音，对照片里的人说道："是你选择的我，对不对？"

照片中，少女手腕上戴的手镯，苏意不陌生。因为到现在，这个手镯还是她随行的物件之一。

那是她十三年人生中，收到的第一份正式礼物，是那个时候，和赵禹缙去机场附近看飞机起飞时，遇到的华人姑娘送给她的。

到现在，印象都还很深刻，虽然不久以后她就忘记了华人姑娘的样子，但她分明记得，两个人那个时候还因为相貌相似，一见如故，恨不得把自己的故事都告诉对方。

一些细节一旦推敲起来，就有许多事情可以得到解释，比如爷爷为什么那么快就会找到她……

蒋魏承坐在宽大的沙发里，不管林部何时进去，见到的都是他沉思中的贵公子模样。

林部拿着两份头发样本递到蒋魏承面前："您的思路没有错，我们收买了那边的医生，他们确实打算做亲子鉴定。"

蒋魏承从西装口袋里拿出另一份头发样本，丢到面前的桌上："那就让他们做，用这份。"

说完，他把装了长发的塑封袋拿起来看了看，看着也有十几根了，想也想得到，拔头发的时候，她会很疼。

黑夜再长，日出都会如期而至的。

被恐怖音乐折磨了一整晚的苏意，在看到厚重窗帘渗进来的微光之后，大脑里紧绷的神经终于慢慢缓了下来。

她走到窗前，把厚重的窗帘大力拉开，扯下绑窗帘的绳子，把门把手紧紧绑住，然后开始打盹。

老宅外，一辆车缓缓开来，蒋晟见到来人，简直兴奋，主动迎了上去，拿过他手中的黄色信封看了起来。

可是在看到最后的数据时，蒋晟呆立当场，直呼不可能。

紧接着，车中又下来一人，蒋魏承西装挺括，细看上去，已有蒋成礼年轻时候的气场与风采。

"受家中长辈所托，来接舒窈回家。另外，替爷爷传句话，昨晚'收留'舒窈的恩情，必当好好报答。"

"笑话，你一个蒋家不入流的养子，在我面前放什么屁呢！"

这边蒋晟打算来个死不承认，总之不打算轻易把苏意交出去，可是那边，多年都不再联系的号码，打到了刚起床的蒋厉行手机上。

电话那边，哥哥的声音依旧带来很大的压迫感："老三，这事情，你又做过了。"

蒋厉行冷哼一声："你不仁我便不义，蒋氏不是你一个人打下的江山，凭什么最后要交到一个外人手里。"

"林林总总，算起来，我这个做哥哥的，早已对你仁至义尽，既然一把年纪了，你还要同我斗，那我们就在我们这一辈，分出个结果。"

斗，要是靠光明正大的手段，他怎么会是自家哥哥的对手。蒋厉行突然觉得自己佝偻许多，有些喘不上气。

蒋魏承不再管蒋晟，他带来的人早把蒋晟控制住。他径自上了楼，一间一间门踹开找人，最终找到了这么大动静里，还没被吵醒的苏意。

在蒋魏承打算伸手的时候，苏意睁开了眼睛。她没睡沉，楼下传来争执的时候就醒了，不睁眼睛只是珍惜还能休息的时间，醒了就该好好想想，平白受的这些罪，要怎么一一讨回来。

蒋魏承对上她流光溢彩的眼睛，下意识地别开了目光。

苏意肯定地点点头："这次倒是找得很快。"

比起上一次，她被关在小黑屋整整三天，这一个晚上，算是飞速了。

蒋魏承不打算居功，实打实告诉她："我只查到他们要用你的头发做亲子鉴定，找到你的，是他。"

"他"是谁，不言而喻。

听到是他，苏意才有了更多反应，竟然低声笑了起来，表情多了一分娇俏，生动得很。

就像是被保护到了，然后心满意足的样子。

苏意下楼时，蒋厉行已经到了大堂，蒋晟也脱离了钳制，满脸凶相。

她大步走，气势高昂，快走到门口的时候，她停下，转过身来看向爷孙二人。

"对了，三爷爷和堂兄昨天说的话，我不仅记在了脑子里，也记在了这里。”

她扯了扯衣袖，露出手腕上的智能手表，笑得恶劣：“爷爷查询多年，都没能查得到的证据，我这里倒是找到了。”

赔了夫人又折兵，说的大抵就是这种局面，没那么高的段位，还要玩无间道，确实滑稽。苏意坐上车的片刻在想，这么多年，老爷子教会她的很多东西，确实都还蛮有用的。

苏意靠在真皮座椅上，解下手表递给蒋魏承：“这些东西由你来查吧，别太直接告诉老爷子，我怕真相太打击他。另外，再麻烦你一件事，帮我查一查，是谁把我的行踪告诉蒋晟的，不可能那么巧，我从小区出来，他的车就停在边上。”

“你确定要查？”比她知道的还多那么一点的蒋魏承问她。

苏意勾勾嘴角：“你就当，我是个报复心极强的人好了。林郃，停车。”

她远远就看见赵禹缙的车停在路边，下了车，她头也没回地就往赵禹缙的方向奔去。她心里是很有数的，让蒋魏承查谁出卖了自己，不过是因为她不想直接面对真相罢了。

略有些凉意的春风里，赵禹缙站得挺拔。苏意刚一走近，他就捕捉到了她眼底的青色。

靠近他以后，那种原先想要扑进他怀中的想法却打了退堂鼓，苏意在离他还有些距离的地方站定，笑得有些腼腆。

又怎么会不懂她小心翼翼的心思呢，赵禹缙大步走上前，一把将她揽入怀中，像是哄小孩儿一般，揉了揉她的脑袋，安慰她：“辛苦了。”

苏意在他怀中蹭了蹭，撒娇：“我好困啊。”

平稳行驶的车厢里，苏意靠在赵禹缙的肩上养神。既不想惊扰她，又要专注开车，他把车速放得很慢。

好像是稍微养足了一点精神，苏意半眯着眼睛问他：“你是不是觉得，我的世界，又离你远了一点？”

不想骗她，赵禹缙低低“嗯”了一声。

“其实这也不是第一次了，我一直觉得自己很快就会摆脱这种生活，但现在我又不确定了。赵禹缙，如果你有一天被我的世界吓跑，走之前，你要记得告诉我。”

赵禹缙把车停稳在酒店门口，反手握住她的手，极为珍重地在她发顶轻轻一吻：“上去之后好好洗个澡，睡一觉。”

苏意睡了整整一个白天，醒来的时候，天边绯红的晚霞正美得热烈。她随手扎起有些乱的长发，想了想，给赵禹缙发了一条消息：“我睡醒了，等下去见蒋魏承。”

如果这样做能让这段感情更有安全感的话，苏意用手机顶着下巴，这样想着。

赵禹缙几乎是秒回她：“好，记得先吃饭。”

脸上不动声色攀上一抹笑意，苏意叫了客房服务，把餐送到蒋魏承那边。她到的时候，林部正从门口接过餐车，她冲他点点头，一齐走了进去。

蒋魏承平常是个很讲究的人，像这种冒着胡楂对着一沓乱七八糟的 A4 纸，连口水都不得空喝的样子，苏意觉得很新鲜。

见她来了，蒋魏承搁下手中的钢笔，转手递给她许多材料。

“这些，老爷子和我本一直在陆陆续续查着，想来你亲自下这第一刀，会比我们动手更泄恨一点。”他说。

苏意接过来，随手翻了翻，有些诧异：“你们早就在查蒋晟的账了？”

蒋魏承接过林部递来的刀叉，叉起一小块牛排，道：“老爷子是个喜欢提前把筹码握在手中的人。”

蒋魏承对自己的了解很透彻，他是个面冷心也冷的人，哪怕明知道，老爷子一早去准备这些足以拿捏蒋三爷一脉的东西，不过是为了让她少遭受些不好的事情。

或许是老爷子早就知道，苏意未必肯承这个情，所以他不说，蒋魏承也懒得多嘴。

林部啃着手边的羊排，看着眼前两人气氛还算融洽地用餐，心里啧啧称奇。

苏意吃了个全饱，擦擦嘴角，问蒋魏承："这算是我和你联手了吗？"

蒋魏承慢条斯理地啜了一口红酒："你要这么想也可以。你让我查的事情不难，结果已经在我手中了，如果你还没有准备好，我可以晚一点再给你。"

苏意朝他伸出手："算了吧，早晚都要面对。多谢你。"

回到自己的卧室，苏意打开了文件袋，猜到却不愿意相信，果然还是证据最有说服力。有片刻疲累，她算了算时差，给老爷子打了一个电话。

电话那头，声音有些空旷。

苏意沉默了一小会儿，问："爷爷，您一路走来，是不是也经历过很多背叛？"

老人比她豁达，声音虽弱，但字字珠玑："你还小的时候，我就告诉过你，除了你自己，谁也不要百分百相信。苏意，每个人都是会变的，如果有人时时刻刻把你放在最前头，那是你的运气，可你千万不要奢望，会有人一直这样对你，天真不是这么用的。"

苏意轻轻笑了一声，接着问："您当年找到我，是因为她吧？"

电话那头，老人的声音隔了很久才传来："是，也不是。我有的是选择，可以是你，也可以是别人。不过，爷爷有私心，想成全那孩子的遗愿。"

"对她来说，您是个好爷爷。"

她肯定的语气，让老人笑出声来："你的意思是说，对你，我是个坏爷爷了。"

苏意轻轻发了个鼻音："不管是对我，还是对蒋魏承，您都很严厉，少有温情，教会我们的都是当断则断，铁血手段，从不问我们愿不愿意学，强加给我们很多东西。"

她顿了顿，在老人正心情复杂的时候，补充道："但我现在知道了，您这么做，是在教我们自保。"

老人会心笑出声来，虽然没有往日那么有气势，却更像是温柔的长辈："你能这么想，我很欣慰。魏承应该把东西都给了你，你想做什么，就去做吧，整个蒋氏都会为你撑腰。"

还以为到最后，自己都很难和他们和解呢，苏意悄悄落下一滴泪，这种时候，竟然会在心底里有那么一点点舍不得割舍这种半路亲情，她摇摇头，以孙辈的口吻，关心道："您好好吃饭，好好休息，健健康康的。"

次日，苏意没给蒋晟任何反应的机会，在公开平台实名举报蒋晟的公司存在重大偷税漏税行为。

消息一出，外界一片哗然。尽管很多小报都曾报道过，蒋成礼、蒋厉行两兄弟关系不和多年，但真正闹到明面上，这是第一次。没有人相信，小辈之间的斗争背后，没有长辈的授意。一时之间，吃瓜的人多了起来。

但是求锤得锤，苏意前脚举报，后脚所有的铁证就迫使蒋晟上演一曲铁窗泪。笼统算算，也就是半天的事。

这边孙女发难，那边爷爷也没闲着，十多年前蒋氏夫妇遇难的事情也被翻了出来，诸多证据直接指向他们的亲叔叔蒋厉行。

当下，许多人也就琢磨出味道来了，这出年度大戏，分明是豪门的复仇。

苏意着急扳倒蒋厉行一脉，除了这一家人是真的坏，更深的理由是怕自己没了庇佑以后，过不了平静的生活。

但她不忍揭开老人心中愈合不了的伤疤，所以把选择权交给了他们自家人。

听到蒋厉行被气到中风，苏意并不开心，反倒担忧起自己的爷爷，一把年纪了，发现令自己白发人送黑发人的罪魁祸首，是自己的亲弟弟，只怕任何人都难以承受吧。

苏意不知道怎么安慰老人，把自己又淘了好久才集齐的茶叶，交给了要回去的蒋魏承。

蒋厉行的公司岌岌可危，本来就是从蒋氏帝国里分出去的，现下，想要回归的呼声越发高涨。

蒋晟一家两把交椅，爷爷中风意识模糊，孙子数罪并罚，哪一年出来还是未知。

苏意低价收购大量股份，对比那边的落魄，简直算得上如沐春风。

她看着马上就要倾覆的高楼，心情放松地和楚桐感慨："所以人啊，就不应该做那么多亏心的事情，倘若当年三爷爷知足一点，守着他分到的几家公司好好经营，现在安享晚年，该多乐呵。"

解决完家中大事，接下来要处理的，就是私人问题。

苏意转身，看着楚桐眨了眨眼："你在想什么呢？"

楚桐哂笑，一直维持在脸上的善良面具忽然崩塌：“我在想，你真虚伪。”

以前有多要好，现在摊牌起来，就有多让人感慨。但苏意历来奉行人不犯我我不犯人。

她环起双手，审视楚桐：“是从什么时候开始？让我猜猜，是川行的那次晚宴以后吧？”

既然撕破了脸，楚桐只想把心里的话说个痛快：“苏意，很多时候我都在想，你凭什么？凭什么拥有现在的一切？凭什么被那么多人护着？凭什么是他的未婚妻！”

苏意的眉头皱了起来，很好笑地反问她：“这么多年，我有多抗拒这一切，你不知道吗？”

“这才是你最虚伪的地方，送到你面前的，你不要，那是别人怎么求都求不来的。”

有一瞬间，苏意觉得自己从来不曾认识过真正的楚桐。原来一直把什么事情都优先告诉她，现在看来，在她心里未必会觉得这是信任，可能更像是炫耀？

“对你来说是钻石的东西，在我看来可能就是个破石头。楚桐，你终究被浮华的事物迷失了本心啊。”

比苏意还矮一点的楚桐好像被她的话蜇到，大步逼近怒视着她：“你高尚，你无欲无求，但是你怎么想的呢？如果整个蒋氏最终都会交给你，你会拒绝吗？”

“哦，”苏意恍然大悟，“你怕的，是我会抢走蒋魏承的东西？怕他因为继承人的身份，离不开我吗？”

一击即中，苏意的话狠狠戳进楚桐心中。

“你是这么想的对吧，你怎么会舍得放弃万贯家财，甘于平凡，你恨蒋魏承不是吗，如果能抢走他的一切，你会甘心放弃？我只不过希望你永远消失在这个圈子而已，你却像是狗皮膏药，撕不掉。”

楚桐现下哪还有平日的气质，扭曲的思维让苏意很难把往日的好友，和面前这个难辨是非的女人联系在一起。

苏意冷了声调：“你错了，我不喜欢蒋魏承，但我也不恨他。蒋氏的财富的确让我过得很好，但是我有心，是不是我的，我分得清。”

苏意把书架上两个人还在少女时代的合影，当着楚桐的面丢进了垃圾桶：“我感激你虽然帮了蒋晟害我，但不该让他知道的事情，你一句没说。或许你还是为了保护蒋魏承，但是我承你的情。不过我身边从来不留信不过的人，我已经和总部打过报告，你明天就可以收拾东西回去了。至于蒋魏承会怎么对你，那，就是你们的事情了。”

让一个女人爱慕的男人知道这个女人的内心有多脏，是一件很爽又很残忍的事情，楚桐笑得很假，因为心中的恐慌实在太过强烈。

“苏意，只有这一点你像极了蒋家人，你狠起来的时候，是真的刀刀致命。”

苏意满脸透露着可惜，话到嘴边，有一些苦涩：“或许吧，我可能也不算是什么善良的人。但原本，我对你很好，不是吗？”

# 第十章
## 指尖光

**“我的姑娘，成为蒋舒窈的这些年，辛苦了。”**

苏意累瘫在老板椅上，秘书打内线电话告诉她，楚桐已经收拾完所有的东西离开了，只留下一份辞呈。

苏意快速地批复了同意。真的被楚桐的背叛恶心，苏意怎么也想不到，楚桐在明知她心结的情况下，作为她最好朋友，会帮着蒋晟，让她重温噩梦。

所以她恶劣地想让那样不堪的楚桐，去直面她的心上人。但，就算是还楚桐人情好了。楚桐知道得足够多，多到随便说一条出来，就可以让自己成为众矢之的，但是楚桐都保密了，她的身份也好，她和赵禹缙的关系也好。

苏意骤然不知如何去分析面前的一切，其实她本来都想好了的，众神归位，她成为她自己前，想做的最后一件事，就是要为楚桐的感情推波助澜。

现在想想，罢了，没必要了。

办公室的门悄悄打开一条缝，褚玉拎着喷香的炸鸡盒子高调地走了进来。

“小姐姐，要不要一起来吃个下午茶啊？”褚玉召唤她。

苏意抛弃形象，大大咧咧地伸展了个手臂走到她面前，一次性手套也不戴，直接上手抓起鸡腿往嘴里送，边吃边说：“事先声明啊，我不是自己要吃的，是你诱惑我的。”

褚玉嫌弃地戳了戳苏意的脑门：“放心吧，我是不会在赵医生面前卖掉你的！”

这阵子，苏意和赵禹缙都没有见过面，但有褚玉这个不知道什么时候被收买的间谍在，赵医生对苏意生活习惯的干涉程度更甚从前。

两个人好像默默达成共识，都不停地在做些事情，向对方表达心意。虽然很多疙瘩还未解开，但好像已经进入了重塑安全感的过程。

褚玉虽然没有去细究最近发生的事情，但她毕竟是个讲故事的人，对周围的观察很敏锐。来看苏意，也存了几分安慰她的心思。

“我跟你说，最近我看了很多史书，得出了个结论。”

苏意把整个鸡腿都撒满了辣椒粉，问她：“什么结论？”

褚玉故作老成：“这个历来啊，上位者都是高处不胜寒的，身边什么人都有，你这个也不算是特例了。”

没想到第一安慰她的会是褚玉。

苏意会心一笑，和褚玉说闲话：“其实呢，我只是有些感慨。一直以来，我以为对我不好的人，其实真正关心我，我以为对我掏心掏肺的人，偏偏妒忌我。”

褚玉活动活动脖子，跟着她感慨：“大概，这就是我们这些仙女的烦恼吧。”

“扑哧！”

两个人因为这句很不要脸的话不约而同笑了起来。

趁着苏意扫食鸡腿的时候，褚玉噼里啪啦点着键盘，苏意眼尖，一下子便看到了聊天对象。

对上她质询的目光，褚玉坦白：“好的吧，鸡腿是赵医生托付我买来安慰你的，并且赵医生委托我，悄悄把他的女朋友带去和他共进晚餐。”

“哟，历来事不关己不闻不问的褚小姐，这是收了什么好处，成了这么合格的助攻。”

褚玉窃窃笑着，招了招苏意让她凑近。

下一秒，一墙之隔的秘书室，安琦听到了自家老板夸张的笑声。

褚玉的手机屏幕上，幼年时的傅和琛穿着花裙子，短短的头发夹满了满天星发卡，分外“妖娆”。

褚玉总结陈词：“你家赵医生在重色轻友这件事情上，做到了极致。”

到达晚餐的地点，苏意觉得自己还是年轻了，居然相信褚玉说的简单便饭，就真的是简单便饭。

当她扎着高马尾露着大脑门，素面朝天 T 恤牛仔地出现在赵禹缙父母面前时，秦素认了好久才认出是她。

苏意蒙了，用口型问褚玉：说好的四人世界呢?

褚玉摊手表示无辜，她发誓她也是才知道，居然成了两个家庭的聚会。

赵禹缙的意思再明显不过，今天这架势，是他打算把她正式介绍给他的家人。

知道了很多以后，秦素对苏意这个姑娘的心情有些复杂，一面觉得，她伤害了自己的儿子很多次，对她有些心疼不起来；但另一面，又在尝试理解她，总觉得这个姑娘身上看起来故事很多，但是眼眸澄明干净，不是不好的人。

热闹的草坪上，室外烧烤架早已支好，忙活着的赵禹缙看到苏意，放下手里的东西大步迎了上来。

苏意觉得，有一阵子不见，这个男人好像更帅了。

见她发呆，他弹了弹她光亮的脑门：“吓到了？”

苏意娇嗔地瞪他：“别闹，你妈妈看着这边呢。”

赵禹缙凑到她耳边，她甚至能感受到他呼出的气息：“哦……原来是害羞了。”

千万不要把女朋友惹到恼羞成怒，这是赵禹缙被苏意孩子气地踩了一脚后得出的结论。但他很快又笑了起来，还是这样的女朋友可爱一点。

傅和琛最近追褚玉追得很上心，在褚玉发现自己被他一并套路了之后，褚玉呛口小辣椒一般，狂怼了他半个钟头，却只见科室万人迷傅医生全程都在点头说“是是是”。

苏意见他吃瘪，心情更好了，打心里觉得，这种她第一次经历的家庭聚会场合太过美妙。

全场最开心的，要数傅予祯。小孩子本就是喜欢热闹的，尤其最近小朋友明显感觉到父亲对自己的重视。

看到喜欢的牙疼阿姨也在，他迈着小短腿“噔噔噔”就跑了过来，举起自家小叔刚给自己烤好的热狗，向苏意献殷勤。

不过他还没来得及说话，就被赵禹缙幼稚地挡了一挡。

赵禹缙端着一盘子烤熟的食物递给苏意：“吃这个。”

小朋友被自己干爹的操作惊呆了，一起惊呆的还有苏意。苏意许多话在嘴边滚来滚去，最终道：“快三十了，稳重一点。”

与家人的聚会总是令人放松又惬意的。苏意和褚玉一人端着满满一碟子烤肉，看着草地上三大一小四个男人在闹，顿时觉得，这感觉忒不真实了点。

褚玉若有所思地点点头：“男人的快乐，果然很简单。”

苏意笑着，余光看见秦素正朝自己走来，随即把东西一并递给了褚玉，对她道：“要不，你去找个饮料，配着吃？”

支走了褚玉，秦素也刚好走到她近前。

苏意站起身，叫了声“阿姨”。

秦素的表情让苏意看不出对方对自己究竟算是个什么态度，可现在她和赵禹缙的关系，在这些长辈面前早就不是秘密，因此，她到底有些怯场。

算起来，她从小到大的时光里，唯一接触过的女性长辈，只有楚桐的母亲。前些日子翻了翻褚玉写的剧本，两个人还就婆媳关系有所探讨，但总归结论不是特别美好。

赵禹缙早就注意到自己母亲的动作，刚想上去解围，却被自己的亲爹拦下。

“你母亲还能为难她不成，如果你们确定要陪对方过一辈子，你总不能一直挡在她前面，不让她和我们接触吧？”

赵禹缙被迫坐在父亲身边，虽然同这边闲聊着，但时时刻刻都关注着那边的动静。

苏意内心忐忑了一会儿，想着反正很多事情大家都知道了，索性开诚布公。

她拿出晚辈的姿态，话很诚心：“我为之前误解赵叔叔，还有一系列任性的行为，向您表示抱歉。”

秦素没有想到苏意会那么坦诚，饶是她这个年纪，坦率面对自己的错误，有时候还会犹豫片刻。

秦素是个喜欢把丑话说在前面的人，但当了多年教师，她的高素质让她尽可能把话说得委婉：“对于蒋小姐来说，我们这种寻常的聚会，是不是挺陌生的？”

苏意察言观色，很快了然，诚恳地点了点头：“我从小到大，和爷爷出席的场合都是商业应酬，没有参加过这种温馨的家庭聚会。”

她的话令秦素有些意外，原本酝酿的台词有点接不上，干脆问了另一个问题：“你爷爷，知道你和小缙的事情吗？”

“他知道，”苏意深谙她接下来要问的，诚实道，“也反对过。”

秦素觉得自己当下的话是绝无偏见的。人生阅历长一点也就这点好，能看到很多年轻人暂时看不到的可能。

“其实，小缙和你，要维持这段感情，两个人都是非常辛苦的。你们这个时代，早就不时兴门当户对了，不过，门第的落差决定了两个人接触的环境与层次不同。”

长辈的话说得直接，苏意听完，脸上只是挂着浅浅的笑。秦素不知道苏意笑容后面藏着什么深意，但这个角度看起来，却让她有些后悔，是不是对一个看着乖巧的孩子，所言过分了些。

苏意双手交叉着，每个手指都在互相使劲儿，许久，她才低声说：“其实，到最后，可能是我高攀了。”

秦素再要说什么，苏意却起身朝她致歉：“抱歉，我接个电话。”

再后来，秦素坐在原地等了苏意十多分钟，但是她再没有回来过。

赵禹缙察觉不对，询问众人，但谁都说不清楚苏意去了哪里。不打招呼就不告而别，把长辈晾在原地这种行为着实有些不礼貌，即使他想帮苏意在自己父母面前说点什么，却不知该如何措辞。

半小时后，苏意的电话才迟迟打来。

听到她的声音，赵禹缙最初的感觉就是悬着的心放下了。

他问她：“你在哪里？”

苏意的声音带着少有的急色："我在去机场的路上，爷爷好像出事了，我需要马上回去。对不起，麻烦替我向你母亲道个歉。这趟回去，我不确定要多久才能回来，有可能会要很久。"

赵禹缙的声音依旧温柔，反倒安慰起她："不要急，先让自己冷静一点。回去之后，不管要面对什么，都不要惊慌，你是越慌乱就越容易出错的人。好好解决家里的事，这边有我。"

"好。"苏意憋着眼泪。

等她以为赵禹缙是忘了挂断电话的时候，她才听得他的声音继续传来："苏意，不忙的时候，偶尔也给我打个电话。"

"嗯。"

她再忍不住，双手捂住脸，但眼泪还是从指缝里掉了出来。

此时内心的情绪用害怕二字完全不足以形容，明明前一刻她还在思考要怎么说服赵禹缙的母亲，下一秒却有人告诉她——"苏意，回来见爷爷最后一面吧。"

怎么可能呢？

这是苏意这一路上都在思量的问题。

她十三岁那年，第一次在陌生的国度见到老人。彼时老人健步如飞，走在前头身后随时跟着一众人，那气场很像童话绘本里的国王。

她小时候是害怕他的，觉得这个爷爷就像是只威武的老虎，锐利的目光看哪里，都像是在紧盯猎物。和他说话必须时刻警惕，因为他总是不怒自威，让人心生胆怯。

这样一个人，明明只要站在那里，气势就足以吓退所有的疾病吧？

怎么，偏偏还病倒了呢？

空姐把苏意从梦中叫醒的时候，顺带递给了她一张纸巾，她摸了摸脸，才发现整张脸都是眼泪。

纵然到达时已经是夜晚，她还是把墨镜戴了起来。

林部来接的她。接到苏意，他向她传话：“蒋老先生状态稍微稳定了一些，但现在还在昏迷状态，老板的意思是，您可以先回庄园休整。”

苏意来得匆忙，随身只有一个装了证件的小包。她把墨镜摘下，从后视镜里，林部明显能看到她的眼睛又红又肿。

“直接送我去医院。”

专为VIP服务的私人医院，最大的特点便是清静。

深夜的医院环境清幽，若非门口挂的牌子，只会让人误以为这是什么高级度假村。

苏意到达不对外开放的楼层，ICU门口，蒋魏承和楚叔都在。

楚叔先看到她，本想迎上来，但是刚迈步便止住了。苏意明白他的顾虑，独自一人走到了玻璃墙边。

透过病房的玻璃，苏意可以看到躺在病床上昏迷不醒的老人。没有了往日的威严，取而代之的，是孱弱和苍白。

没少见他对自己发怒时面红耳赤的样子，那时候苏意还偷偷想，老人这样子多像以前大院里隔壁婶婶家贴的福禄寿星。

可现在……

想得越多，情绪就越丰富。她从不愿蒋家人看到她脆弱的样子，尤其是蒋魏承，可现在，当着他的面，她却一直哭，停都停不住。

楚叔最终还是看不下去了，递了手帕过来，轻轻拍了拍苏意的后背：“老先生早就做好了心理准备，只是没想到这么快。”

苏意扭头质问蒋魏承：“你早就知道了，对不对？”

看他沉默，苏意拔高了音调：“你说话啊！我也是爷爷的孙女，你凭什么不告诉我！”

蒋魏承抬头看她一眼，她觉得好像有盆冷水从头浇下。

是了，她在今天以前，从来不愿意承认自己是蒋家的一分子，遑论承认这个爷爷。

老人病倒，苏意不知蒋魏承是否也受了打击，但是他口吻一贯冷漠："有些事情需要你出面主持，等你冷静下来，我们再谈。"

"蒋魏承，很多时候我真的觉得你没有心。"

他的亲爷爷，全凭各种精密仪器吊着一口气，他对她说的第一句话，竟然还和蒋氏的生意有关。

蒋魏承不想同还没平静下来的苏意理论，口气越发淡漠："苏意，你有心，那么如果早让你知道，你会放下颍川的一切回来吗？你现在面对的一切，都是既定事实，早或晚，都没有改变，你要做的，是在他倒下以后，护住他这一生打拼挣来的东西。"

这或许是最大的不同吧，十多年来，她都在学习成为一个合格的蒋氏继承人，旁的都能轻易学到，唯独血脉相承的东西学不来。蒋家的人最不放在眼里的东西，或许就是温情。

苏意因为无力，整个人蹲在地上。她给了自己三分钟，冷静下来后高昂起头："说吧，接下来需要我做什么。"

蒋魏承拿出身后的平板电脑递给她："爷爷病危这件事，还未对外公布，但这个消息瞒不了很久，你需要提前准备董事会的一切。他立了遗嘱，内容只有他……才会公布。会有人仗着我们年轻，趁机发难，外界公认你是唯一继承人，所以，你要把所有有利条件都先握在手中。"

苏意接过平板电脑，一项项往下看。具体的事情蒋魏承早就布置好了，而她现在要扮演的，依旧是多年来一直在扮演的傀儡角色。

天快亮时，苏意走出医院。她不太想说话，于是给赵禹缙发了个信息报平安。他回得极快，明明按照时差，颍川现在是深夜。

苏意掏出包里的湿巾胡乱擦了擦脸，在林部的护送下，踏入了蒋氏大厦。

在确定把握了大局之后，苏意和蒋魏承对外公布了老人的状况。报纸标题纯黑加粗放大，铺天盖地地报道一代商业巨鳄的一生，苏意除了兵来将挡，及时处理蓄意发难的人以外，还要面对各路媒体围追堵截，短短几天，整个人憔悴了一大圈。

她正忙时，林部递电话给她，苏意接起来，那头老人说话有些费劲："苏意啊，爷爷想见你。"

苏意回到医院，ICU 病房的大窗子刚好有阳光投射进来。

她在护士的帮助下穿上厚厚的隔离服，见到老人时，他比前些天昏迷的时候要精神许多。

老人授意医生暂时拿下呼吸机，苏意刚在他身边坐下，一只瘦骨嶙峋的手就握住了她的手。

老人说话有些费力，苏意凑得近了，才听清。

他说："孩子，爷爷平生做的亏心事很少，到现在还放不下的，只有两件，一件是那孩子的死，还有一件就是让你顶替她，去过她的人生。"

苏意刚要开口，眼泪却滴溜溜滚下好多颗。

"怎么有你这种爷爷，生病了只告诉亲孙子，孙女就要瞒着。"

还是第一次听苏意用这种小姑娘的口吻埋怨，老人想笑，但觉得费劲。

"苏意啊，爷爷和你的赌约，不打算兑现了。你和魏承，没有缘分，就不强求。姓赵的小伙子，爷爷见过了，我孙女的眼光很好，你和他我也不再干涉。但是我不准备把苏意的身份还给你了，爷爷走了以后，你也继续以舒窈的身份生活吧。”

很长一句话，老人说得很慢，说完缓了很久，又继续道：“在商海沉浮，必然要面对利益之争，争抢多了，难免结怨。你是蒋舒窈，敢动你的人很少，但你若是苏意，要对付你，可太简单了。你和魏承不对付，但蒋家人，只要是向着自己家，家人之间总是互帮互助的。你就委屈委屈，继续当爷爷的孙女吧？”

苏意忍着哭意，忍得浑身发抖，一开口就是哭腔，她只好不停地点头。

老人抬起手，从来没有过地顺了顺孙女的头发。他知道，这就是一生的告别了。

收了手，如今慈眉善目的老人温声对她说：“孩子，回去吧，养好精神。”接下来一阵子，还有得累呢。

苏意站起身，顿了顿又坐下：“爷爷，我恨过您，为什么要剥夺我的人生、我的样貌，让我成为一个替代品。但是我不算有家的小孩儿，您给了我一个家。我其实，后来都是嘴犟而已，能当您的孙女，我是开心的。”

这算是解开老人的心结了，蒋成礼严肃了一辈子，临了眯眼笑了起来。

病房只剩下他自己的时候，他看了看窗外的天，脑海中只剩下一句：已知泉路近，欲别故乡难。

清朗的天气持续了几天，这几天里，老人的身体好似有了好转，清醒的时间更多了。

若非有明确的诊断书，和像是老人陆陆续续交代后事的话，苏意几乎要觉得，他只是停下来休息休息，很快又会回到庄园，迎着晨光打五禽戏。

连续忙了许多天，苏意被楚婶勒令休息。足足睡饱了十个小时，她起床的时候，正是早上七点半，明朗的阳光在室内倾斜一地。

她刚坐起身，楚婶就走了进来："林部在楼下等了，半小时前，老先生走了。"

也许是做了很久的心理准备，乍一听到这个消息，苏意没来得及给出什么反应，只是觉得自己浑浑噩噩的，听什么都不大真切。

气温乍暖，苏意令林部把四面车窗都开得很大。楚婶给她拿的衣服，全黑的套装，脖子上白色丝绸系带在风中飞扬。

直到走进撤了仪器的ICU，白床单下，老人的容颜安详，仿佛只是熟睡。

苏意捂着嘴，不忍再看，原来和生命告别，是这么沉重的一件事。

自从老人住进ICU，蒋魏承就一直陪在医院熬着，整个人看起来满是倦色。平日里矜贵的人，现在脸上还残存着未剃的胡楂。

不知道他看似平静的表情下面，是不是已经被难过搅得天翻地覆，他比自己要惨一点，他在这个世界上的最后一个亲人，离开了。

往日的龃龉在这一刻好像什么都算不上，苏意走到蒋魏承身边，拍了拍他的肩膀算是安慰。

不想他反身给了她一个很短暂的拥抱，而后她听到他说了一声："苏意，爷爷走了。"

不到五秒的拥抱，蒋魏承放开苏意的时候，神色已经恢复如常。

如今家中，只有楚叔楚婶还算长辈，两个人鞍前马后操持着殡葬的流程，苏意和蒋魏承藏着满心伤痛，却仍旧要在蒋氏斡旋。

老人入土那天，天气变得有些阴沉。五座墓碑齐整地排列在一起，一家人在另一个世界团圆了。

虽然身处异国，但葬礼还是按照故土的习俗，送老人入土为安后，每个人把手上的三根香插在地上。

轮到苏意的时候，插得稳稳的香突然倒下一根，在苏意食指和中指的中间，烙下一个水泡。

她揩了揩脸上的泪，对着风说道：“放心吧，我不会忘了您的。”

已经是花开的时节，蒋氏庄园里，植物构造出花花世界，但庄园的气氛很静。苏意站在露台上，发了疯地想念赵禹缙。

接起苏意电话的时候，赵禹缙刚刚写完教案。这么长一段时间，她寻着间隙给他发消息，而他更多的，是通过以前从不关注的八卦新闻了解她的状态。

她瘦了很多，赵禹缙想，在她回来之前，自己该学做几个汤，给她补一补。

“今天要公开宣读爷爷的部分遗嘱了。”

赵禹缙的声音总有让人安定下来的魔力，他问：“你还记不记得，大三那年，你备考经济法的事情？”

“嗯，大学唯一一门期末不给范围的考试，我整整背了一本书。”

他轻轻一笑：“我从来没见你被什么事情难倒，不要害怕，不管你是苏意还是蒋舒窈，你都做得到。”

苏意的声音柔柔的：“很想你，想见你。”

“我知道，我也是，我在家里等你。”

苏意收了线，把头发揉乱又理顺，精致的高跟鞋被她踩得很有气势，好似她真正成熟起来。

偌大的会议室中，坐满了股东。苏意第一次坐上首席，侧头看向蒋魏承的时候，他动了动嘴唇，苏意看得不算真切，但模糊觉得，他似乎说了“加油”两个字。

律师带着密封的文件走来，确定人齐以后，开始宣读遗嘱。

“本人蒋成礼，少年时远渡重洋，创业发家，建立起蒋氏企业，今身患重症，故立此遗嘱。此遗嘱完全是本人真实意愿，任何人不得提出异议。本人经深思熟虑，决定取消孙女蒋舒窈与养孙蒋魏承的婚约；本人手上，现有蒋氏股份百分之三十七点二，其中，百分之二十由孙女蒋舒窈继承，百分之十七点二，由养孙蒋魏承继承，蒋氏总裁一职，由蒋魏承接任……”

律师继续念着遗嘱，但在场众人都因为开头的解除婚约和后面的总裁任命炸开了锅，到律师宣读完遗嘱，有人打着蒋舒窈的旗号发难，提出质疑。

“由一个养孙担任总裁，是否不太妥当，毕竟从股份和亲疏来看，大小姐最应继承整个蒋氏。”

苏意像是个睥睨众生的女王，或许是服装和妆容加持，让她气场全开。

她像是看着跳梁小丑一般，看他们演戏，末了，手掌轻轻一拍桌子，冷冽道：“大家似乎都没有认真听遗嘱，我爷爷一开头就说了，‘任何人不得提出异议’。不过，既然有质疑的声音，那我就替大家解决疑惑。正好律师在这里，公证人员也在，那么，我宣布，我手上现有蒋氏百分之三十三点五的股份，赠予蒋魏承先生百分之二十三点五。好了，他如今是蒋氏最大股东，大家还有异议吗？”

到这个时候，心怀不轨的人才恍然大悟，自己这是被蒋氏祖孙三人戏耍了。关键时候，还是一家人拧成了一股绳。

剩下的遗嘱，在老人生前的办公室宣读。苏意没想到，老人把瑞希留给了她，算是替她找了一个光明正大的回到故乡的理由。

读完遗嘱，就好像一个人在世界上的最后一件事，也已经完成。苏意利用自己的剩余价值替蒋魏承稳住了大局，余下的所有，就要他自己一个人扛了。

两人做完所有交接，苏意以茶代酒，在他面前扬了扬："算我敬你吧，就当是祝贺我，完璧归赵了。剩下百分之十的股份，我往后陆陆续续转给你，一口气全转，怕引起怀疑。"

蒋魏承抿了口茶，拒绝了她："不必了，那是爷爷给你的嫁妆，你收着吧。家中关于你的一切都不会改变，你想回来，也不用告诉我。"

不大适应这种像是家人一般的对话，但苏意还是笑着点了点头，应得干脆："好，毕竟我还是蒋舒窈。"

蒋魏承破天荒地关心了她一下："什么时候走？"

"周三。"

那就是三天后，他微微颔首："到时候让司机送你。"

苏意本打算回房间，上楼的时候，步子转了弯，走向了楚叔和楚婶的卧间。

楚叔开门的时候，屋子里有些乱，两人正在收拾行李。如果不是因为爷爷突然病重，楚叔和楚婶只怕早就要辞行了。

老人在遗嘱里，也对两个人做了安置。他以楚叔的名义，在他们的老家买了块地，盖了一栋小洋楼，算是楚叔楚婶服务蒋家多年的养老金。

这老人家，在辞世以后，才让人看见他心中的温暖。

"楚桐，没再和你们联系吗？"

这是多日来，他们和苏意之间一直回避的话题。自从楚桐辞职以后，就切断了和所有人的联系，楚叔楚婶对苏意的态度一如往昔，但这样的表象下，其实隔着一层愧疚和小心。

楚婶搂了搂苏意："孩子，是我们没教好她，对不起你。"

苏意反手握住楚婶，像是小女儿依偎母亲一样靠着她："其实，我最怕伤你们的心了。这么多年，给我最多家人关怀的，就是你们。其实，我也能理解楚桐，谁都会犯错，我不记仇，你们也别怪她了。"

苏意也是最近才反应过来，这个世界上，爱自己的人，是走一个就少一个的，所有的情分，只要真心实意，就应该被珍惜。

"如果可以的话，常联系，别因为爷爷离开了，咱们的缘分就断了。"

楚婶感性得多，抱着苏意已经是泪满衣襟。

哪怕珍重的话说得足够多了，但是苏意知道，因为老人才凝聚起来的这些人，到底是要散了。

楚叔楚婶比苏意早两天走，他们离开庄园的时候，大家都约定好了，不必送。但苏意还是站在露台上看了很久，车子开走后，她抱住了自己的手臂，觉得，这偌大的屋子，好像又冷清了许多。

赵禹缙下班的时候，候诊区坐了位一看便见多识广的老绅士。

他刚要询问是否需要就诊，老人便问向他："是赵禹缙先生吧？"

赵禹缙的办公室里，老人自我介绍："我姓楚，窈窈，啊，我是说苏意，平常都叫我楚叔。我以前是苏意爷爷的管家，受他所托，今天来给你讲一个故事。"

赵禹缙给楚叔倒了杯茶，细细聆听。

"蒋舒窈，是老先生亲孙女的名字。十多年前，窈窈的父母在车祸中丧生，窈窈因此患上了抑郁症。回颍川旅行了一圈后，给老先生留下了苏意的资料与信息，结束了自己的生命。

"那时候，蒋氏因为窈窈父母的丧生，产生了动荡，窈窈去世以后，老先生膝下就只有魏承一人。魏承虽然是蒋氏血脉，但一直以养子的名义生活在蒋家，如果老人选定他做继承人，很难名正言顺。

“所以，我们回国，找到了苏意，并把她接回蒋氏庄园，让她顶替窈窈，成为蒋家的孙女。”

赵禹缙不太敢相信自己听到的话，脑中灵光一闪，他问：“所以，你们让她整容了？”

“苏意和窈窈长得确实有些像，但是要瞒着大家，这肯定是不够的。于是便让她称病几年，不对外露面，其实是在私人医院接受整形，并且模仿窈窈的一切。”

心爱的姑娘受过这样的苦，赵禹缙觉得很愤怒，也很心疼。

说起这件事，楚叔亦唏嘘得很，他犹记得，苏意不甘成为替身的时候，在夜里歇斯底里地尖叫。

最后是他们所有人一起磨平了她的棱角，让她接受这个现实。

“苏意后来接受了自己的身份，起初，老先生是打算让她在台前为魏承运筹的，不过苏意这丫头，学什么都很用功，后来老人也就真正重视起了她。

“她高三那年，不管不顾地回来。恰巧有人在查她的身份，老先生也就把她藏到了国内。而后她认识了你，并和你相爱。

“苏意前前后后，查她生母的死因两次，第一次的结果不实，所以对你和你家人产生怨恨。她用自己的身份刚和你领完证，一直关注苏意情况的老先生就得到了消息。所以我们立马把她强制带了回去。

“苏意因为你，和老人打了两个赌。一个赌约五年，她赢了，所以回到了颍川。另一个赌，是没有结果了。告诉你这些，是老先生的意思，我们发现你查过苏意，既然你和她牵扯这么深，老先生觉得，蒋氏家族的密辛，你有知道的资格，不过，为了保护苏意，希望你能保守秘密。”

楚叔走后很久，赵禹缙还在消化这个苏意一直以来的难言之隐。

他难以想象她是背负着这样的秘密，一直努力地跑回自己身边。

而他，对她说过很多很过分的话，几次三番想把她推出自己的世界，心生过很多退意，不理解过她很多次。

甚至在她问他会不会丢下她的时候，放开过她的手。

被生父放弃过一次，所以更害怕被丢下吧？

“赵禹缙，你是浑蛋。”

蒋氏庄园的人，被蒋魏承陆陆续续遣散很多。

到了苏意离开的时候，蒋魏承居然送她到了家门口，这让她十分意外。

怀着余生见面次数掐指就能数过来的心态，苏意像拥抱家人一般地拥抱了他一下。

“我刚来这里的时候，有一次被关在了杂货间，我知道背我出来的人是你。我想过打心底里把你当哥哥的，不过我也知道，其实你很讨厌我是舒窈的替身。所以和你相看两厌这么多年。蒋魏承，别把自己的心冻得太硬了，人之所以有体温，是因为，人是需要温度的。”

蒋魏承替她拿掉了被风带到她发端的叶子，语调一如往常：“回去吧，苏意。”

又是长途跋涉的飞行，回到颍川的时候，苏意发了疯思念的人，站在接机口最显眼的位置。

她连行李都不顾了，直直冲上去，是跳着被他抱起来的。

在机场不好太高调，到了赵禹缙的车里，苏意刚要开口，所有的话都被他绵长的吻堵在嘴里。

“苏意，我是个浑蛋。”

他抵着苏意的额头，自我批评。

苏意笑得像阳春三月的太阳：“说什么胡话呢，世界上哪有这么帅气的浑蛋啊？”

“我误解了你很多，伤过你很多次的心。”

苏意捏了捏他的脸：“那我还在领证第二天就下落不明了呢，这种行为，我以为，十分渣。”

赵禹缙像是呵护珍宝一般紧紧抱着她，口吻心疼：“我的姑娘，成为蒋舒窈的这些年，辛苦了。”

苏意从他怀中探了个头：“你都知道了？”

“楚叔来找过我，按照爷爷交代的，都告诉我了。”

提起爷爷，苏意心中依旧难过：“这老头，悄悄做了这么多骗人眼泪的事情。他其实是个好爷爷，对我严厉，但把我养得很好，还教我为人之道。”

“以后有机会的话，我陪你回去看他。”赵禹缙在承诺她未来。

赵禹缙开车的一路上，苏意就这么一脸花痴地望着他。等红灯的间隙，他抓起她的手，放在嘴边轻轻吻了吻，她霎时觉得，这个男人温柔缱绻起来，根本没她什么事。

“带你去个地方。”

他朝她眨眨眼，使出一招美男计。

车子停稳在小巷，苏意环顾四周，竟是他家路口，两个人最初相遇的地方。

小玻璃罐子在苏意眼前晃了晃，苏意一眼就认出，里面装着的，是重逢那天，他拔走的那颗牙。

赵禹缙把白白的牙齿握在手里，问她：“习俗说，牙齿掉了，要丢在屋顶上对吗？”

苏意笑着接他的话：“我不够高，你能不能，代劳一下？”

洁白的牙齿在空中画出一道弧线，最终落在屋顶。

赵禹缙从衣服口袋里掏出两个红本本，问苏意：“这段被迫中断了几年的婚姻，你要不要和我继续走下去？”

苏意眼睛晶亮，头点得像是啄木鸟：“不胜荣幸。”

两个人十指交扣往前走，走到一半，苏意停下脚步，十分严肃地蹙了眉：“我想起来，我答应了爷爷，要以蒋舒窈的身份过完这一生。”

真·气氛杀手·苏意。

赵禹缙哭笑不得：“反正不管你叫什么，都是我的妻子，我做了记号的。”

“什么记号？”

他手指点了点她的腮帮子：“拔掉的那颗牙齿。”

突然感觉牙龈有些痛的苏意作势要去咬他，两个人打闹完，苏意这才看清面前的大门，是赵禹缙父母家。

赵禹缙捏紧了她的手，问她：“苏意，你准备好了吗？进了这道门，以后就再也别想放开我的手了。”

苏意回握住他的手：“赵禹缙，这漫长也短暂的一生，我们一起，好好走完。

“还有，我爱你。”

赵禹缙拍了拍她的头顶：“要给你男人表现的机会。该我先说的，苏意，我爱你。”

一吻轻轻落在眉心，树梢鸟鸣，风中花语，一切都温柔得刚刚好。

在原地等待的人和努力奔赴的人，这一生，都不会再错过了。

# 番外一

## 春分

清明时节，赵禹缙陪苏意回了趟家，给爷爷扫墓。

他们到的时候，和蒋魏承错过了。五座墓碑前，根据每个人的喜好，已经摆放了不同的花朵。

苏意给赵禹缙一一介绍："这是爷爷、奶奶、爸爸、妈妈还有舒窈。"

赵禹缙给五个杯子都斟满酒，按照传统习俗，把酒杯放在每个墓碑前。墓园被打理得很好，没有杂草，墓碑也很干净。

但苏意还是擦了擦灰，这让她觉得，好像自己正在抚摸亲人的脸庞，毕竟爷爷生前，自己连和他拥抱的机会都不曾有过。

她絮絮叨叨地同老人说起这一年多来的近况："我知道，你肯定很关心蒋氏对不对？按照蒋魏承的性子，肯定不会和你说。不过到底是爷爷的亲孙子啊，蒋氏在他手上，如今越发地好。我的瑞希也顺利上市了，你想不到的吧，居然有媒体夸我，说我是总裁界的仙女。说我好看，是不是就在说窈窈好看？

"我和禹缙要办婚礼了，不过女方没有家长，但是位置我都给你们留着呢，就看一眼也好，要记得看你孙女我，漂漂亮亮地嫁人啊。"

赵禹缙把自己的外套往苏意身上披，站定在老人的墓碑前，郑重承诺："您尽管放心把她交给我，我会用余生的每一秒，珍惜她，爱护她。"

苏意搓了搓手，明明窃喜却还要嗔赵禹缙："肉麻，我爷爷居然听到了这么肉麻的话。"

赵禹缙从善如流地在她头顶一拍，把她曾说的话原样还给她："快三十了，稳重一点。”

明媚的笑脸引来和煦春风，像是无声的回应。

苏意在心里默默补了一句：爷爷，放心吧，我们都过得很好。

回国后的某一天，苏意突然从梦中醒来。

枕边的赵禹缙还迷糊着，但已经伸手轻拍她的后背，问她：“是不是做噩梦了？”

苏意委屈地应了一声，在他怀里找了个舒服的位置窝着。

听着他有力的心跳声，苏意说：“我梦见了我的生父。”

赵禹缙抱紧她：“想找他吗？”

苏意蹭着他的胸膛摇摇头：“不想找。但……有一点好奇他过得怎么样。”

赵禹缙打开了床头灯，拥着被子，两人坐了起来。

苏意蜷起腿，靠在他肩上：“我其实，恨过他的。他对我不好，还把我送走了。但我又很理解他，看到我，他就会想起我的母亲，他是爱她的，所以我的存在会触及很多他的伤心事。我觉得，他会后悔，割舍这段亲情，对他来说，也是折磨。”

让苏意下定决心，去找亲生父亲，是她发现自己开始孕育小生命的时候。

不过她不打算上演父女相认的戏码，只是想确定一下，他是不是还活着　过得好不好而已。

要在一个城市，找一个很多年都没有音信的人，说来并不容易。

当她几乎要放弃的时候，找到他的消息突然传来。

正逢苏意妊娠反应最严重的时候，但她还是在赵禹缙的陪同下，找到了那间藏在城市角落的小面馆。

他们到的时候，临近饭点，面馆稀稀拉拉坐了几个人，像苏意和赵禹缙这样衣着讲究的，在小面馆显得尤其突兀。

苏意不动声色地打量着四周，只是看了一眼，就认了出来。弯着腰收拾碗筷的那个人，曾经是她心目中高大伟岸的父亲。

等面条的间隙，后厨走出来一个女人，接下男人手中的碗，念叨他："现在不忙，你就坐着歇一会儿，这种天气，你容易脚疼。"

男人笑笑应着，看上去是对恩爱夫妇。苏意挑起面条，突然觉得怎么都送不到嘴里。

门外走进来个看上去十一二岁的初中生，放下书包，就懂事地帮家里干起了活。苏意细细观察他，别说，和她十三岁的时候，还有点像。

少年帮家里做完事情，才有些犹豫地开口："爸，老师今天又问我，要不要参加年级的游学营。六百块我觉得挺贵的，要不，我不去了吧？"

是一声被生活负累的叹气，男人拉开柜台抽屉，七零八落地点够了六百块钱："去参加也好，增长见识，以后你爸我还指着你出人头地，带着我和你妈享福呢。"

父子俩笑了起来，有些贫苦的生活，好像在亲人的消弭下，也变得不那么难挨。

苏意还是没忍住，捂着嘴干呕起来。

男人以为是自家东西有问题，连忙凑到跟前，紧张地问："怎么了？实在对不住。"

赵禹缙微笑着解释："不是，是我妻子怀孕了，最近不大吃得下东西。"

稍微缓过来的苏意抬头，正好和男人对上视线。

她立马别过头，男人笑着打圆场："不是面出了问题就好，要不，给丫头上点酸的东西？"

苏意对着赵禹缙摆手，赵禹缙婉言拒绝："我们也吃得差不多了，您算算多少钱。"

男人手脚麻利地替两人结完账，送两人到了小店门口。

苏意胃里七荤八素的，难受得不行，赵禹缙扶着她走出一段路，被面馆老板叫住。

男人找了个干净袋子，装了两瓶糖渍杨梅，笑得很淳朴："我媳妇做的，酸酸甜甜开胃。"

赵禹缙道过谢，接下了东西。

两人走了好久，那股恶心劲儿才暂时放过了她。

她靠着赵禹缙的手臂，语气有一点点失落："我存着一点点小心思，我以为他能认出我。"

苏意不知道的是，她走远以后，一直守在路口目送着他们的男人，笑着自言自语说了一句："这丫头和她妈当年一样的毛病。"

两人回到赵禹缙父亲经营的茶馆。看见他们，赵绅彦当即把店交代给了伙计。

伙计是个小年轻，有些皮，探着头叫他："老板，你这算旷工啊。"

赵绅彦"呵呵"一笑，对苏意道："闺女，咱回家，你妈妈早上开始就在给你炖汤了。"

苏意和赵禹缙相视一笑，牵紧彼此的手，能够成为家人，当真是世界上最宝贵的缘分。

再后来，面馆老板儿子就读的初中和高中，都得到了"成礼助学基金"的资助，少年很努力，每次都获得了奖学金。

面馆老板休息的时候，偶尔会坐在店门口张望，但那对年轻的夫妻，他再没遇见过。

# 番外二
## 冬至

得知老人病情的那天，蒋魏承在自己的办公室，出了整整一个下午的神。

他知道自己的身世，是五岁的时候。身体愈见虚弱的母亲，总会拿着一张陈年报纸，指给他看，告诉他报纸上那个意气风发的男人，是他的父亲。

小时候，他总觉得母亲是骗自己的，如若他真有那样一个了不起的父亲，他为什么连块奶糖都吃不起。

老人出现的那天，他在邻居的帮助下，刚把昏厥的母亲送到医院。后来他才知道，母亲没有骗他，他的确是那个男人的孩子，只是见不得光。

母亲病逝后，老人请了保姆，把他养在外面。到他十五岁的时候，老人又以收养的名义，把他带入了那个豪华的庄园。

他第一次完整认识这一家人，长辈威严，女主人端庄，男主人稳重，还有个娇俏的丫头，被保护得天真烂漫。

女主人起初对他是很好的，关心他，照顾他，会把小姑娘喜欢的零食送到他面前。但后来，不知道是谁走漏的风声，他的身份被女主人知悉，从此原本安宁的家庭，随时都可能爆发争吵。

吵得最凶的那个晚上，他坐在花园的凉亭里发呆。小丫头穿着拖鞋偷偷跑过来，对他说：“他们讲，你是我哥哥。”

他不理她，因为他早学会了沉默寡言，说得越少，别人就越难窥探他的内心。

“其实，如果你真是我的哥哥，我会很开心。虽然妈妈不喜欢，但是我觉得有哥哥护着，一定很好。”

后来，男女主人在这个夜晚出门，再没能回得来。天真烂漫的小姑娘，也是在那天以后改变的。她越发阴郁，像是随时会倒下的布偶，没什么生气。

后来她出去玩了一圈，回来时对他说：“如果你真是我哥哥，那我会恨你。”

这是她在这个世界留下的最后一句话。

不久之后，另一个丫头将她取而代之，仿佛她在这个世界上从来不存在一样，所有知情人，都缄口不再提她。

很多次，他看书烦闷的时候，都能听到新来的丫头扯着嗓子强调：“我——不叫蒋舒窈！我叫苏意！”

他觉得，自己是抱着看戏的心态，去看苏意张牙舞爪的。她还没见识过蒋家的厉害，这里最不怕的就是个性。

果然，只用了三年，苏意成为蒋舒窈，确切来说，是成了变阴郁后的蒋舒窈。

蒋魏承和老人达成共识，让苏意继续以蒋舒窈的身份生活。

但他心里清楚，挽留住苏意的并不是蒋氏的财富，是每个人都藏得很深的感情。

他觉得，苏意做得比他要好，被磨平了棱角，但心中还有热忱。

她离开那天，蒋氏庄园的人被他辞退了个干净。她走后，蒋魏承一个人在空旷的大厅，弹了很久的《致爱丽丝》。

这是他第一次看见她跳芭蕾舞时的背景伴奏，也是那时候，他第一见到了真正笑着的苏意。

后来，许久不见的楚桐找上门来，零零碎碎说了很多话，但是他都记不清了。

唯一清晰的一句是：“你的心太硬了。”

蒋魏承早就习惯了，他关心的人很少，掰掰手指头，只能数出来两个。但他是绝对不会表达自己的感情的，不是他故作高冷，而是他着实不知道要怎么去说。

他和他关心的人，都不会把软话放在嘴边。

他以前，是同情过苏意的，因为同情，所以在很多人不知道的背后，偷偷保护过她很多次。

明面上，他对她一句好话也没有，不过是不想让她发现，他想对她好而已。

直到苏意离开，蒋魏承想，其实他应该同情的是他自己。

二十八年来，唯一被关心过的岁月，只有和母亲一起生活的那几年。可能是孤独惯了吧，所以，命运总是把他留在最后，独享孤独。

林部带着蒋魏承的日程安排准时敲响大门，门打开后，面上自始至终只有冷漠的蒋魏承信步走出。

如今，他一个人需要扛起整个蒋氏。

那无孔不入的孤独感，早晚，会不再那么明显吧。

# 后记

2019 年一整年，我一本书也没写完。现在回过头来看那一年，感觉自己好像过得很辛苦，但是能拿出来说的事情，却又很少。

仔细想想，2019 年，是经历过很多事情的。否定了自己无数次，也肯定了自己无数次，或许，有些成长吧。

这本书写到最后，其实不大舍得写完。写过的每一本书，都会加一些自己生活中的元素进去，本来以为写给自己和舍友的毕业礼物《我有繁星还有你》，是融入了最多的。

但更多的，还是这本。

深夜挂急诊号、治牙齿，这些都切身经历过。一个人躺在治疗床上的时候，还很没出息地当着主治医生的面掉了眼泪，那时好歹也是二十二岁的人啊，现在想想，还怪不好意思的。

不过倒不是害怕，只是觉得，独自治病，实在是一件很孤独的事情。

2018 年，自己到了喜欢却陌生的城市生活，实现了高中时曾大声呐喊过的梦想。

可家人和朋友都不在身边，确实，自己度过了很长的一段孤独期。

那种感觉大概是，周围的人都有各自的快乐，但那些快乐，与我无关。

把喜欢的电影刷了好多遍，不是真的那么爱，是因为手机电脑闲置的时候，也不会有人突然发消息过来，所以自己先让它们忙起来。

但现在我不孤独了，有一群时刻都在给我发消息的挚友，陪我“沙雕”陪我犯蠢陪我熬夜，和我煲几个小时的电话粥，说的无非是下次见面吃什么这种很难有定论的话题，可那是想起来就能笑出声的快乐。

所以在这里郑重表白我的“小山村”“幼儿园”“BOOM！”“环城北路”四大基地的“沙雕”好友们。

说回这本书，结局是一口气写完的，时间的跨度有一些大，只是沉浸在故事中的短短几小时，就好像自己陪着苏意走完了人生的很多年。

我太喜欢写故事了，陪着自己塑造的角色或哭或笑，会觉得每时每刻，自己都藏在他们的世界里关注着一切。

但这个故事，我略有些遗憾，总觉得，没有把心里所有的情感都表达完。

不过，这也已经是我能想到的最好的结局了，希望不会让看这个故事的你失望，再多一点期待，期待我刚好有那么一些文字，能够触动到你。

最后，感谢为这本书提供很多帮助的周医生，谢谢阅读到这里的你们。

我们下一个故事见。

迟暮

2020.3.9 清晨

于长沙